公和文存

（文化·思想·记忆）

李亚伟作品

诗歌与先锋

·
·
·

海南出版社

HAINAN PUBLISHING HO

目 / 录

一、我说

二、他说

三、我问和他问

四、李亚伟代表作选

一

我／说

先锋

—— 先看见、先发现、先说出

（讲演录）

先锋们在社会中的主要工作原则是破而不是立

先锋的主要工作方向是向前突破，而不是原地建设

立，需要天时、地利加人和

但，凡是立起来的——大多数顶级人物

基本上都是从先锋队里出来的，鲜有跟风出来的。

拒绝前面的规则，破坏是前进的依据，创造是前进的理由

时代变革时不可能人人都有一副好牌，先锋是最先要求洗牌的人

洗牌是先锋们玩下去的第一环节，接下去

这就是所谓在战斗中成长。

（一）二们 —— 时代和先锋

道生一，一生二，二生三，三生万物。

——《道德经》

1. 开场

前些年，我发现自己不二了，就写不出好诗。我好几年写不出好作品，原因就是我的生活和思想进入了另一个系统，一个和社会比较合拍的系统，我对文字的判断和操控，没有出轨的愿望了，没有越轨的能力了。我明白，我不先锋了。于是，我开始每天盼望，苦苦地等，痴痴地等，等着天边出现一个东西，有一天我明白了，我大笑起来——我在等着自己离开某种秩序和环境，等着自己性格上的二在地平线出现。

其实，历史上每一次文化的向前发展，都是二逼革命。在你发现自己必须二的时候，你要低头看看自己的生活和创作，它们是不是非常墨守成规，它们是不是显得毫无意义？你还要抬头，看看二在何处，它在什么方向？

先呈现两个东西，是我的两个朋友做的（P4—7 组图呈现）。

片山的主题是尊重动物生命。

默默的主题很杂，主要是意识形态的、信仰的，好像也有批判资本主义的。

总之，现在搞创作的有些哥们儿都不怎么爱用文字了，画画的不想用画笔和颜料，写诗的不太爱用键盘和文字。如按传统的文化类型去划分，咱们很难把它打理出来，好像什么都不是，有点三不靠四不像。都不知该划到哪一块。不三不四铁定了，那就是二，很二，非常二。

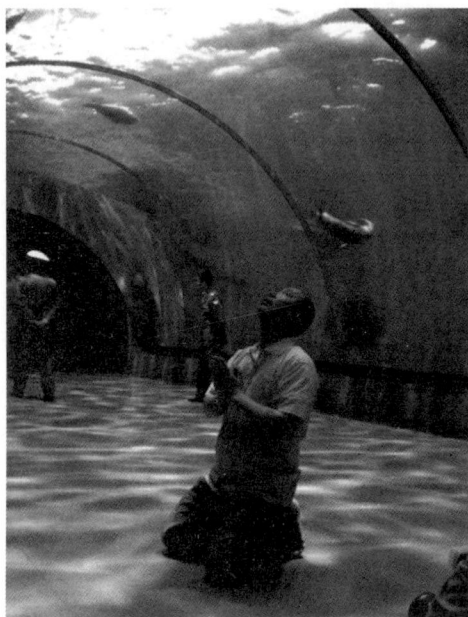

1	3
2	4

片山，本名洪彬，1973 年生于贵阳，
素食主义者，现居北京宋庄艺术村。

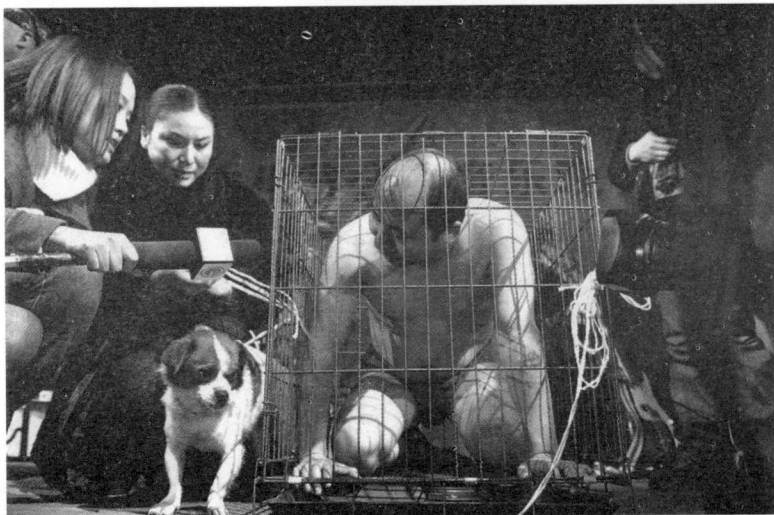

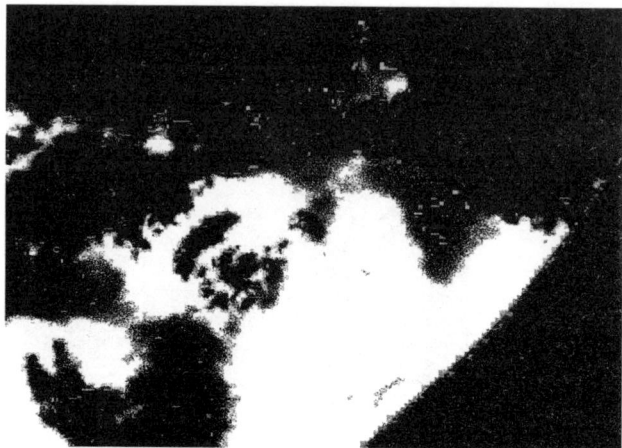

1	3
2	4

默默，本名朱卫国，1964 年生于上海，现居上海和云南香格里拉。

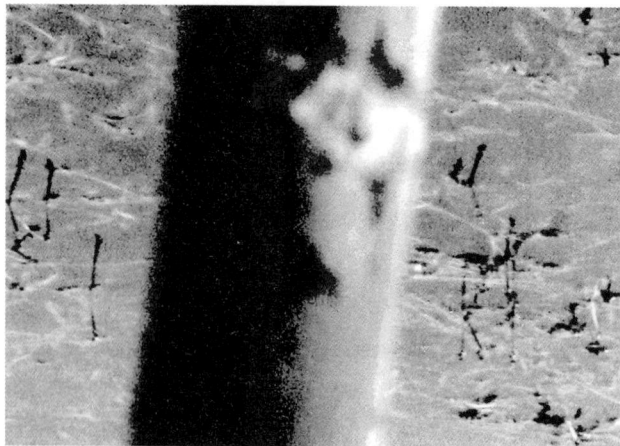

❸

❹

但是，这两组作品有一个重要的共同点：一看就是现在、当下、这会儿——咱们身边的人做出来的作品。也就是说，有很强的当代元素。

当代元素，对文学艺术创作、对文学艺术创作本身来说，太重要了，那么我们怎么来确认当代性？我认为如下两条是很重要的：

第一，你是不是在当代社会、当代生活这个平台上忙乎？简单地说，这叫现场，你在不在场，有了现场感，你会得到一个基本的确认，也就是说你在当代这一块工地上劳动，使用的是当下的工具和思维，并且你突破了旧有的格局，观念上获得了新的时空。

第二，具不具备实验性？实验室创新的前期工作，有成有败，有风险有收益，成了你就是先锋，败了就是垃圾。实验性较之现场感，又更重要。所以，这两个作品，咱们先不论好坏、不谈成败。首先具备了这两条，同时可以肯定的是具有先锋的特质。而且，从视觉上看，这两个东西，雅俗共赏，俗中有雅、雅中有俗。

现在，唐诗宋词在我们现代人眼里，觉得很雅，一说到唐诗宋词，很多人都是敬若神明，那是老祖先里最牛的人写出来的啊，老祖先在咱们中国人心里是谁？祖先就是神哪。以至于咱们基本上忘了，那是人写出来的。在当时，唐诗宋词也是有雅有俗的，内容上有他们那时候的生活：李白怎么喝酒，杜甫怎么折腾，老白怎么享受。他们的诗歌有涉及生命、关乎社会的严肃的主题，也有柴火味，有野趣描写，甚至语言上也有俗字、口语。

李清照有山东土话，也有北宋首都汴京街头时髦女士的口头禅，现在我们读来仍然觉得活灵活现；柳永更是有很多北宋地方上基层干部们的一些口音、土语，但现在读，也感觉很有生活气息，感觉得到奉旨填词柳三变是何等颓废，而且他的颓废是何等地有感染力，它可以使我们感受到：宋朝是拿来干什么的？宋朝商业兴旺，像咱们成都市民们天天都在赚钱、下馆子、赌博、上夜总会，生活热火朝天——宋朝就是拿来颓废的。

很多二在唐朝和宋朝喝酒，长亭连短亭，二们相互送别，一个二送另一个二，可是二减二不等于零，因为二绝对是独立的，二也不会自己主动裁员，所以二不会主动变成一。

后来，随着时间哗哗地流逝，很多俗的、有生活的气息——尤其，有当时现场感的东西，悄悄地、不经意地留了下来，被人类一双神奇的文明之手揣进了历史的背包里，成了经典。这些东西成了经典，这些东西当然就变雅了，就变成一了，雅的东西原来就这么来的。我看见很多文化、很多作品和产品有资金支持，一出来就急着装雅，这是不行的。时间很冷峻，时间在打量你，在打量你到底是什么。

2. 先锋

倒不是说，上述两例就会成为经典，我说了不算，我们谁也说了不算，只有一个时间单元结束了经典才会凸现。刚才我绕了一小弯，绕到唐朝和宋朝去了，是想做一个说明：今天，我们身处一个新的时间单元，我们不讨论诗歌的好与差以及经典与否，我今天所举例的作品，也许今后是经典，也许今后什么都不是，我们今天只谈先锋性。我们可以肯定，一个作品要成为经典，必须是那个时代具有先锋特质的人干出来的，它必须要有它所在时代的生活，这个作品，必须在新的语言体系里具备看见、发现、说出等先锋品质——当然还要有深度、有水平。每个时代，要玩出来，要牛，既要有先锋性，还要有竞争力。当然，竞争力这个话题非常不好玩，也不是我们今天要讨论的，我们只是看看一些人的语言是不是在新的体系里。

我们试图解构下片山的行为。一般在做行为时，会有两个附带目的：一是希望他的这个作品能得到人们，尤其是媒体的广泛传播，放大作品主题的语言波；二是想出名。我曾建议他去韩国使馆门口、日本使馆门口、美国使馆门口，把卖肉的一些大品牌拿出来玩玩，把媒体给镇住，让媒体跟着你玩儿。因为现在媒体口味很重，小打小闹，媒体会轻看你，会拿你当猴子玩儿。行为艺术很多人觉得二，要二，你就来个大二。但片山并不同意，他由于信仰佛教，是一位比较平和的人，在做这个作品的时候，选择了一个关注生活或者生命中某一类别的正义，他的出发点不想涉及意识形态和法律层面，他想克制，想温和。可是，我们看得出来，整个行为其实仍然很激烈，表达方式也比较粗暴，也不文雅。

默默，一个平时就热爱生活、关心意识形态，一个兼具柳永（城市混混）和屈原（国家大臣）气质的人，一个贪图世俗享乐又有批判嗜好的人，在他的作品中也有直接涉及思想和精神层面的东西，而且高调且乱弹。但我们可以发现，他作品中激烈的主题反倒细致温和。

这两个作品其实已经跨界了，一个是行为艺术——但它是一个干涉我们生活的诗歌行为；另一个是图像作品，具体说是抽象摄影，我认为是图像诗歌。

还有一个叫吕贵品的诗人也值得说说。吕贵品，曾经和徐敬亚、王小妮玩"崛起的诗群"很有名。五年前我碰见他时，他已经不用笔或者键盘写诗了，他把自己要写的诗记在心里，碰到熟人朋友朗诵一下就行了，就算发表了。

三年前，诗歌界有一个动静比较大，是什么？是赵丽华和她的梨花体。今年诗歌界也有一个比较大的动静，是什么？是乌青和他的废话诗。谈到梨花体和废话诗，从20世纪80年代至今，中国的先锋诗人层出不穷，台下现在就有不少。但我为什么要举赵丽华和乌青呢？首先，他们这两年动静大，比较受关注，大家对他们比较熟悉。其次，他们争议大，便于讨论一些问题。

赵丽华的梨花体：

《我爱你爱到一半》

其实，树叶的翻动

只需很小的力

你非要看看白杨叶子的背面

不错

它是银色的

【解读】这首诗的内容是：你想了解我另外的一面，其实不用费那么大劲儿，换个角度就行。或者我爱你爱到一半，爱不下去了。一场爱情的中途夭折和被倾覆可能仅仅源于一个很小的情由或者细节，就像树叶的翻动只需很小的力度。你当然不肯就此罢休，如果你非要追根溯源，其实很简单，就像看树叶背面一样简单，很容易能看到我那爱不动的另一面。

《时机成熟，可以试一次》

我要这样

持续地

专注地

不眨眼地

意味深长地

或者傻乎乎地

色迷迷地

盯你三分钟

如果你仍然一副

若无其事状

我的脸就会

首先红起来

【解读】这首诗的内容是：一对男女的战争中，谁是那个首先败下阵来的人呢？一定是那个有欲望的、脸皮比较薄的人。不信，你可以试试。

乌青的废话诗：

《对白云的赞美》

天上的白云真白啊

真的，很白很白

非常白

非常非常十分白

极其白

贼白

简直白死了

啊——

《月下独酌》

花间一壶酒，独酌无相亲。

举杯邀明月，对影成三人。

> 月既不解饮，影徒随我身。
>
> 暂伴月将影，行乐须及春。
>
> 我歌月徘徊，我舞影零乱。
>
> 醒时同交欢，醉后各分散。
>
> 永结无情游，相期邈云汉。
>
> 这首诗是李白写的

　　乌青更是整个引用了李白创作的《月下独酌》，只在结尾加上一句"这首诗是李白写的"。乌青的诗，就不评论了，赵丽华的诗还没完全离开诗歌的意义，与其有一定的联系，乌青则完全离开了我们所了解的诗意，但明显可以看出，是故意的，是主动的。

　　总之，赵丽华和乌青比较接近，属于一个脉络，都曾经在网络上引起了很大争论，激怒过不少热爱诗歌和捍卫诗歌的人。我这里也不评论，评论好坏在这里没有意义，这也不是我今天的内容。在接下来的内容里我会告诉大家我的观点。

3. 鄙视和白眼

　　这里，我为什么要举这几个例子。首先，主要是强调诗歌先锋对旧有秩序的破坏性。诗歌是先锋的事业，不创新的都不是先锋，但创新的不一定能成为真先锋。先锋不关心自己的作品对时代和生活有没有真正的作用，他们最难以克制的欲望就是要重新洗牌，希望洗出一个新世界来。传统写作是旧牌局，传统写作在先锋们眼里是——你自己过瘾还可以，你们这些人不在时代变革的现场前进，不在创新的主场写作，你们没有创新，只不过在制造和生产文化垃圾而已。就像现在，普通的传统写作者们也统统视上述先锋诗歌为垃圾一样。

但是，我要指出的是，这些作品不是某个网络过客临时或突然的产品，它们都是有着长期诗歌理念准备的一个个当代诗歌样本，是内行写的。其实赵、乌这两个人都是有着相当长时间创作经历的当代诗人，他们懂诗歌，明白当代诗歌是怎么回事，是内行。

就当代诗歌而言，什么样的人是内行？什么样的人又是外行？我认为，现在咱们白话写出来的诗歌，经过一百多年在中国的发展，已经具备了很强的自由性和自身的一整套的结构，当代汉语诗歌已经很专业了，已经不是以前"熟读唐诗三百首，不会作诗也会吟"的情况了。现在，一个普通的文学爱好者、一个普通网络博客写手不会灵机一动去写上述作品，关键是他写出来了也不敢认为那就是诗歌，就是作品。心中装着过去的文化样式的人，心中装满了一，绝对不会想到可以去二一下，不敢把二当作品。

听人说土得掉渣的红白杠的蛇皮袋也在前些年成为 LV 的新欢了。东莞、泉州的箱包企业敢这么设计吗？但现在，大家都在网络上泡着，网络几乎锯掉了写作的门槛，诗歌的门槛已经和地平线同样高度了，谁都可以写，谁都有地方发表了。但其实内行和外行的差别却越来越大了，甚至有些大学教文学的教授对真诗歌和假诗歌根本区别不出来。例如，一个教授以前是懂诗歌的，也懂唐诗和宋词，但很多真的是不懂当代诗歌，相当于军人出身的萨达姆不懂美军。可以这样说，他可以懂郭沫若、胡适、艾青，甚至懂舒婷，但最近二三十年当代诗歌的创新和变异，已经使很多文学教授和很多作家协会的专业作家变成外行了。

有一个成语叫"文人相轻"，我更愿意理解为外行与内行之间的互相看不上，是内行和外行之间互相翻白眼。内行见了内行，才会睁开他黑黑的大眼睛看着你，才会青眼有加。竹林七贤看不上当时大多数文人，普通文人们也鄙视他们，觉得这七个人太怪异。去年，网络上曾流行一个鄙视食物链大全，《南方周末》的一篇文章作了部分描述：

看电视剧的鄙视链：看英剧的鄙视看美剧的，看美剧的鄙视看日韩剧的，看日韩剧的鄙视看港台剧的，看港台剧的鄙视看国产剧的……

看杂志的鄙视链：《时代周刊》《纽约客》>《万象》>《天南》>《新周刊》《城市画报》>《读者》>《故事会》《知音》……而且，人家说得振振有词：你总不能要求定价几元的《故事会》去采访萨科奇吧。

玩游戏鄙视链：主机单机 > 国外 PC 单机 > 国外网游 > 国内网游 > 网页游戏、QQ 游戏。

玩微博鄙视链：twitter / 饭否 > 新浪微博 > 腾讯微博 > 搜狐微博等其他微博。

交友网鄙视链：脸书 > 开心网 > 人人网 > 腾讯朋友。当前形势下不上任何社交网站的人有两种，一种是过时的中老年，一种是真鄙视他人的人。那些不上交友网的，最有优越感。和开微博一样，很多自高自大的人就没开微博，他们认为自己捍卫了目前最难争取到的自由。什么自由？拒绝信息量就是大自由，他们太有优越感了，觉得自己很牛。

每个行业都有内行与外行、先进和落后的相互白眼。但这些食物链的顶端几乎都是那个行业里处于优势地理位置和技术位置，至少是先玩明白了的人。也可以说，这就是先锋的心路历程。

那么，怎样区分内行与外行，现在成了一个很大的问题。我认为，他要熟知当代文化，并在当代性上面区分先锋与伪先锋。先锋，首先是他那个行业里玩得最酷的，并且有优越感，觉得自己正在食物链的顶端，但是在外行眼里，他必须是一个很二的人，或者常常可能，或者疑是很二的人。

诗歌是一个先锋的行业。什么是先锋，谁的作品具有先锋性，只有内行能看出来，只有在当代文化现场经常出入的人能一眼看出先锋来。如果我李亚伟是诗歌先锋，今天到这儿来的都是内行，只有内行才欣赏内行。

我这个说法听着好像有点玄，但其实一点不玄。李白、杜甫、贺知章、孟浩然他们就互相欣赏。如下面例子：

在诗歌领域，先锋是一种探索的姿态，有先锋在，说明目前的诗歌状况是以探索为主。探索是诗歌的生命，但能否成功，关键要看后面的结果，看能否在无数先锋诗歌里面立起来。所以，我们不必在此讨论上述例子写得好与坏，也不必去确认，其好坏成败在这里也暂且不论，但可以肯定的是，它们都具有先锋的品质。

其实我是想强调：诗歌并不是经常都干预生活、干预社会，但一旦它和社会较劲儿，则表明我们的社会、我们的生活正在发生重大变化。这种现象常表现为出现了非常让人不能接受的诗歌，这些诗歌让传统知识分子相当反感，就像清朝末年最早出现的剪了辫子、戴着博士帽的人，这种人在传统社会圈子里、在经济文化落后的环境下不会出现。

但如果社会出现了这样的人，这些人必有来头，因为他们是从新世界、新的精神领域来的，就像当年出了胡适、郭沫若。但是，诗歌是否能对社会生活和公民意识形态形成展示，或形成影响，诗歌自身还要先解决自己的问题。反过来，也可以这么说，我们的社会生活是否正在酝酿重大变化，也可以从诗歌是否正在发生某种剧烈变化得到一些参照。

（二）百年前的两个大二

> 二绝对不是数字的一加一等于二。赵丽华加乌青等于二吗？如果说等于二，可是他们两人本身都是二。赵丽华和乌青加起来能等于四吗？他们还是二，二是独立的，二独立于天地之间，独立于传统和未来之间，独立于俗和雅之间。

现在，我们回头去看看五四新文化运动。每一次社会变革，是真正意义上的公民——老百姓生活和思维方式发生变化的社会变革，这里说的不是武力夺取政权那种政权更迭，不是换汤不换药的权力更替。有时，你身在其中，也不一定能看出它正在发生，而是事后才发现其变化（如唐朝由初唐到盛唐的社会变化，五代的军国制度向宋朝的市民生活变化）。唐宋的诗歌、艺术、书法等也曾有过较大动静的变化，它刚刚发生或者爆发的时候，社会也基本上看不清它的走势，更不要说能看清它以后的格局。

但我觉得，如果我们从诗歌的角度去侧面探讨一下会比较清晰，诗歌是社会的情绪，我们从这个角度去看一下，也许更好。

作为一个诗人，一个在诗歌行业有多年从业经历的人。我越来越相信，诗歌在社会生活发生重大变化、公民的社会意识发生重大转变的这种格局里，其在事后可以什么都不是，但在事前却具有某种神奇的反映社会情感的功能，具有某种神奇的预言人类社会行为的能力。当然，不是说一首诗有预言功能——某个大诗人的一首诗能预告什么真理，能告诉我们明天某种情形的是算命，不是诗歌的方式。

为什么说诗歌具有某种预知能力呢？因为，诗歌在人类无数文明中是最古老的形式之一，诗歌是紧跟在衣食住行、生离死别等人类基本要素之后出现的，它几乎诞生在一切成型的文化之前，出现在可以打包、论斤论两卖的文化及思想之前。人的生死、社会的兴衰，先由具有情感和文字的人类散发出相应的情绪，诗歌是最早来确认这种情绪的一种形式或载体。

诗歌出现在人类所有的学术和思想之前，所以诗歌不是思想、智慧等文明的衍生物，不是社会文化的后代，它是人类原始情感的记录器、黑匣子，是人类最初梦想的发射器。

1. 先锋诗歌最先从形式上发生变革

将近一百多年前，中国发生了五四运动，这是一次真正的群众运动。如果说，之前的辛亥革命的根本弱点之一，是没有广泛地动员和组织群众，那么五四运动本身就是一场群众性的革命运动，虽然这场运动以爱国学生的示威为最亮聚焦点，但它有一个很清晰的文化潮流贯穿其始终，所以五四运动全称叫作"五四新文化运动"。这个不可抗拒的潮流首先是语言的变革，而语言的变革，众所周知就是白话文运动，而诗歌是白话文运动最主要的源泉、最主要的通道，也是最主要的河床。

五四运动时期，中国出现了白话诗，第一个代表人物就是胡适。他在1916 年开始用白话写作诗歌。1917 年在《新青年》杂志上撰文呼吁废除古文，提倡白话创作。1920 年乘着五四运动的东风，结集出版了诗集《尝试集》。《尝试集》是中国现代文学史上第一部白话诗集，开新文学运动之风气。下面是其中的一首：

《蝴蝶》

两个黄蝴蝶，双双飞上天。

不知为什么，一个忽飞还。

剩下那一个，孤单怪可怜。

也无心上天，天上太孤单。

这是一首生活在包办婚姻中的诗人写的爱情诗，现在读起来感觉二得不得了。现在，如果哪位诗人还写出这样的诗，而且还到处抛头露面，那是要挨打的。

我们现在进入《尝试集》的阅读，几乎所有读者都会吃惊，怎么写得这么差，和乡镇版的《屌丝情歌》差不多，会惊异于它的文学性的匮乏。其实，纵观历史，所有开拓性的文本，往往都是将鲜明的创新性和时代的局限性融于一体的。当法国诗人鲍狄埃的一首诗歌被谱成曲，并且歌名被命名为《国际歌》传唱开来的时候，西方的文艺批评家无可奈何，称其为文学史的擅自闯入者。但不让这样的人进入文学史是不行的。为什么呢？这些谈不上有什么文学水准但写法新鲜的作品只要可以流传，只要开始广泛流传，预示着我们的社会、我们的生活正在或者将要发生极大的变化。

《尝试集》仅从文学欣赏的角度来说，怎么都不能算是一部经典的诗集。但是，换一个角度，即从文学史的角度上看，它又是进入现代文学不可不谈的一部"经典"。

中国诗歌经过黄金时代的三唐（初唐、盛唐、晚唐），元气发泄几尽，到了宋朝，文人们基本还在留念唐诗。比如，苏东坡和柳永，这两个人分别是豪放派和婉约派的代表人物，但他们一生主要精力还是用在诗歌上的，专心写像唐诗一样的诗歌，天天梦想写得像李白和杜甫一样，天天梦想着怎么也得赶上王维、孟浩然等难度不太大的那几位。苏东坡和柳永等大部分宋词里比较有名的就是《蝶恋花》。他们的词与诗比起来创作太少，比如苏东坡，像唐诗一样的诗歌有九百多首，词只有几十首。但他们为后人推崇的却是被他们视为副业的词。时代变了，社会不一样了，生活变化比文学计划快，唐代样式的诗歌在宋朝被生活所淘汰，宋词成为主要的了，二成了金光闪闪的二。词人们无意识地在娱乐中、在玩耍中，开始引领宋朝的市民生活。

之后，元代戏曲成了，明清小说成了。那会儿王士禛、袁枚、沈德潜那些文坛人士不管怎么善于谈文论诗，完全掩盖不了宋朝以后元明清诗歌的失败，诗歌方面基本算是留下了几百年的空白。社会变了，唐诗宋词的风采和神韵灯油耗尽，俊美的诗词人老珠黄。元明清三朝知识分子还以为自己是唐朝的直系亲戚，以唐诗为楷模，生活在诗歌的黑夜之中，生活在诗歌的下脚料之中，他们被唐诗宋词障目，他们看不见诗意创新。

新文化运动爆发之后，在民国期间，仍然有不少在当时被称作大师的诗人，如陈三立、郑孝胥，尤其是南社的苏曼殊、柳亚子等。说他们是文言诗在中国文学史中的省略号也不足为过。事实也是如此，这几个人在中国现当代诗歌史上被直接省略了。其实，这些人没有时代性，原因主要是在旧诗词里挣扎，不能也不敢玩新的、符合时代主流的新形式，过时的形式完全装不下新时代了。

民国那些大师与前面的写唐诗宋词的人相比，更为矫揉造作，现在看起来完全是假古董。这些人在当时显得很庞大，很有地位，其实他们的创作已是在造假。现在的诗人写古诗，作为练习咱们伟大的东方传统，非常棒，是可以的，但如果认为自己的东西是创作作品，那我真要告诉他们，你写的东西不过和造假是一回事。

那么，胡适的白话诗歌究竟有何价值？现今很少有人褒扬胡适作为诗人的水平，比较一致的是，社会各界、文化各派，都褒扬他的自由精神。一个有真正自由精神的人，才能开启新的时代，才能真正与新的生活联系在一起。

文学是五四新文化运动中争论最激烈、影响最深广、成绩最卓著的形式。白话文学取代文言文学成为中国现代文学的正宗，正是胡适等人的主要功劳。其实，白话文学是古已有之的，并非胡适等所独创，只是它在宋朝以后一向被排斥于文坛之外，为正统文学大家所鄙弃，所以不是在元明清有所创新的。

胡适等人的新诗使民间白话文学取代了古文文学的正宗地位，引发了千百个青年运用新的语言创造新文学，反映新时代的潮流，并且在看见、发现、反映中国现代生活方面取得了伟大的成功。

其实，道理很简单，语言方式变了，人们说话和书写的工具变了，思维方式就会发生根本性的变化，仅就当时急需引进的观念而言——西方的民主与科学观念、自由与自强的精神，八股文、七律、五绝等载体是装不下的，轿子、黄包车已装不下国人的苦难，更装不下民主与科学的激情。

语言是诗歌的形式，语言工具是一切工具之父。语言的工具变了，其他的跟着变，于是，科学和技术来了，实用哲学来了，社会生活将要发生极大的变化，人们开始从封建中醒来。胡适《尝试集》中有一首诗叫《希望》，后来被人改编谱曲，成为台湾校园歌曲《兰花草》，到处传唱。原诗是这样的：

《希望》

我从山中来，带得兰花草，

种在小园中，希望开花好。

一日望三回，望到花时过，

急坏种花人，苞也无一个。

眼见秋天到，移花供在家，

明年春风回，祝汝满盆花。

胡适一直强调新诗"是用现代中国语言来表现现代中国人的生活、思想、情感的诗"。目的是要终结文言文和社会生活分离的局面，强调"要用活人而不是死人的语言写作"。但从这首诗，我们会看出，它表达的仍然不是现代人的经验和情感，为什么？因为其内容仍然是从古诗的意象和诗意中淘出来的，再加上我们熟悉的老一套的五言句式，酸腐味相当浓郁。

但这真的怪不了胡适，因为中国的古诗遗传基因很强。中国新诗是如何一代一代从中国古代的封建社会生活中挣脱出来的，如何从儒教、道教文化和农业意境中脱胎出来，恐怕大家都很明白，这比废除皇帝、废除八股文、废除一夫多妻制难多了。胡适的《尝试集》是中国新诗的第一声号角，我们可以看出，其吹奏得是多么的扭捏和艰难。

2. 诗歌内容创新具有终结性意义

郭沫若的诗集《女神》是胡适《尝试集》之后一个真正的白话诗高峰。为什么呢？胡适强调的是诗体的解放、形式上的解放，相当于先把一个奴隶、一个苦难深重的人拉出来，砸开他身上的脚镣手铐，胡适对他做了什么呢？胡适做的活是外部的，即给他穿上新衣服，而且是西装；而郭沫若则干的是内在的，他要给这人装上新的灵魂，当然也是西式的灵魂。

郭沫若比胡适更具攻击性，很暴力、很凶险。不过，这也是民国前期的社会特点。那会儿，社会很生猛、很开阔。杰出人物也是社会大变局时的气象。

《女神》结集出版于1921年，是中国的第一部具有真正现代意义的新诗集。形式是白话的，还是自由体，内容也是西方典型的浪漫主义的。这本诗集收录了郭沫若1919年到1921年之间的主要诗作。其中代表诗篇有《凤凰涅槃》《女神之再生》《炉中煤》《日出》《笔立山头展望》《地球，我的母亲！》《天狗》等。在诗歌形式上，这些诗作基本突破了旧诗词的束缚，创造了雄浑奔放的自由诗体，为白话诗的发展开拓了新的天地，说这些作品是我国新诗的奠基之作一点都不为过。

《天狗》

我是一条天狗呀！我把月来吞了，

我把日来吞了，

我把一切的星球来吞了，

我把全宇宙来吞了。

我便是我了！

我是月的光，我是日的光，

我是一切星球的光，

我是 X 光线的光，

我是全宇宙底 Energy（能量）的总量！

我飞奔，我狂叫，我燃烧。

我如烈火一样地燃烧！

我如大海一样地狂叫！

我如电气一样地飞跑！

我飞跑，我飞跑，我飞跑，

我剥我的皮，我食我的肉，

我吸我的血，我啮我的心肝，

我在我神经上飞跑，我在我脊髓上飞跑，

我在我脑筋上飞跑。

我便是我呀！

郭沫若的诗歌在当时具有强烈的浪漫主义色彩，《女神》中的诗句很灼人，煽动性很强。

《天狗》这首诗中，诗句是长短不一的，每一节的行数也不固定，且没有统一的韵脚。这是因为他引进了西方浪漫主义诗歌的一种新手法，这种手法叫作内在的节奏，即随着情绪的起伏而形成的韵律，在自由不拘中获得协调，这也是我们当代诗歌，抛弃了押韵后，一直在使用的诗意内在节奏。比如诗中通过铺排、重复等手段实现去掉韵脚而获得了节奏，如连续三个"我飞跑"就让人感到某种迅疾的节奏，世界潮流来了，谁都挡不住，青年们觉得自己都挡不住自己。

郭沫若的新诗将人的生命力无限夸大，强力注入一种新的呼吸节奏，符合当时人们自由呼吸的要求。这样，具有西方文艺复兴色彩的"人"在中国的文学中出现了，真有点儿石破天惊。

诗中的人物是一个社会变革前率先跑出来的莽撞少年，是一个很抒情的主人公，是一位充满生机、热血澎湃、追求个性解放、向往新生活的小伙子，他让20世纪20年代的小伙子们看见了"人"的自我意识的突然觉醒。

从胡适和郭沫若两人的诗歌可以看出两条清晰的社会变化线路图：

第一，语言方式的觉醒，再是文化心理的觉醒，然后是人民生活方式的转型。

第二，先是个人意识的觉醒，再是扩大到集体人群的觉醒，然后是党派的出现和成熟。

"科学、民主、自由、平等"作为社会主流思想体系，诞生于西方人文主义的大平台。人文主义产生于14—16世纪的欧洲文艺复兴时期，兴旺于17—18世纪资产阶级大革命时代。所以我们这里不得不回头看看，看远一点，看看文艺复兴，弄清楚诗歌和人文主义，诗歌和社会的发展、人性的解放到底有什么关系。

（三）三剑客和三杰

> 二不是智慧，二不是哲学，二也并不是诗意，二们在人群中游荡、
> 在生活中漂浮。只有少数的二发现了诗意，他们看见诗意无处不在，诗
> 意有时近在眼前，有时又远在天边。他们看见诗意比思想真实，比经验
> 直接，比哲学更智慧，比科学更神奇，诗意是文化之上的文化。

　　但丁、彼得拉克、薄伽丘是意大利文艺复兴三杰。在希腊、罗马古典
文化的名义下开启了（14—16 世纪）近 300 年的欧洲资产阶级思想和文
化运动。文艺复兴运动导致了后来科学与艺术等诸多方面的繁荣发展，奠
定了人类社会形态的大格局。

1. 但丁

　　恩格斯说过："封建的中世纪的终结和现代资本主义纪元的开端，是
以一位大人物为标志的，这位人物就是意大利人但丁，他是中世纪的最后
一位诗人，同时又是新时代的最初一位诗人。"

　　但丁·阿利吉耶利（Dante Alighieri，1265—1321 年），现代意大利语的
奠基者，欧洲文艺复兴时代的开拓人物之一，以长诗《神曲》留名后世。

　　西欧的中世纪是地球上少有的"黑暗的时代"。基督教教会成了当时
封建社会的精神支柱，它建立了一套严格的等级制度，把上帝当作精神和
世俗生活的权威。《圣经》的教义，谁都不可违背，否则宗教法庭就要对
他制裁，甚至处以死刑，把人烧死。但是，有一天，十字军东征之后不
久，一个东西悄悄出现了，在人们毫无察觉的情况下，慢慢变大，这就是
商品经济，也就是我们所说的资本主义。

十字军东征，不小心带动了人口大规模移动，而人口移动又带动了商业发展。商品经济是通过市场来运转的，而市场上择优选购、讨价还价、成交签约之类行为，都是人们斟酌思量之后的自愿行为，也就是说，买卖是一种自愿行为，这就是自由的体现。当然，要想有这些"自由"，想要把买卖自由的模式固定化，就还要有生产资料所有制的自由，而所有这些自由的终极指向，就是人的自由。

做买卖做出了资本主义萌芽，做买卖也为一场思想运动的兴起提供了可能。城市经济的繁荣，使事业成功的巨大富商、作坊主和银行家等人更加相信个人的价值和力量，更加充满创新进取、冒险求胜的精神。比如，多才多艺、高雅博学等个人品质在社会财富积累到一定程度后，也开始受到人们的普遍尊重。这为文艺复兴的发生提供了深厚的物质基础和适宜的社会环境。

在古希腊和古罗马，文学艺术的成就很高，那会儿的市民可以自由地发表各种见解和思想，这和黑暗的中世纪形成鲜明的对比。但古希腊、古罗马时期的东西，基本上被西欧教会，以及各地教堂在漫长的时间中收缴烧毁得很干净。十字军三次东征，骑士们从东边带回了很多纪念品，回去后藏在地下室，之后慢慢流传开来。人们惊叹一千多年前希腊、罗马文化的神奇，就开始极力传播，消逝的希腊、罗马文化开始成为高尚时髦的精神产品被人们仿效和学习。一些在东罗马、耶路撒冷等地待过的人开始返回意大利寻找文化市场，于是一种以希腊、罗马为假想对象的创新市场在意大利各地出现了。

但丁是一个很有故事的人，也是一个很二的人。他本身是一位政客，是上流社会的人。1301 年曾作为白党的代表团团长去游说教皇收拾黑党，黑党控制佛罗伦萨后，就放逐了但丁，并宣布一旦他回城，任何佛罗伦萨士兵都可以处决或烧死他。1308 年卢森堡的亨利七世当选为神圣罗马帝国皇帝后，想要入侵佛罗伦萨，但丁想配合这次入侵回到佛罗伦萨，给亨利皇帝写信，指点需要进攻的地点。白党知道了，认为他当汉奸，也要收拾他。1315 年，佛罗伦萨的军人上台掌权，宣布但丁可以回去，但要付罚金，并且本人要头上撒灰，颈下挂刀，游街一周。但丁回信说："这种方法不是我返国的路！要是损害了我但丁的名誉，那么我决不再踏上佛罗伦萨的土地！难道我在别处就不能享受日月星辰的光明吗？难道我不向佛罗伦萨市民卑躬屈膝，我就不能接触宝贵的真理吗？"从但丁的回信可以看出，那个时候的人已经开始相信名誉、光明、真理等东西，对天堂、上帝、教会和权力开始有了自己的看法。但丁在被放逐时，曾在几个意大利城市居住，还有记载他去过巴黎。总之，他终生再没有回到佛罗伦萨。

在漫长的流浪岁月里，他开始写诗，将一生中的恩人和仇人都写入一部叫作《神曲》的长诗中。他对教皇挪揄嘲笑，对一个叫贝亚德的美女怀念赞美，擅自安排她居住在天堂的最高境界。嘲笑教皇、宣扬爱情，在当时属于相当的反社会，属于报复教会、报复权力的大胆行为。然而，任何社会的大发展最初都是从反抗开始的，后面才有大的、新的建设。

2. 彼特拉克

弗朗西斯克·彼特拉克（1304—1374 年）是意大利早期文艺复兴时期的著名诗人、学者、人文主义的奠基者，他对早期资产阶级的艺术和道德观的建立功不可没。

彼特拉克 1304 年 7 月 20 日生于阿雷佐城，他的父亲是佛罗伦萨的望族、律师。他自幼随父亲流亡法国，后攻读法学。父亲逝世后，他专心从事文学活动，并周游欧洲各国。他还当过神甫，有机会出入教会、宫廷。他在但丁思想的基础上提出了以"人的思想"代替"神的思想"，故被称为"人文主义之父"。

他的主要作品集《歌集》据说是他于 1327 年见少女萝拉后陆续写下的，是三百多首十四行诗和主人公萝拉死后诗人表达哀思的一些抒情杂诗的结集。诗以歌颂爱情、热爱生活和蔑视宗教道德为主题，形式和内容都超越了当时诗歌的框架，为欧洲抒情诗的发展开辟了宽阔的道路。

"彼特拉克诗体"，专门用来写给女人，据说很管用。这种诗体被后来的乔叟、莎士比亚等著名文学家和诗人所模仿。因此，彼特拉克又被尊为"诗圣"，相当于中国的杜甫。

3. 薄伽丘

乔万尼·薄伽丘也是诗人，擅长写作叙事诗、牧歌、十四行诗，但他的故事集《十日谈》影响更大。《十日谈》批判教会守旧思想，提出"幸福在人间"，算是文艺复兴的又一部宣言。他还有一部处女作——传奇小说《菲洛柯洛》，大约写于 1336 年左右。小说内容以西班牙宫廷为背景，涉及很多中世纪传说，但主要讲的是一个信仰基督教的少妇和一个青年异教徒的爱情故事。

三剑客的这些作品成为欧洲人冲破中世纪的黑暗天幕的有力样板，对当时的政治、科学、经济、哲学、神学世界观都产生了极大影响，是新兴资产阶级在意识形态领域里的一场革命风暴，也被称为"出现巨人的时代"。它强调人的价值，要求发展个性，反对禁锢人性，提倡"公民道德"，认为事业成功及发家致富是道德行为，是宣扬乐观主义的人生态度。资产阶级正是在这种精神的指引下创造了近代资本主义世界。当然，现在我们看见的人的私欲膨胀、物质享受和奢靡泛滥，如果要寻根的话也能找到这三个人身上去。

众所周知，在三剑客之后，出现了达·芬奇、米开朗琪罗、拉斐尔等伟大的艺术家，诗歌慢慢地唤醒了欧洲。随后，我们都知道，哥白尼、布鲁诺、达·迦马、伽利略出现了，天文学来了，天文望远镜来了，航海时代打开了。科学大发明和航海时代的来临，为资本主义向帝国主义过渡打下了坚实的社会基础，为眼前的这个全球化扎下了最深的理论基础。

"文艺复兴"和"人文主义"的兴起，艺术风格的更新，空想社会主义的出现，近代自然科学的开端，其实是社会创新，是人类文明发展史上一个伟大的转折。

（四）当代中国的二们

我们不要一分为二，我们就是要一分为三。

——默默

　　1976年，北京发生了一次诗歌运动，只有几天。后来"四人帮"垮台后出过一本诗集《天安门诗抄》，里面收集的诗歌基本上是由古诗词形式和顺口溜形式组成。天安门诗歌不是诗歌运动，只是百姓通过诗歌对政治的一次试探，是一次要求结束"文化大革命"的大型呼吁。

　　朦胧诗的出现，可以说是延续了天安门诗歌政治抒发方面的精神，也可以说是新中国成立后政治抒情的延伸。20世纪70年代下半叶，短短几年，诗歌就解决了自身和时代及社会共呼吸的问题：新的语言模式有了，专业的团队再次出现了，成熟的文本一夜之间也出现了，内容早就有了，那就是对"文化大革命"、对政治的反思，对早已丢失的作为人的自由、爱情的重新寻找，寻找注定要用来打开我们普通公民自由生活的那把钥匙。

　　朦胧诗正在完成对"文化大革命"和极"左"的思想反思时，中国小心翼翼地开始了改革开放。但是，新的观念、新的话语方式从各种渠道进入中国。前面说过，语言方式的改变将会改变社会文化和人民的生活观念。改革开放，最先进来并起到深刻的社会作用的不是三五牌香烟，不是三洋牌收录机，不是洗衣机、电视机生产线，而是西方文化。人们像当时中世纪欧洲人发现希腊、罗马文化一样，发现了叶芝、庞德、尼采、萨特、毕加索、弗洛伊德。新的文化启蒙来了，新的世界打开了。所以更新的诗歌、更年轻的诗人群体也应运而生。

　　20世纪80年代，我的朋友，诗人万夏说过，"四川有三多，哪三多？擦皮鞋的多，小姐多，诗人多"。四川是最早进入新一轮诗歌变革、实现诗歌转型的一个省，有人说四川是最早接过朦胧诗诗歌大旗的省份。但其实，四川的诗人都知道，四川根本没接，四川诗人不愿意接手一杆老旗帜。四川自己举起了无数的旗帜，出现了以四川五君、莽汉主义、整体主义、非非主义、第三代人等为代表的当代诗歌团体。

2006 年，我获得过一个诗歌奖，即华语传媒奖，在我的获奖演说中有如下一段话：

既然我是因为我的诗集《豪猪的诗篇》才来到了这里，我想就这本诗集说几句。我注意到了，很多人都认为这是我的第一本个人诗集。但我不这样认为，在此之前，我已经有过很多诗集了，在我大量写作被我和我的朋友们称为莽汉诗歌的 80 年代，我有过用复写纸复写的诗集、有过先刻蜡纸再用老式油印机油印的诗集、有过老式打印机打出来的以及铅印的诗集，等等。现在回顾我那些诗集的时候，才突然发觉，在我写诗的那个时期，光是我李亚伟一个人的诗集就经历了几乎是活版印刷术发明以后的印刷术的全部历史。

我的诗集的印刷情况基本能比较全面地反映那个时代中国诗歌探索的情况：诗人交流频繁，诗集层出不穷，诗歌探索不断，公开发表出版基本属于妄想，等等。朦胧诗已经在公开刊物上满天飞了，更新、更具探索性的诗歌待在地下，待在主流文化之外是应该的，也是非常正常的。一种诗歌形式，大家都说好，说明这种诗歌已经平庸了，已经没有创造力了。一种诗歌被大众广泛接受，有越来越多的人喜爱它，并参与其中的时候，说明这些诗人已经不是先锋了，或者已经停笔不写了，或者应该退出诗歌领域了。我的诗被表扬的时候很多，被表扬得也很厉害，以至于我好些年写不出东西来，不敢写，也怕不先锋。

而真正的诗人，真正的诗歌，它真正的生命就是走在社会的前面，诗歌不是用来消遣的，而是用来看见、发现、说出的。优秀的诗歌，在它刚刚形成和出现的时候，什么都不要，要的就是先锋。正如艾略特谈诗歌的时候说的，"我们逃离公共性，并不是为了表达个性，而是追求更高的共性。"

　　二十多年过去了，四川的诗人越来越多，越来越强势，毫无疑问，全国各地的诗人其实都不弱。现在写诗的人、诗歌团体、诗歌民刊，都是有史以来最多的。在我的一篇叫作《口语与八十年代》的文章中，对中国当代诗歌做过如此乐观的展望：从朦胧诗开始，在20世纪80年代成型的口语诗歌是宋词之后又一个汉语诗歌生长的巨大平台，在几十年内，加上更多更新的诗人们的加入和探索，这个平台会给中国文学史贡献群星璀璨的诗人群，其可能留下的遗产是很多优秀诗人和样式繁多的经典诗歌，是唐诗和宋词之后的中国文学史上又一次历史性的繁花似锦。

　　中国现在诗人很多，参与实验创作新的诗歌热情很高，在不远的将来，将会取得很大的成就。根据以往的历史经验，这是社会和我们的生活将发生重大变化的一个前夜，或者说是前戏。

流浪途中的"莽汉主义"

　　我们幸福地走在流浪的路上，大步走在人生旅程的中途，感到路不够走，女人不够用来爱，世界不够我们拿来生活，病不够我们生，伤口不够我们用来痛，伤口当然也不够我们用来笑。我反复打量过 80 年代，眺望当初"莽汉主义"的形成与爆炸，多少次都面临这山望着那山高的刺激场面，我反复告诉过那个年代，我们要来，我们要回来！

　　如同一个男子，他伫立在人生的中途，将他挑起的一系列事端编撰出一种大气浪漫的结局而存心再弄出来一着马后炮。这样的招数已不在乎能否打到语言革命的战场上去。那里没有"第三代人"，没有"莽汉主义"，因为这些已成为过去，代之而起的是现今人数更为众多的理论肇事和学术殴斗。我一向认为，后者和我的行为无关，而前者一边使我过时一边又使我为了诗歌革命的胜利而不断成为无法无天的语言新手、艺术童子和恋爱中的小老虎，以及写作上的初生牛犊之类。

　　我们曾行遍大江南北，去侦察和卧底，乘着酒劲和青春期，会见了最强硬无理的男人和最软弱无力的女人。我们曾打入了时间的内部，发现了"莽汉主义"没有时代背景也没有历史意义，英雄好汉也没有背景和意义，美女佳人也没有背景和意义，他们只是一种极端的搞法——对庸夫俗子、丑恶嘴脸和平凡生活的反抗。只是这种搞法是彻底和天生的，曾使我们在涉川跨河、穿州过府的漫漫长路上一直感到一股刺鼻的劲儿！

我也曾公开站出来在英雄们中间硬做不符合英雄标准的英雄,在美女面前硬挺挺地要做不符合爱人形状的爱人,并伸出手不问青红皂白要她掏出藏得死死的爱情。这一切,活生生地揳入了我的生活和生命中,也揳入了这个世界以及别人的生活和生命,因为这一切就是"莽汉"的行为,因为它们就是作为诗人的"莽汉"们最真诚的诗。

正因这一切,我不想知道我从哪里来,我不想知道我要到哪里去,我如今爬到办公桌前坐下,想批评几个时间的受害者,这就是万夏、胡冬、马松、二毛、梁乐等,同时也自我批评,因为这几个人和我一样,是空间的肇事者。六个二十多岁的人,可以随便找一个地方撕道口子,再用硬物、异物把它搞大,把它变成无边的战场。

1984年1月,胡冬写了《女人》;万夏写了《红瓦》;2月,我与万夏像所有写诗级别不高的人一样,见面就谈诗歌。于是战场就出现了,从胡冬提出的"好汉诗""妈妈的诗"到后来成为事实的"莽汉主义"诗歌,几乎在一个月之内就一锤定音。

记得杨黎跟我谈起过,1984年2月出现过一次"一诗定天下"的情况,这就是胡冬的《我想乘一艘慢船到巴黎去》。对于作为诗人的胡冬来说确是如此,对于作为后现代诗歌文本从时间和影响上在中国大陆的出现,我认为也是如此。我还没发现同期有另外引起人们注意的这类长诗。事隔七年后,胡冬用亲身经历完成了《慢船》的航线及诗中有关的对巴黎各地的参观,有力地印证了我曾说过的一句话,"莽汉主义"不完全是诗歌,"莽汉主义"更多地存在于莽汉行为中。作者们写作和读书的时间相当少,精力和文化被更多地用在各种动作上。最初是吃喝和追逐女色,从一个城市到另一个城市去喝酒,从一个省到另一个省去追女人。某天我意外地发现这些行为与上山下乡的知青生活是一脉相承的,它是对"知识青年到农村去会大有作为"等号召的过时的响应,如同当初知青们今天翻过一座山去一个生产队把某个知青的家当吃光,明天坐车到另一个公社去打一场架，把那里的五朵金花摘他两三朵。

　　20世纪80年代，万夏的奇装异服及花哨发型是相当有名的，他不能代表英国服装师及纽约夜生活中的玩意儿，他不属于资产阶级，但他可以代表"莽汉主义"的理论。他最可以上纲上线的是1985年夏天的一次行动，晚上9点，他从酒桌边站起来，径直越过了长江，大约在深夜12点，爬上了对岸一座山的顶峰，他要在那里点燃大火与几个在涪陵城中喝酒的朋友联络。但是后来，他被当地民兵扣押了起来，因为从他的外表或是行为上看都像是从乌云中空降下来的特务。这是一次无产阶级与无产阶级发生的误会，误会的原因是他的这种艺术在无产阶级阵营中暂时还没有，但到这个阶级丰富了自己的艺术内容后，万夏大有隐姓埋名的模样，因为万夏这个时候像是封建主义糟粕。落后也引人注目，这是万夏时髦的根本，即使他不想要这种时髦。

　　我今天谈论万夏，是抱着对"文化大革命"持批判态度来进行的诗歌意识的摸底。1968年，毛泽东在天安门广场检阅三百万红卫兵，万夏6岁，我5岁，两个小男孩被革命的光辉照得红彤彤。我们没有得到主席的检阅，大串连的列车中也没有我们，武斗的时候我们在哈着腰捡子弹壳。我们当时目不识丁，但能背语录，从大人的腋下和胯裆下往前挤，从而出席各种批斗会。今年6月，胡冬重提了八年前发生在中国的、他有着切身体会的"莽汉事件"，但我认为对于一种行为占相当成分的诗歌，要么是使这种诗歌马上流行起来，风靡一时、覆盖天下，要么就留着今后写回忆录，而座谈或讲座等于把这种诗歌上缴给了符号、把行为上缴给了风中的法庭，它重不重视、驳不驳回是另一回事。但我们愿意继续作案，因为"莽汉主义"是系列行为过程，如同在人生旅程的一个中途，一次失贞、初恋，或者一次创造以及一次破坏。我们到了下一站，20岁、25岁、29岁，我们匆匆前行，走得飞快，成为时光的受害者和20世纪末的原告。我们对时间提起公诉，同时收审了空间；我们留下了事实，也留下了把柄。那是与诗有关的行为——语言和声音。我们不需要理论裁决。

柏桦对我谈到过"诗人不能忽视他面临的事实"。这很重要，是态度问题，态度不端正可以把文化搞邪、把人搞假。这种人可以以次充好地流行一阵，甚至风光异常，不过问题就有了结论，这是我们常见的那种被"轻浮"害了一生的人。杨黎曾经谈到过流行口语的问题，认为"文化大革命"的背景下出现了一个口语彻底书面化的时代。当时，我们在谈"莽汉"，但是他主要谈的是毛泽东，他认为废除古文以后中国一直没有出现成熟的现代汉语文本，鲁迅的语言不是完全的现代汉语，沈从文的也不是，只有到了《毛泽东选集》才形成了一个标志。它堪称现代汉语的一个里程碑，统一了新社会的口径、约定了口气和表达感情的方位，新一代人民用起来也相当方便，报纸、电影、讲话、恋爱等都采用的是这种语法和修辞。当时，资产阶级现代语言理论还未大量出现在大陆，现在大量来了我们也无所谓，因为我们胸有成竹。而且，我们还要说，"站队站错了不要紧，站过来就好了"。

当年上山下乡当知青的人，早在1984年前就通通回了城，安了家。但看起来"莽汉"是至今还在插队落户的人，只是把农村换成了文字，我们也将大有作为。我曾经在十一二岁的时候跟着当知青的姐姐一起当了一阵小知青，如今我感到自己仍在上山下乡，成了一个老知青。我领会了教育要革命以及再教育的重要性，我拒绝了语言上的任何招工和参军。

马松一会儿在舞厅打鼓，一会儿长途贩运羊毛衫，大刊大报等知青点根本找不到他，他以流窜的方式进行插队，他不是现在所说的行走在祖国各地的盲流。他大步流星地走着，看见别人才是盲流。"莽汉主义"重要的一面就在于此，它就是中国的流浪汉诗歌、现代汉语的行吟诗歌。行为和语言占有同样重要的成分，只要马松还在打架和四处投宿，只要马松还在追逐良家女子以及不停地发疯，只要马松还在流浪，莽汉主义诗歌就会不断问世。他一旦掏点什么给你看就一定会精彩之极，有时是匕首、火药枪，有时是美女照、春药，有时是伤口和脓疮。他经过反复行吟和修改而后打印出来的诗歌只读给他称为兄弟的一等朋友或称为哥们儿的二等朋友听。我是他的"血兄"，也是从古代就离乡背井被旧社会活活分开后来又在大学和诗歌里相逢而抱头痛哭的亲兄弟，我和他的每次见面完全是因为这个世界木已成舟或是生米煮成了熟饭。

万夏、胡冬于1984年三四月份就停止了作为一种模式的莽汉诗。马松之后，跑步而来的是二毛和梁乐等。几个瘦高个闪开了，两个小个子莽汉弯腰冲来绝对是为了便于躲避艺术秋波的射击和高级的审美眼光，为莽汉诗增加了胃口和大鱼大肉般的收成，他们一度成为"莽汉"创作的坚实力量。我这里不仅要指出"莽汉主义"的广泛性问题，我还要提及的是"莽汉"精神不同程度地出现在这一代人的梦想、生活或诗歌中。欧阳江河、柏桦、张枣、廖亦武和周伦佑，当然还有号称"莽汉"第一兄弟的杨黎、刘太亨、宋渠和宋炜，以及许多根本就不写诗也不读诗的"莽汉"。我心里有数，这一代人有一个共同的特点，一天到晚都觉得金钱、美女等唾手可得，结果这些东西从未得到过，其中一些人就时不时地拿出莽汉诗来读，好像我不久就要把这些东西发给他们一样。

莽汉诗歌最明显的倾向就是语言粗暴，其诱惑力一边来自撒旦一边来自上帝，它既是魔鬼又是美神。莽汉主义并不主动扎根于某一特定的人文景观，它扎根于青春、热血、疾病以及厚脸皮中，莽汉主义的最大愿望就是要翻山越岭，用汉字拆掉汉字。

其实，还有一个人参与了本篇文章的写作，就是刘太亨，他告诉了我本文的主要细节以及"莽汉主义"行为和诗歌的差距问题。诗歌是莽汉寄给语言的会诊单，又是语言寄给诗人、酒和伤口的案例，是给全世界美女的加急电报而且不要回电，因为我们的荷尔蒙在应该给我们方向感的时候正在打瞌睡。因此诗人看见其中很多东西难以成为事实，它使"莽汉"动作永远发生在诗歌的路上，幽默的产生只不过是跑过来帮着赶路的第三只脚，但还是走不拢！诗人攥不上诗歌，他看见脚下的路老是绊脚，低头发现那是现代汉语，上面垃圾太多，但他仍不停地走，自己也成了垃圾。他思考过语言，破坏过诗歌，但这个人已经不是我，也不是万夏、胡冬或者马松等人，这个人举止行动一团火红，对一切诗歌底料有着狂放无度的慷慨。那一年，我写了一首关于20岁生日的诗，我发现一群东西朝世界走来是一件了不起的大事，这就是20岁的人，因为"我们和古人一起跑步而来，我们扛着情诗，我们穿着油画、穿着虎皮背心，后面跟着调皮的读者、打铁匠和大脚农妇""我们两岁时就挽起袖子自己养活自己，我们走到一百岁时也要剩一颗门牙，好用来笑"。"我们来了，乘坐着地球这辆公共汽车；我们来了，和李白、鲁迅、大蜥蜴、翼手龙做着广播体操来了。"那真是一个诗不够写的年代，命也不够我们用来活，因为古文不够用，所以早就废除了它；因为头脑不够灵光，所以早就割掉了辫子；因为精神不够用，所以我们四肢发达；因为八国联军也想到清朝来插队落户，所以胡冬要乘慢船到巴黎去反插队。他去了，只留下没有钱的马松在长江边。那是一个夏天的夜晚，在武汉，马松走进一家酒馆点菜、要酒，吃饱喝足后告诉老板他没钱怎么办，老板说："好说。"之后挥手便上来三个男人，将马松一阵打，架出了酒馆。马松额头顶着一个青包找到我要了5块钱要回去结账，他一手拿着钱一手提了块砖头，就在老板伸手接钱的时候一砖头把他闷了下去。

李亚伟

1992 年 7 月

英雄与泼皮

　　1984 年 1 月，在四川某所学院的院墙外，我碰上了老伙计万夏。两人碰头，欢天喜地，笑嘻嘻地进了一家酒馆。实际上，半年前我已从这所学院毕业，此次回学校，不只因为一个藕断丝连的医专女生，更主要的是到了工作单位仅半年，和干部同志们喝酒时，老是产生怀旧情绪。这说明了大学低年级女同学们的魅力和集体生活的魔力仍然存在，并且已经成了一个刚 20 岁的人的诗歌源泉。我深信这两股源泉在我们这代诗人心中潜流了好几年，直到后来流到社会里以及大地上，泛滥成了各种社团和流派。

　　大学期间，万夏与李雪明、朱智勇等人办《彩虹》，我和胡玉等人办《刹那》，这两伙诗歌墙报作者又因都用金盾牌硬面记录本写作而合伙创作《金盾》。胡冬则是四川大学《百色花》诗社社长。这些活动和"写作班子"可以说是莽汉流派的前奏曲。它们从一开始就似乎暗示了这一代诗人害怕孤独、需要集体、离不开组织之类的事实。后来，不管其名实是否相符，中国大地上一下子出现的成百上千的诗社正好说明了这一点。

　　由此，我们可以肯定如下几点：第一，这种情形是对《诗经》以来中国诗人们喜欢结伴喝酒吟赋的优良传统的直接、认真地承认和继承。第二，这也是对推翻半封建半殖民地社会以来，反对个人主义，反对小资产阶级，走集体化道路等新社会文学艺术的又一步延续。第三，从历史上看，头脑灵活的人在一起适合组成党派，手脚灵活的人在一起可以组成军队，情感活跃的人在一起则可能产生艺术社团或流派，这些团体在一定的历史时期，其作用是不言而喻的。80年代中期在中国出现的数也数不清的诗歌社团和流派不仅体现了中国人对孤独的不厌其烦的拒绝和喜欢扎堆，更多的是体现了中国新诗对汉语的冒险和探索，其热闹和历史意义绝不亚于世界各地已知的几次大规模的淘金热。

　　还在去酒馆的路上，万夏就已经给我背诵了不下于五首他和胡冬写出来的诸如《我想乘一艘慢船到巴黎去》《红瓦》等诗，并回忆了一年来我们所写的一些"混蛋"诗歌，由此推断出一种新东西已然发生——那是一种形式上几乎全用口语，内容大都带有故事性，色彩上极富挑衅、反讽的全新的作品。进入酒馆后，先是一阵久别之后要找回几月前热乎劲的频繁碰杯，接着就是万夏的娓娓相劝——近乎居委会的说服诱导。总之，就是如同现在流行的办公司、挑摊、搞承包之类。创立一个诗歌流派也要几个人一起上、共同搞。大家都是爽快人，当下就拍了板。

　　可以说，"莽汉诗歌"是汉语诗歌发展在80年代既特殊又必然的产物。两三年前报刊上出现的朦胧诗的不被承认和受到抨击，无处不在的依然只有假诗——假得成癖、假得成了习惯的诗歌和文学评论盘踞了所有的发表和朗诵阵地以及文学爱好者的心。中国的经济改革刚刚开始，在工商行业自己撑一"摊子"或弄一"门脸"是人们愿意的并且是被认为可以的，中国先锋诗歌的萌发之裂缝亦是如此。"文化大革命"刚过去几年，观念上的反叛和形式上的新奇行为肯定不能一个人说了算，在这种特殊时代，孤胆英雄和个人英雄主义不足以成事，团体或流派必须出现，哪怕这些社团甚至带有"派性"味也无伤大雅。因为这种"扎堆"或"一哄而上"既不同于"一致通过"，又比"资本主义尾巴"之类的单干更为时代所看中。甚至几年后出现的"单眼皮""三脚猫""特种兵"等带有强烈个体户色彩的社团，也都是特定时期对人文思想发生变革时的一盘散沙，然而又是一哄而上的诗歌运动的重在参与的集体意识的表示。这是一场"反群众运动"的群众运动。然而,"莽汉诗歌"不仅仅是瞎掺和或一群糊涂先锋的猛打猛冲。它的出现还是一次预谋,几个人商量、策划,如同现今商议着办一个什么公司和承包什么部门。不多久,这样的谋划因为快速出现的"产品"之极端新奇和美妙,无意识地触及了诗歌的新矿脉,发掘了汉语的矿藏,造成了一场既成事实。

"莽汉诗歌"刚出现时,我们意识到这是对当时流行诗歌的反动,其特点是排他性十足,连自己也反对,使人想起"文化大革命"结束后突然又来了一群在别人被"打倒"的同时当场"打倒"自己的现代派性质的造反派。所以,胡冬把这种诗歌最早称为"妈妈的诗"。《阿 Q 正传》大家都读过,但胡冬最先想当"阿 Q 诗人",不过很快他就犹豫了。80 年代的大学生在中国农副产品逐渐丰富的情况下,获得了较多的营养,产生了一种四肢发达的景观。这些毛头小伙子个个都像当好汉的料,大吃大喝和打架斗殴时如同是在梁山泊周围,毛手毛脚和不通人情世故更像是春秋战国的人,使人觉得汉、唐、宋三朝以后逐渐衰败和堕落的汉人到如今似乎大有复辟当初那种高大勇猛的可能。所以,胡冬又叫这种诗为好汉诗。万夏则不以为然,他认为如此定名这伙人的诗歌,有一种从外貌上自我美化的倾向,这可能导致"诗歌革命"的传统英雄主义,其结局是"革命"不彻底,因此提出了"莽汉"这个名词。

如果说当初"莽汉"们对自身有一个设计和谋划,那就是集英雄和泼皮于一体、集好汉和暴徒于一身。传统的英雄难以跟自己找茬儿,决不会一边攻击对手,一边往自己身上揍,其自杀也很悲壮,让人不知说什么好。也许因为大伙都才二十多岁,年轻、体壮,也许因为 80 年代初的文化背景,应该批评和自我批评一起上。在跟现有文化找茬儿的同时,不能过分好学,不能去找经典和大师做出学贯中西的样子来仗势欺人,更不能"写经典"和"装大师",要主动说服、相信和公开认为自己没文化。只有这样,才能找到一个史无前例的起点。

到 1984 年 1 月底与万夏分别后，我着手炮制莽汉诗歌，同时向胡玉、马松、二毛和梁乐等人解释莽汉诗歌，并把自己快速生产出来的莽汉诗当即油印或复写出来，不断贴上邮票寄给这几个人。

一个月后，"莽汉"发生了分裂，万夏和胡冬因为生活和行为上的细节开始互相回避，很快发展到两人对诗歌的聚会处——"莽汉"一词的回避，两人分别自得其乐地带着吹嘘的口吻承认自己骨子里不是"莽汉"，一个转而苦读古汉语，一个写起了温情小诗。

1984 年 3 月，还在读大学四年级的万夏、胡冬这两个只创作了两个月莽汉诗的伙计几乎停止了这种新诗的创作，不知是为生活所迫还是准备毕业考试去了，两人没有留下任何关于"莽汉"的文章，只有二十余首胡冬的手抄诗和内含三十余首万夏的打印集《打击乐》。此间，我也仅写下了《我是中国》《毕业分配》《老张和遮天蔽日的爱情》《更年期》等十余首诗。如果不是二毛的出现，我似乎开始了孤军作战。

初期的莽汉诗歌体现出反叛、好斗而又颓废、哀伤的情绪，这些诗让二毛不知所措，我这个学数学的承认高考时报错了专业，被高等函数把思想套住了，怀疑莽汉诗歌是不是诗，以致仍坚持写人们上山下乡时喜欢的那种押韵诗行，他一时接受不了"莽汉"，直到三个月后才搬来一架油印机与我一起写作，同时向其他朋友热炒热卖这些俏皮的悲怆欲绝的爱情诗。我俩天天大喝特喝，那时，莽汉诗歌不能没有二毛的酒。

我这里提及二毛，是因为我想说明，"莽汉"这一概念从一开始就不仅仅是诗歌，它更大的范围应该是行为和生活方式。万夏、胡冬从"莽汉"中失踪后，最先与我联系上的是我老早的酒肉朋友胡玉和马松，他俩人足以让我追述出"莽汉"行为的前因后果。这两个大学的同学兼铁哥们儿几乎很难与我在教室里碰上，因为我们是在长期逃旷课中建立友谊的。每天上午 10 点左右，我和胡玉起床后开始相互串门，多数时候还有敖歌、小绵阳和 80 级的杨洋、万夏等人，几个人碰齐后就去坐茶馆，在茶馆里写诗，学校附近的"怡乐茶馆"几乎每天有十几个人聚在那里或写诗或读书，这些人四年大学的白天时光几乎都消耗在这类地方了。马松与胡玉不同，他先是我的酒友和哥们儿。大学二年级时，他因生病休学一年，从79级降至80级，返校后径直加入了校拳击队，当时我与胡玉也都是拳击队员。实际上，我们早上及下午去训练的时候不多，"实习"倒令人难以置信的频繁，从不分场合地点，一个月至少打几次群架，最后终于在我和胡玉毕业前夕，由马松挑起了一场包括三个大学在内的三十多名大学生与两个工厂及一条街道的四十多名社会流氓的大型群殴。殴斗的结果是我、马松、杨帆、"小兄弟"等七人被拘留七天，校方开除了马松、石方等人，多人被降级和警告，我和胡玉被记过处分。现在我之所以忠实地写出一群十八九岁的大学生在做诗人的同时几乎做上了流氓，是因为我认为当时大学里的教育方式、教师、文学教材和文学现状怎么着也会产生这样的"初生之犊"或"诗坛小荷"或"写作雏鹰"，文学教材的枯燥无聊和中青年教师的不学无术到了让求知欲强的学生唯恐避之不及的程度。至今我深信，当我老了回顾往事的时候，我肯定毫不动摇地说出这句话：我终生引以为傲的一件事是大学四年，我无休无止的旷课至少在三年以上。

1984 年上半年，在我一边炮制莽汉诗，一边与二毛聚众吃喝的同时，马松、梁乐、蔡利华加入了"莽汉诗"的写作，胡玉也寄来了"我怀抱一家铁匠铺朝你冲来"等大叠情诗。夏天，在我、梁乐和胡玉从不同地方巡逻到四川雅安马松处去聚众喝酒时，莽汉诗歌已极大地丰富起来，形成了猛烈的创作势头，其标志是马松站在一家餐馆的酒桌上朗诵了"把路套在脚上走成拖鞋"的《生日进行曲》。

此间，"莽汉"和各地诗人的交往趋于活跃，除梁乐在湖北与李麦、潘能军形成了一个写作团体，万夏毕业后留在南充的一群哥们儿如王建军、龚林等也在大量炮制"莽汉"风格的诗歌外，与其他风格、团体的诗人交往也逐渐扩大。早在 1983 年便写出了《十二个时刻和一声轻轻的尖叫》的杨黎此时已写出著名的长诗《怪客》。杨黎的诗风不仅和莽汉诗歌趣味相近，并且也是最早和莽汉诗歌一起奠定"第三代人"诗歌中口语化特征的诗人之一。在以后的接触中，杨黎也成了和"莽汉"聚众吃喝最频繁的人物之一，甚而自称是"莽汉"的第一哥们儿。至1984年冬，欧阳江河、周伦佑、石光华、万夏、杨黎等人在成都热闹地筹办了以先锋诗人为主体的"四川省青年诗人协会"时，我和何小竹及评论家巴铁接触较多，他们两个人较早地给予莽汉诗歌以肯定和赞誉。

那一年的冬天，我和二毛出现在长江边的涪陵城，与小竹、巴铁、杨顺礼、冉冉及小说家朱亚宁、陈乐陵等碰头。在喝酒喝茶的过程中，我向这些朋友朗读我的《中文系》《硬汉们》及《武松之死》等诗，这是早期莽汉诗歌出现在读者中的惯常方式，它们的发表方式主要是在酒桌上朗诵，这是莽汉诗歌的重要特征。

在涪陵，我替四川省青年诗人协会筹建分会，整个过程均是聚众狂喝、朗诵和聊天。地点均是在劣等酒店和茶馆，荒唐了一阵后，成立分会的事不了了之。而此时成都传来的消息更为荒唐，一会儿万夏、杨黎伙同石光华、宋渠、宋炜发动"政变"夺了协会的权，一会儿周伦佑又开除了一大群理事会成员，似乎渴望过集体生活的热爱组织的诗人投入组织后只可能相互摩擦，进而与组织发生摩擦而成为无组织无纪律的人，暗示了"流派"与"社团"等诗人出没处亦是如此，诗歌终将归还到个人的手头和心上。

1985年1月，万夏、杨黎等人编印了《现代诗内部交流资料》，这是中国第一本铅印本地下诗歌刊物，上面除提出了"第三代人"的说法外，还介绍了"莽汉主义"和"整体主义"两个诗歌团体，其中选发了我和胡冬、马松、陈东等人的莽汉诗。在此之前，在外面流传较广的仅有我的部分油印集子，如《飞碟进行曲》《诗选》以及我与二毛合编的《恐龙蛋》等。从这个刊物上我们读到了欧阳江河、张枣、柏桦、周伦佑等人的优秀诗歌。与此同时，与上海的孟浪、郁郁及东北的郭力家、邵春光发生了联系，尤其是后两人诗风与莽汉诗歌越走越近，以至于在频繁的接触中早被"莽汉"视为一拨人。"莽汉"一词在实际生活中常被"莽汉"诗人及另外的朋友们放之四海，如李白等古代诗人常被称为"老莽汉"，现实生活中不写诗但胆大包天、作风幽默的朋友则有"张莽汉""王莽汉"的称谓，虎头虎脑的儿童小调皮一律是"小莽汉"，敢胡说八道的美女均是"女莽汉"。后来我们读到美国的"垮掉一代"诗歌很是高兴，发现了外国也有一大群非常厉害的"洋莽汉"，而且这些人在西半球比我们早干了二十多年，不过"莽汉"均认为这是正常的，古代的"莽汉"更多，莽汉主义绝非新的创造，它要的就是古人那种无法无天、好喝酒的刺鼻味儿和骨子里的幽默态度。莽汉主义可以来自于任何时代和任何人类生存的地域，因而它可以走到任何时代和地方。

我第一次读到"垮掉一代"的作品是在 1985 年夏天，当时我和万夏、杨顺礼、雷鸣雏、何小竹等人正在编辑《中国当代实验诗歌》，岛子从西安寄来了他和赵琼合译的金斯伯格的《嚎叫》全文，读完后我拍案叫绝，为"洋莽汉"的绝作感慨不已。当时我的想法是这两个东西方的流派风格太相近了，不过它使人蓦然想起西方六七十年代穿黑夹克的嬉皮士和诗人在黑色浪潮中的景象以及中国佩戴红袖章的红卫兵和诗人在红色光芒之外等景象。我看出了两个流派在反叛 、破坏和奇思异想等方面的一致性和人生态度、文化背景及遗传上的不同处。莽汉主义从一开始就充满了文盲的豪气，以及中国百姓人情味十足的幽默和亲热。

1985 年到 1986 年是莽汉诗歌活动和传播的高峰期，诗人们常常乘车赶船、长途跋涉互相串门，如同赶集或走亲戚一般，走遍了大江南北，结识了无数朋友，在朗诵和吃喝中，莽汉诗歌得到了大肆地传播和普遍地赞扬，同时也丰富和完善了这种风格。莽汉主义诗歌是在其创作成员几乎未在公开刊物上发表任何诗歌的情况下出现、发展并且成熟的，它们几乎全是通过朗诵、复写、油印到达诗歌爱好者中间的，它是 80 年代中期民间流传最广的诗歌之一，所以它也是那个时期最典型的"地下诗"之一。

这时期，"莽汉"诗人们普遍炮制出一种名词密集、节奏起伏的长句式诗歌，如我的《闯荡江湖》、梁乐的《祖父》《中医》等，再次形成了模式。"莽汉"作者几乎都是一些追逐新奇和惯于奇思异想的人。这种禀性和情况下很快导致了各自风格的急骤变化，纷纷抛弃了过去的表现方式，在 1986 年夏天到来前，莽汉诗歌作为一种风格，莽汉主义作为一种自称的流派已从其作者的创作中逐步消逝。

从莽汉诗歌的出现，到今天已有 11 个年头，当初的莽汉诗人们几乎是清一色的 20 岁毛头小伙，他们年轻、身体好、胃口棒，同时读书少、思考少，在生活和文化面前好奇而又鲁莽，没有教条和规章，无视方法和观点，凭着莽劲儿以及对生活的热情和厚脸皮对诗歌创作倾注了热血和青春。如今，这些诗人均已过了 30 岁，分居各地，娶妻养家，偶尔见面，颇有些生活中的过来人和修身、立家的衣冠味儿，一边感叹虎气和青春的渐逝，一边翘首思考着成熟和原则，神态犹豫而又狡黠。当大家回顾"莽汉"时，胸怀暖玉般皆有心得，并大有"自古英雄出少年"的喟叹。

李亚伟

（载《诗探索》1996 年）

口语和 80 年代

—— 一代人的成长和一个平台的形成

我们

1984 年我写作了《中文系》《硬汉们》《苏东坡和他们的朋友们》《毕业分配》等作品，并通过手抄、复写和邮寄等方法完成了这些诗歌的发表过程。

1984 年年底，我和二毛去涪陵拜访在文工团做演员的何小竹和在党校当教师的巴铁，并在闹市区街头一个小茶馆里给何小竹、巴铁，以及诗人冉冉、杨顺礼，小说家朱亚宁，画家梁益君、钟刚等涪陵城内数得上的文化人士朗诵了我的诗歌。其间，我的朗诵一会儿被茶馆里兜售零食的小贩打断，一会儿被门外送丧的吹打声干扰，但朗诵很受朋友们欢迎，成功地完成了那个年代莽汉诗歌的另一种发表形式。

当时，我和二毛是中学教师，正在火热地实验我们那种幽默新鲜的语言方式，并身体力行地进行反传统的生活态度。"李莽汉""二莽汉""马莽汉""女莽汉""小莽汉"等已被我们彼此当成绰号在使唤，而且这些绰号已经落地生花到了重庆和成都等地很多诗人们中间。也就是说，"莽汉"是当时一个典型的校园诗社互相勾结的结果。成立诗社或流派之后，接着就是和全国各地地下诗人联络交流。复写、油印诗集并通过书信形式寄达别的诗人手中，成了当时地下诗人团队们最重要的交流和发表方式。那会儿，我们仿佛是活动在活版印刷术发明的前夜。

　　当时，地下诗人们能在短时间内写出很多新奇的诗歌来，并很快通过有别于官办刊物发表的渠道——主要是朗诵、复写、油印、书信，进而传抄和再油印四处流行，其效果相当强烈，诗人们也随时都能看见外地刚刚寄来的令人眼睛一亮的作品。名诗和明星在没有任何炒作的情况下不断出现，胡冬的《我想乘一艘慢船去巴黎》，万夏的《打击乐》，马松的《致爱》，杨黎的《怪客》《冷风景》，赵野的《河的抒情诗》，于坚的《罗家生》《尚义街六号》，张枣的《镜中》，柏桦的《唯有旧日子带给我们幸福》，韩东的《大雁塔》，等等，都是如此。本人甚至亲眼看见上述诗歌在这些作者的名字传来不久，就随着作者本人鲜活的手写字迹出现在某个地级市的一台油印机前。

　　一种新的写法并未经过报刊和广大文学界的同意就飞快地将生米煮成了熟饭，一种极其新鲜的口语诗歌，在社会还没有看到它们的时候就木已成舟，并且划向了远方。

　　现在，很多人都承认我的《中文系》是那个时代一首典型意义上的口语诗歌，当然它更是一首典型意义上的莽汉诗歌。因为我们当时希望把诗歌写得谁都能读懂、谁都能喜欢，要献给打铁匠和大脚农妇，把爱情诗献给女干部和青年女工，把打架和醉酒的诗献给旷课的男生、卡车司机和餐馆老板。《中文系》就是献给中文系的学生和老师的，由于它有着具体的受众和对象，成了我口语诗歌中的一个早期样本。当时我们对真正好诗的理解既简单又很复杂，就是写我们在普通生活里折腾的情景，并使用很中国化或很东方化的字词，坚决反对写得像地球上已有的诗歌。我们对现代和后现代那些观念略知一些，但兴趣不大，也在一段时间里学习并相信过，但后来觉得有些腻。以至于到了90年代后，我们如果看见一个诗人还在折腾观念，就会觉得他是小资或中产阶级里的一个文化爱好者或跟风者，或者是文化盲流。

　　"莽汉"这个东西是我们有意制造出来的，在当初甚至带有表演性。它有两个层面：就外在层面而言，成立流派本身就有表演的意思，我们追求怪异时髦的打扮和行为，到处抛头露面；在写作内容层面上，我们写自己读书和工作中的故事，写自己醉酒和漫游的经历，语言热烈新奇。这些表演性有一个意图，就是要和上一代传统诗人相区别，就是要强调自己从来都不想当文学青年，自己压根儿就不崇高，很强烈地渲染自己不在乎文化，而自认为是正大步走在创新路上的一拨人，正在成为语言的暴发户。就这样，几个刚过 20 岁的人凭着热血和厚脸皮提出了粗暴的主张，写出了充满奇思异想的诗歌，开始了现代汉语里面一种最快乐的写作。

其实，就在当时，流派对于我们的创作来说也只是权宜之计，是开路的工具。后来我们也这么认为，一直在搞流派的人要么没打开他的路，要么嫌路还开得不够，还没过足瘾。莽汉主义当初的宗旨只是为了砸烂那些反动的主流文化，并和所有新生的诗歌团体为打倒虚假的文化而一起尽一份力量，用现在的话说是争夺话语权，并从中嗨一把，把瘾过足。不过我们认为，流派对于一个庸俗麻木的文化环境来说，它不是艺术本身，而是锋利的武器，是刺穿让人厌烦的世界的刀剑。

我们和他们

1986 年，徐敬亚、吕贵品、姜诗元、曹长青、孟浪、海波等人在《深圳青年报》和《诗歌报》上做的联合大展将全国各地的地下诗歌团队展示出来。诗歌方面，以文学杂志为代表的体制化写作在话语权上开始崩盘，诗歌的审美知情权由官方刊物转向民间那些自由写作者。那是中国互联网的前夜，民间诗歌终于利用主流铅印报刊发起了最后一次起义，这是活版印刷术发明以来、中国互联网文学诞生之前，诗人们对文化的知情权、审美权、发表权的最后一次社会化争夺。此时我们也意识到，我们的流派该结束了。

"莽汉"是 80 年代最早的诗歌流派之一，在两年后的 1986 年，我们看见，全国各地已经出现了无数的具有先锋意义的写作团体，出现了很多在文本上有实质性创新的诗人，他们和我们何其的相似！我们一起已经打开了场面，我们已经暴露了，我们已经公开了，我们已经不地下了。

毫无疑问，莽汉诗歌是在与这些诗歌团队的相互影响中出现和发展的。"莽汉"虽然很早就宣布解散了，但是"莽汉"这个词到现在还是跟着我们几个作者走，这是没办法的事情，因为它曾经展现的个性太鲜明了。

"莽汉"诗人们一直做的就是"不发表"的诗人，或者说做"地下诗人"的理由不成立以后，仍然坚持拒绝向公开出版的刊物主动投稿，当然，他们的作品在 1986 年后也出现在像《作家》《花城》《丑小鸭》等刊物上，这是因为他们对这些刊物的个别编辑，如宗仁发、曲由源、朱艳玲等人的认可。这种现象不仅存在于"莽汉"们身上，不仅存在于"第三代人"身上。中国 80 年代有很大一批这样的诗人，到了今天亦皆如此，他们的写作基本上还是不理睬官办刊物和所谓的理论批评，长期反权威反传统的后劲还在这帮人身上缓慢长久地起着作用。

这是中国先锋诗歌在那时的一个共同特点，原因是当初我们年龄小，而我们的写作确实太新了。当时朦胧诗已经在全国普及了，我们却意识到我们那会儿正好与社会美学靠不上。但我们相当自信，因为我们已经形成了无数的诗歌圈子，圈子和圈子交叉的地方，已足以达成我们所需要的实验交流。

80 年代的诗人们在写作上的一个主要特征就是用现实生活中的口语进行创作，因为我们相信好诗都诞生于生动的口语中。我们认为，唐诗是用唐朝的口语写的，宋词虽有更多的规则限定，但在字数、平仄、韵脚的限制之中，苏东坡、李清照们仍然写的是宋朝的口语。而明清诗人致力于写得像唐诗，大都装成李白、杜甫或者王维等模范诗人在挥毫，忽略了他们自己生活中的口语现实，把李、杜、王当祖先供着其成就也不高。我们认为，宋朝以后的那些诗人基本上白混了几百年日子，而明清的小说家和戏剧家由于前面没有小说和戏剧成规，完全融进了口语世界里去写作，相反成就很大。现在文化界写古体诗的青年学者，我们基本上认为这种诗人可以押到日社会去劳改。

当时，我们刚进入社会，很快就明白，咱们生活中难道不是用口语在思考吗？我们爱一个人难道不是在用生活中的语言在爱吗？如果用书面语去思考，或者用某种书面语去追逐一个女人，这个女人可能都会觉得不舒服吧，她会感到这个朝代谈恋爱怎么越来越难。我们曾相信我们的上一代知识分子中的一些人会用一种西化的翻译过来的文学语言或哲学语言去和一些女子交流，最终使得有的女子变成了老处女。

如今，刻意用某种翻译过来的像诗的语言模式去写作，和现在专心写七律一样，我看到两者的差别也就是五十步和一百步。

诗歌肯定只能用口语去写，当然是 80 年代至今社会生活中普遍交流的那种语言，并且是每个诗人自己找到的那种口语。

早在 1982 年，"第三代人"就在四川大学、西南师范大学等大学生诗人们的交流中被提出来了，万夏、赵野、唐亚平、胡冬等是这些人中因其后来的诗歌创作而留下来的。真正的口语诗歌的兴起不会因为一两次大学生诗人的聚会就成为一种写作现象，而是一代人在他们的青春岁月中，热情洋溢，勇于破旧立新，在饱读诗书之后对中国文学的重新发现。

随后的几年，我们遇见了更多的诗人，按当时的习惯，会在这个诗人名字前加上不太确切的地理标识，比如上海的默默、郁郁、孟浪，南京的韩东、朱文、于小韦，东北的郭力家、邵春光、苏历铭，西北的丁当、封新城、杨争光，重庆的张枣、柏桦、尚仲敏，北京的海子、西川、黑大春，安徽的曹剑、丁翔、周强，武汉的野牛、野夫、罗声远，四川的杨黎、何小竹、蓝马，苏州的黑枫，香港的黄灿然，云南的于坚、海男，福建的吕德安，等等，而《深圳青年报》《诗歌报》大展上面所展示出来的流派则更加丰富，相当的花样百出，如四川的"非非主义""整体主义""大学生诗派"，江苏的"他们派""阐释主义""新口语派"，北京的"情绪独白""生命形式""男性独白"，吉林的"迷宗诗派""八点钟诗派""特种兵"，浙江的"地平线诗歌实验小组""咖啡夜""极端主义"，安徽的"世纪末""病房意识"，福建的"超越派"，广东的"现代女诗"，黑龙江的"体验诗"，湖南的"裂变诗派",贵州的"生活方式派",河南的"三脚猫",云南的"黄昏主义",等等。可以说,这是历史性的,是历史的选择。历史选择了这一代人,而这一代人在探索中最终选择了口语诗歌的写作,当然这一代人并没和历史商量,也没在那个时间段相互商量他们的文化取向。

他们和他们

在80年代我们在写作那种比较新鲜的口语诗歌的时候,之前的所有白话诗歌都已不在我们欣赏和阅读的范围内,仅以四川的"莽汉""非非主义"和"整体主义"为例,他们主要热心于阅读西方后现代和中国同代人中最新的作品。倒不是说我们当时坚信自己摸清了新的路数、掌握了诗歌新的秘密,我认为这有个即时阅读(或当下阅读)的兴趣取向的问题。这使我想到"80后""90后"的诗人,因为时间太近,生活观念反差又那么大,可能不愿意深入我们的诗歌。这种情形甚至可以放到普通读者层面来看,比如对中国当代诗歌,普通中国人基本上会持怀疑的态度。更甚者,一些和文学这个概念沾点边又敢于发表文学见解的人,一有机会就会表态否定当代诗歌——我们不能简单地说他们是当代诗歌的外行。事实是,这些人中大部分最明白文学的人在当代诗歌的阅读上,基本就读到朦胧诗为止,更多的恐怕他的诗歌知识还停留在徐志摩、郭沫若、穆旦那个层面,然而这个层面仅是经时间沉淀后能给他们看得清楚的那一部分,但他们会认为自己也从事文学,比如大学教授,就是我《中文系》里的那种辫子将军。还比如,年轻小说家或写随笔的或写时尚小品的,都以为自己也写东西呢,肯定是文学界的人。他们可能随时、随意地发表担忧新诗前途或否定新诗成就这样的见解,这不是因为他们主观上拒绝当代诗歌,而是因为他们缺乏一个基本常识,即他们不是个中人,他们既在场而又完全不在场,当代诗歌对他们来说近在眼前其实又远在天边。所以,时间和空间还没有给他们阅读和认识的条件。

其实，诗歌的阅读和认可从来都有滞后的特性，人们只读前朝诗歌，只了解和认可定性了的前朝诗歌。所以对读者来说，不管他多聪明，他是几级作家、几级教授，他只要不是当朝诗歌中的参与者，他就只是一个普通读者，他对诗歌的了解也比普通大众的程度高不到哪儿去，最多就是有机会阅读当代诗歌的部分或个体。诗歌阅读最伟大的那一扇门只能由时间来打开，比如唐初的文人雅士对魏晋南北朝的以四言为主的诗歌了然于心，而对正在形成的新鲜的唐诗，唐初大多数人是视而不见的。陈子昂和唐初四杰的意义就在于，最终他们以较短的时间让当朝人认可了这种新诗。盛唐李杜他们也不是盛唐文人都知道他们优秀，那些翰林院的、那些进士和各地官员都写诗，但他们主要感兴趣的还是建安和竹林等前贤。李白、杜甫、孟浩然等一些桃花体、秋风体、自然派等唐朝口语诗人更多的也只是互相欣赏，知道他们创作特性的也就是那个时代庞大文化平台上不多的小圈子，大部分的文人还在欣赏三曹或者还在模仿大业，以及贞观年间那些宰相诗人们的写法。尽管李白、杜甫、孟浩然等人的诗有时也变成了当时歌坊的"卡拉OK"在流传，但流传的渠道并不是我们后来所看到的那样开阔。所以，出于阅读惰性或文化本身具有的遮蔽性，当朝大多数文人主要还是只会欣赏上辈和更上一辈的作品。宋朝也是一样，明清就更不用说，普通知识分子大多感兴趣的和能够讨论的还是唐诗宋词。胡适、郭沫若他们写新诗的时候不知让多少写时尚小品和写奇幻小说文学爱好者明白不过来。

通常的情况是，最先进的文化需要一段小小的时间与生活磨合才能被生活认同并引领生活，最前卫的诗歌、艺术也需要一段小小的时间与社会审美挑衅才能被审美。所以我相信，在我们今天这个时代，诗歌离普通读者较远的情形是正常的，80年代及以后的诗歌回到了诗歌创作最应该回到的正常位置，它现在的作者圈子和阅读圈子之间的大小是匹配的。

李亚伟写于2013年春，修改于2014年春

第二届"明天·额尔古纳诗歌双年奖"演说

——第二届"明天·额尔古纳诗歌双年奖"李亚伟的授奖词及获奖演说

授奖词：

李亚伟是在20年前的中国"第三代"诗歌浪潮中以"莽汉"的青春、浪漫与不羁的姿态冲上诗坛的，并迅速成为中国最受瞩目的诗人之一。直至现在，他的写作，对于整个中国新诗来说，具有重要的原创性意义。他和"第三代"其他几位重要诗人一起，改变了中国诗歌的美学航道，使中国诗歌从意识形态对抗的美学中走出，进入到更为日常、更为尊重个人生命体验的美学中，这对于中国新诗而言，是第一次。李亚伟本人，作为"莽汉"诗群的领袖，更是为中国新诗歌贡献了肆无忌惮的青春之美、生命意志之美和语言的天才、强悍、机巧、幽默之美，其独特的诗歌之美对于中国新诗影响深远，对于诗歌的口语化在文体上的完全成熟起到了极其重要的推动和催化作用。

获奖演说：

谢谢评委，谢谢在座的朋友。

我上次到额尔古纳来，也是参加"明天·额尔古纳诗歌双年奖"的颁奖聚会，我当时只是想见见诗人朋友们，同时也看看草原，看看成吉思汗的故乡，看看中国最美丽的河流之一——额尔古纳河。但是，在离开额尔古纳的时候，我觉得我已经是一位获奖者。因为我意识到，能到最有诗意的额尔古纳来，本身就是一种奖赏。

我现在手里捧着的是"明天·额尔古纳诗歌双年奖"。它在我眼里有如下与众不同之处：它有着脱离低级趣味的标准，它有着远离人际关系的姿态；它正在努力地呈现当代中国诗歌的真实现状，展现当代中国诗歌真正的内在的活力。因此，尽管这才是第二届，但它已经形成了独特的不可替代的影响。

当代中国诗歌，正在获得具有中国本土意义的涵养和气质，一些有眼光、有品质的作品正在被一些毫无名气的诗人们创作出来，这些作品与80年代以及90年代活跃一时的模仿西方现当代诗歌的诗人们的作品出现了分歧，这些作品不再染指西方大师笔下的书面场景，这些诗人比我年轻，他们并不为他们的创作去从英语或德语里面寻找写作意义和文化概念。他们低头看见了诗人与中国现实生活的关系，看见了东方文化最深处引人入胜的境界。所以，我今天也是非常不安的，因为优秀的、对汉语诗歌有真知灼见的诗人在中国其实还有很多。

我记得一位朋友说过，他站在台上的时候，觉得总有一双眼睛在看着他。他不能说明这双眼睛对于他具体意味着什么，但我知道，这双眼睛和他的灵魂有关，偶尔出来打量他的生活。今天，在白雪皑皑的中国东北方，我站在这里，我也觉得有一双美丽的眼睛在看着我，这是诗歌的眼睛。对于诗人——甚或一个从不写诗的人来说，在日常生活里，他也许会常常感觉不到诗意，但是，我要告诉他，诗歌的眼睛会关注每个人的一生。

诗生活通讯社记者 2006 年 12 月 31 日综合报道

华语文学传媒盛典演说

——第四届华语文学传媒盛典"年度诗人"李亚伟的授奖词及获奖演说

授奖词：

　　李亚伟的诗歌有一种粗野而狂放的气质。他的写作，既是语言和想象力的传奇，也是个人身体对一个时代的隐忍抗议。他对生活的异想天开和执迷不悟，成就了他诗歌中勇敢而不屈不挠的品质。他在历史和现实、远方和当下、人与世界的缝隙里，努力谛听一个奔走、辗转的心灵所发出的细微声音，并以旁观者的身份，将这个声音放大。

　　他出版于 2005 年度的《豪猪的诗篇》，作为第一部个人诗集，汇聚了他这二十几年来最为重要的诗歌声音，他的诗作曾影响一代人的写作，也曾启发后来者该如何正视自己的渺小和脆弱。他身上浑然天成的诗人性情和生命气息，只能在精神漫游中被语言所捕获，正如他多年来和当代诗坛格格不入一样，这些都共同证明了一个真正的诗人在这个时代必然承受的孤独命运。

获奖演说：

　　二十多年前，当我大量写作充满捣蛋意味的爱情诗和讽刺诗的时候，我曾经以为，反叛从生活里冲起来，扑进了我的诗歌里，并且在我那些乱七八糟的语法里匍匐着、摇着尾巴，随时准备进攻。以至于我曾经在我最早的一首献给女朋友的情诗里写过，如果有一天我得了什么大奖，亲爱的，你别去那里找我，我肯定是去那里放火。

我的创作始于 80 年代，因为语言和内容的过分粗暴，我的诗歌从一开始就被我周围的朋友们归入"地下诗歌"一流，登不了大雅之堂。也因此，我也老早就心甘情愿地待在所谓的边沿，孤芳自赏。但是，我今天到这里来，不是来放火的。华语传媒奖的宗旨和它的口碑使我感到我的诗歌得到了非常专业人士的非常高的评价，在此谢谢评委。

既然我是因为我的诗集《豪猪的诗篇》才来到了这里，我想就这本诗集说几句。我注意到了，很多人都认为这是我的第一本个人诗集，但我不这样认为，在此之前，我已经有过很多诗集了，在我大量写作被我和我的朋友们称为莽汉诗歌的时候，我有过手写的诗集，有过先刻蜡纸再用老式油印机油印的诗集，有过老式打印机打出来的以及铅印的诗集，等等。我现在回顾那些诗集的时候，才突然发觉，在我写诗的这个时代，光是我李亚伟一个人的诗集就经历了几乎是活版印刷术发明以后的印刷术的全部历史变化。现在把诗集挂到网络上去，它同样也是诗集，一本诗集并不一定要是印刷品的样子。我的意思是说，诗人应该更关心诗歌，而不是关心诗集的样式。诗歌应是自由的，诗歌与读者的交流也应该是极其自由的。

我刚刚开始写诗的时候，就有一个信念，我认为诗人没必要写一万首诗，但必须行万里路，要去会见最强硬的男人，也要去会见最软弱的女人，要把他的诗歌献给有头脑的敌人和没头没脑的爱人。也就是，诗人应该和生活有不可分割的关系，这样才有希望写出更加宽远的生命感觉。我要强调的是，只有生命才是诗歌永恒的主题，缺少了生命元素，什么诗都不值得写。

　　有人认为，诗人善于雄辩，喜欢滔滔不绝地发表演讲，喜欢大抒其情，这是对诗歌的误解，也是对诗人的误解。其实诗人常常容易陷入宽大的寂寞，容易对爱和永恒痴心妄想，所以在现实中，诗人更多地应该沉默和发呆，因此我在这里说的话也已经够多了，我应该走下讲台，继续痴心妄想、沉默和发呆。谢谢大家。

天上，人间

　　我心比天高，文章比表妹还漂亮，曾经在漫长的时光中写作和狂想，试图用诗中的眼睛看穿命的本质。除了喝酒、读书、听音乐是为了享乐，其余时光都反倒被我心目中天上的诗歌之眼看死，且勾去了那些光阴中的魂魄。那时我毫无知觉，自大而又疯狂，以为自己是一个玩命徒。我通常只在初夏和初冬时间里写诗，其余时光是人间的，我以为我是天上的人。初夏，我内心烂漫、充满喜悦，用语言的听觉倾听人间和海洋的躁动，准备挤进社会。到了初冬，我用词语的耳朵打听命外的消息，准备到很远的地方，也许是天边，也许是眼前去死。那是 80 年代，其实那时的雪花和现在没有两样，有时喧闹，有时寂寞。

　　90 年代我完全生活在人间。有时生活在责任感中，有时生活在不负责任中，完全发现自己是一个凡人。我看见与我同辈的 80 年代诗人群进入 90 年代后并没写出什么好诗（与我一样），他们开始了再次包装和策划，他们也是凡人，于是出现了后来的各种说法和争吵。我天性反对诗人对自己的诗歌，有一大套说法或一整套理论，反对诗人自负于自己的思想和文笔有正宗的来历（这些常让我好笑得要死），所以那时我认为所有关于诗的说法和争吵都反映了诗人们心目中的阴影。这块阴影很容易紧跟诗人，出现在他们的聚会处。对好诗人来说，这块阴影代表着他们对自己诗歌的没底和不安；对差诗人来说，这块阴影只有一个字就是假，这块阴影绝对不是天上投下来的。90 年代，——我对马松的诗佩服之极，他是我心目中最好的诗人，他总是用一个"假"字来搞定酒桌上另一个醉汉兄弟。整个 90 年代，马松喝醉后就对人比中指，我不知道有多少人想剁他的指头。他早已不读当代诗歌了，更不知道谁的诗好、谁的诗差，他只知道"假"字很厉害，因为"'假'害了你终生"。

　　那时，诗歌被策划，一群一群的诗人要做策划出来的文化品牌。那些日子，我不好意思写诗，想到自己是诗人就害羞，早上起床有时还脸红，出门碰到美女和正派的青年我都低着头。在整个 90 年代，只有碰到长头发搞艺术的人，我才非常不在乎。我也曾蓄长发，后来定定神，还是剪了。因为我突然明白，艺术家中（画家、诗人、整广告的）凡是没才气的都蓄长发。

　　如今，已到了 21 世纪，不知道哪些文化垃圾正被人从古今中外流传过来。但我相信，在北京，不管什么东西肯定正在被包装，在诗人、艺术家、导演家里正被打着先锋的粉底。其实诗歌从古到今都是先锋的，可我们不嫌累，我们只嫌出名不容易。此时我像宋炜——这也是一个天上的人——像他在女人面前说脏话那么有瘾，并且嘴滑，这些日子我极其嘴滑，说的话自己也不知道是真是假。因为整个 90 年代，实际上我也像我的同辈诗人们一样非常想做大诗人，而且我还语不惊人誓不休，同时天天想着吃香的喝辣的。但我知道，我们不应该对大诗人一词感兴趣，而应该对写作过程感兴趣。

　　前天夜晚，我和张小波、马松、陈琛、宋强等一帮朋友饮酒至夜半，大醉时听到天气预报说东北下雪了。这时我突然想起了诗歌，想起一个孤独的小诗人在东北写诗，窗外下起了大雪，这情节深深地触动了我，酒中空着的心充满了意境，我突然有所觉悟：我曾经对诗歌无比苛刻，是因为喜欢好诗、喜欢天外之音才对诗歌如此着迷的吗？不是，这如同世间没有好酒，人们也会造些滥酒喝得幸福不已。那一刻，我的心病和美德，仿佛又被火星上的桃花眼所窥破。我喜欢诗歌，仅仅是因为写诗愉快，写诗的过瘾程度，世间少有。我不愿在社会上做一个大诗人，我愿意在心里、在东北、在云南、在陕西的山里做一个小诗人，每当初冬，看着漫天雪花纷飞而下，推开黑暗中的窗户，眺望他乡和来世，还能听到人世中最寂寞处的轻轻响动。

李亚伟

2003 年 10 月 14 日

身边的二们之一

在朦胧诗之后，默默算是新一波诗人里面最早进入先锋诗歌写作的人物之一。

20世纪60年代出生的这些诗人，在80年代初开始秉承朦胧诗对主流写作的背叛态度，但又不跟随朦胧诗的写作轨迹，他们各自拉帮结派。那个时候，默默和他的盟友京不特、孟浪、胖山等玩的帮派叫作"撒娇"。默默玩得早，到现在也还在玩这个，算是老人级别的了。

但默默喜欢凑热闹，喜欢赶时髦，这是他的天性。这样的天性使得他常常要去新的领域折腾，并四处掀起风波。

因此，他既是老人物又是新人。正如朦胧诗流行那阵子，他投身诗歌创作；后来小说热闹起来时，他又写起了小说；电影观众很多的那阵子，他还写过电影；再后来，房地产开始发烧，处于炒房前沿的上海滩又能看见默默领着几个小弟做地产策划的身影。

这些年，默默又开始搞艺术实验，这一实验就是五六年，看来这次默默投入的精力较大、进入得也很深。从他的几次展览可以看出，他从创作的角度到观念的裁剪都出手很稳，成型的作品相当可观。不过，他自己好长时间都不知道怎么命名这些作品。有一天，我和他在西双版纳碰上马原，马原一句话就给他作品命了名字，叫默默视觉艺术。

他用相机拍的是什么呢？我认为他拍的是汉语诗歌。默默把他的作品打印出来并挂在墙上之后，我们看见的是久违的中国诗歌传统的意象，而且还是激荡着当下气质。前不久，我在成都的一次诗歌讲座中，索性将默默这些作品临时称呼为图像诗歌，正是基于他既有传统根脉又富含当代意义，这些作品也被艺术策展人海波描述为"一系列惊世骇俗的观念摄影作品"，并说默默的这些作品"仿佛使我们又退回到摄影术将要被发明又未被发明的那混沌一刻"。仿佛要让刚领略了默默图像艺术的人回家沏茶点烟、闭门思考。

默默涉及了很多领域，用"多面手"这个词不能严肃地、高规格地反映默默的探索深度和思考广度。这里，我还是愿意先从诗歌入手。我相信，在诗歌现场厘清了默默的诗歌气质，必然就能窥见默默这只全豹，遑论其艺术行径。

在诗歌这个场域里，一个诗人的创作生涯，大体上会践行如下走势：

首先，诗人在其诗歌创作的起步期，大都是通过感觉写作，这和美术生经历了基础训练后立志要做艺术家时的起点是一样的。这个时期可以叫作冲动期，这个时期的诗人很自信，常常以为自己在一年半载后就会成为优秀的诗人。事实也是如此，在这个时期，有的诗人很幸运，他能写出非常棒的作品，写出诗人自己终身都难以超越的作品，甚至写出他那个时代都没法超越的作品。没办法，这就是诗歌的特殊性。

其次，诗人进入中期写作时，我们常常可以看出，他正式开始了模仿大师、学习大师的过程，这也和专业的艺术家们的历程相仿。这个过程有时非常漫长、非常痛苦，中外历史上很多头发花白的诗人就一直在这个过程中蹒跚。这个时期可以叫作练习期，这个时期的诗人，有了一定的声誉，他一会儿自大、一会儿心虚，不得不为自己找理论、设原则，并且长期在自己设定的模式里创作和思考。这个时期的诗人有一个明显的特点：非常依赖阅读，长时间地被相关领域的知识和文化镇住了，非常不喜欢别人对自己做严格的评估，自己也不敢对自己的创造力做自我测试。

最后，有一部分人从这个时期走了出来，离开了上面所说的练习期，进入了第三个时期，这个时期可以叫作创作期或创造期。这个时期和诗人或艺术家的年龄没有关系，他可以很年轻，也可以是渊博的老手，此时他基本上明白了创新的含义，人类的知识、文化和文明在他的视野中有着比较清晰的呈现。他基本远离了同领域的阅读，也就是说，如果他是诗人，他基本上不读文学类书籍；如果他是艺术家，他也差不多远离了艺术类读物。他的阅读基本上和他的本行毫不相干，他的写作也比较自由了，已经没有任何模式了，偶尔也会有模式——那也是他临时创造出来的，很快就会被他打破或抛弃。

默默很另类，上述三个环节他都不靠，也可以说，他从初出茅庐至今，随时都穿行在这三个环节中。金庸的武侠中有个段誉，高招、低招都可能出现，他自己无法控制。默默则不是这样的，默默没有低招，他每一招背后都有转弯抹角的自我控制，有他隐藏着的思想来历，有他轻描淡写和毫不经意的盘算。

默默的诗歌创作从来都没什么约束，他现在的图像艺术也是这个路子。很显然，咱们这个时代，诗歌学习西方已经一百年了，很多诗人已经完全接纳了西方式的文学史，并被西方文学观套牢了创作方向。默默也很在乎西方文化的史学方法，尤其熟谙左派们的史学观，但这些东西却被他的感性消解了。他承认它的存在，但否定了和它的必然关联，并且用否定法进行着自己的创作实验。他以前的诗歌和现在的图像艺术就是这么创作出来的。

在默默的诗歌和图像艺术中，我们看见他一直在讲述，他的讲述有形有范，但他讲述的口气，却又使得那些思想和见解显得无足轻重。这是很另类的润物细无声。

默默的思维也是发散的，以至于在他的作品中，他的关于社会、人类、文化等观念的铺排和推动，经常被他九头怪一样多维的思路搅得四下里没了一丝踪影。最终，他又使自己的思路从很多方向返回来，在具体的作品中摧毁了自己的学术性和经典性。因此，默默的作品显得在语言上非常无意识，在文化上非常不规矩。以至于由于他在作品中对文化的若即若离、对结构和意义的漠视、对文学责任感的冷淡，我国的媒体、批评家都在最近几年悄悄疏远他、逃避他。是的，默默的创造天性和无形招数，使得他在普通的知识分子眼里像是一个并不打算成为大师的人物，他让他们非常遗憾，因为大师需要制造很多学术来支撑，而默默好像从不打算进入学术，不想进去哪怕坐一袋烟的工夫。

但是，也有一些眼尖的人偶尔会瞥见，在学术的附近，默默一直都存在，像一个惹不起的邻居。

这些年，很多本来与艺术关系不大的人士涌入这个行业，用搞设计、搞装修的手，用做业务、搞开发的思维，用投资理财、招商引资的行为方式进入了艺术创作，并直接使用商业上的成功术进行观念复制和符号投机。投机分子们成群结队地来了，默默在此时出现在展厅、画廊，有点像退休大叔们胸前挂一相机出现在热点景区一样，他是不是也有投机的嫌疑呢？

事实上，默默并没把自己当艺术家，他也知道没有必要这样做，正如很多艺术家把自己当匠人、学者和思想者一样，默默有他自己的定位。目前，他正在做图像艺术，但根据我的观察和理解，他一直是一个远离热闹场所的人，哪怕他全心全意在从事艺术发现，他也不会太靠近那些地方。独立和感性，使他看上去也是艺术的邻居。

这就是默默，他的热爱基本上属于随机，而不是投机。想起他先前也做过小说和电影的邻居，就不由得让人想起，他和这个社会也只不过是邻居关系。他是上海人，但却更像上海的邻居，并且不住在江苏；他长期生活在云南，只像是云南的邻居，也没有住在贵州。他和这一切是互相"看见"的关系。

默默非常好吃，是最贪吃的高血糖患者。他和美食，曾经形成了一种相互吃的关系，现在也做了和睦的邻居；他和美色，也基本保持在"看见"的节骨眼上。他是一切的邻居，但在思想尤其在行为上，他一直在尽主人的责任。

默默一高兴一抬腿就会直接去别人家里，也会一高兴一抬腿就进入别的行业，他从来不走"后门"、也不"翻窗户"，他想要进去就直接进去了，像崂山道士。如果全世界的诗人和艺术家都像他一样，那么这个局部率先进入共产主义就不太费劲儿了！

李亚伟

2012 年 8 月 14 日

身边的二们之二

　　我的不少画家朋友，前些年都不知到什么地方去了，这两年却又拿起了画笔。我的不少诗人朋友们这两年也有往画家行当里乱挤的，当然大部分人，本来就是诗画方面的全能人才。

　　我就先从王琪博说起。

　　王琪博画画，画了两个多月，疯狂地画出了几十幅油画，并且都以几万元的价格卖掉，卖得一张不剩，还要收藏的藏家，只有等着。这样的产销速度，超过了朦胧诗人老芒克刚下手画画的那段时间。

　　我不是说当今艺术界来了个未来的大人物，世上没有一两个月功力的大师。如同当官，哪怕真是个天才干部，也要一步一步地爬，高级别位置才会有得坐。王琪博大概也不例外，在艺术这个遍地钉子户的新工地上，他也正一步一步往前爬着。

　　只不过王琪博来了是一个标志性的问题，因为他不好好爬，他不是正规军。这如同在干部队伍里，有一天来了位没有上级也根本不把自己当下级看的家伙。

　　正规军里大伙儿都知道谁是谁，都不愿得罪人，都特害怕大人物，狐假虎威的人特多。见人说人话、见鬼说鬼话从来都是当代中国文艺圈子的基本语法，这样的话语方式要产生真革命很难。诗歌界也是如此，只不过诗歌入门门槛低，而且又过瘾又不花钱。不论是政客、经理，还是教师，折腾几天就可写出作品，再抓紧补点功课——读几本西方后现代作品，让自己在句法上像西方大师，最关键的是为自己的作品找一两个西式说法，把后现代观念包在作品中，然后天南海北跑勤些也行，还能混出大师样来。

诗歌界老早就比艺术界人员复杂，人员复杂林子就很大。革命之类的事，历来是小国小打小闹、大国天翻地覆。艺术界小打小闹了两下，大师和跟班们就有大局已定的感觉了。诗歌界在当代的新潮和运动是多次的天翻地覆，天翻地覆后都是复辟，尽管如此，仍是谁也不服谁。可值得注意的是，这片林子里的鸟儿很多可是成了精的，是经验丰富的革命者，有很多视格瓦拉为粪土的。他们画画，艺术界得小心了，他们有的为钱而来，有的为当格瓦拉而来，有的更是为了当卡尔·马克思和弗拉基米尔·列宁而来的，有的更过分，只是玩厌了诗歌，而侧身把艺术当文化大烟来过干瘾的。

这些从外面来的生客基本套路是不讲章法，主要动作是霸王硬上弓。他们会拿着砖头把假钉子们拍下去，他们没有上级，也从来没把自己当过下级；他们没有老师，也压根不会把自己当新人；他们本是老魔头，今后自己也不会当钉子户，他们只是来拍钉子、拔钉子、来折腾和忙乎的。

我的意思其实就是说，从另外一个世界来了很多瞎折腾的人，带来了一些不安定因素。现如今，艺术家中本来好多人都只是冲现钱来的，他们中很多人基本上不知道艺术女神的眼神在哪儿闪烁，也埋头励志自己来当艺术家，其实很多人最多适合去当水泥工和白案厨子。现在诗歌界和艺术界每个人都装着自己是个大人物，其中就有这些工种的朋友，原因是这些行当太好装大师了。当然真艺术家是有的，只是装大师的太多，把真的拉平了，把真的装没了。上过几年美术学院的杂工们装大师把真艺术家差不多装成了脸青面黑的矿工，且差不多都像吸着了瓦斯的。

这些从诗歌界来的人们能不能打倒艺术界的假偶像们呢？我认为这倒未必，但扰乱、分化、反叛甚至引发真正艺术革命的可行性是有的。王琪博一个多月的作品，毛病肯定很多，一年两年的作品肯定也不成熟。但我认为，艺术要的就是月黑风高的冲劲，艺术没有成熟一说，艺术家也没有成熟这一标准。

早些年，诗歌界被很多诗人称为江湖，两三年前王琪博探头进去看过几眼，江湖倒可以称为江湖，但是不见人物。有几个人，带了些学生、徒弟勉强互相恭维着，像某种类型人物。王琪博就转身走了。

王琪博本来可以算是一个人物，但他一直站在诗歌江湖之外。现在基本上成了个诗歌生客，只有80年代的默默等那一些老人儿们才知道这人曾经是个魔头。而如今，他与艺术界也是靠不上了。20世纪80年代，我在重庆大学和尚仲敏、敬晓东等发起了名噪一时的大学生诗派后转身离开，王琪博开始了他真正的江湖生活。如今他又莫名其妙地拿起了画笔。所以，从我自己艺术的角度告诉自己，王琪博们来了，必须引起我的注意。

因为我知道，他们和这之前在场的艺术家不一样。我不知道王琪博将归向何处，但我知道他从哪儿来的。现在很多人强调现场，把在场与否说得很重要。我很不屑，我认为这是后现代不成器的人们的狡辩。艺术要的就是天边来的那种陌生味，要的就是经验和学术的城墙通通挡不住的生猛劲。

身边的二们之三

《我的金属，我的植物，我的乡愁》
——对于变态艺术家，必须给予正派的诠释

　　认识李放的作品，是在 2006 年从他的《憨痴的幸福》和《诱惑的意象》两个系列开始的，其中还有他参与和践行过的一些行为艺术，可以说，李放的作品都有着深层次的个人内心琢磨。尤其是到了今年，他创作出来的《我的金属，我的植物，我的乡愁》系列，其个人体验越发深邃，单色调和孤单的物体落实在画面上，冷淡而又销魂，令人黯然和忧伤。李放的这种接近物理上的深邃，并不是源于他对于现在——后帝国主义、后资本主义、后工业社会生活背景的靠不上谱的多情。相反，他是冷冰冰的，有一种转身的姿态。这种姿态，说实话，我只能就事论事地说，是一种走过金属（工业、商业）、进入植物（农业、乡愁）、出现在东方（当代、现在）的艺术状态。所以，我认为，今天的李放不仅仅有独特的个人艺术体验，他还非常清醒地知道后现代艺术在中国的问题。

　　现今，中国的艺术家和诗人们，都非常明白西方后现代文化已经在中国落地开花，并且长出了各种各样时髦的物种（小说家和写散文的始终还没明白过来）。中国当代有一点理想一丝自信的艺术家和诗人都知道，后现代意识和后现代观念非常重要，人们也都明白这样一条真理：现如今，后现代就是一条成功、赚钱的康庄大道，而且几乎是唯一的一条路，至于其他观念，尤其是传统手法，那差不多都是边沿化操作或乡下人把式。所以，不在后现代这条路上奔走，绝对不能成事。这和做生意的想要搞大一样，如果不和政府合作，不和高官打交道那只能做小商小贩。

中国诗歌界近三十年来，很多人一直刻苦模仿西方现代派后现代派作品，这些人现在头发开始花白了，但他们仍自信地等待一个结果，那就是他们的山寨文本能成为中国当代的文学标准样式。假的变成真的在古往今来都是办得到的事情，当然前提是真的不要出现。事实上，从"文化大革命"结束开始，中国当代文学全靠这些山寨作品，快速地真实地推动了中国文学的发展。就如同山寨机推动了中国各种电子产品的快速发展一样。目前，中国靠前的那部分当代诗人相当自信，就是国外的真家伙们来了也不怎么怕了。

而中国的艺术家，更是有过之而无不及。观念是西方的而且是当代的，这就是创作法宝。近百年来，中国知识分子刻苦学习西方哲学、消化西方思想，进行了几场大的革命。到如今，仅艺术革命这一块，已经可以浓缩成两个字了，那就是"观念"。

于是，在艺术家和诗人们手里，鲜艳的观念会被他们在作品中表现出来或者安装上去。然而李放知道一个非常实在的道理：观念很重要，但不能解决作品的最大、最浅白的问题，那就是好与坏，或者喜欢与不喜欢。是的，观念这东西，更不能解决作者和作品最终极的问题——你是不是得到了创造的真谛。观念已经变成了很流行的赌具，变成了骰子之类的东西，艺术家们摇来晃去地甩骰盅，希望骰盅揭开的那一天，他的观念能支撑着他的作品站起来，希望他的作品能屹立在艺术史里面。但是，李放却不相信这些碰巧的事情。

如果说，观念能在作品中与智慧巧遇，那就是苹果掉下来砸中了一个人，这个人也正好是牛顿。换句话说，观念能引导作品去巧遇智慧，这必定是在另一个平台上。在这个平台上，一个有天赋的艺术家，辛勤创作、反复实验，有一天他找到了自己的新奇的语言，这个语言后来真成了他自己的观念。

李放的这个有软金属气息的系列近作，在画面上被直接赋予了东方内核，但金属的外表却很自然地有一种硬的挣扎。这些硬的挣扎，意味着软化、屈服和寻求合作，类似碰上了不好盘活的物业、推不动的婚外恋或者难以签字的虚拟交流。

挣扎，意味着欲望强烈但无从下手。这样的挣扎离开画布，离开我们观赏的视觉之后，悄悄地成就了雌雄交融之好事的意思。因此，我认为，画布上金属的软是心满意足的。

我个人的理解就是，画布上的硬可以理解为是这个时代的性需求，赤裸裸的不要白不要的性爱观。这个时代，艺术和商品一样，它可以不高潮，但不能没有引诱，这和我们人的秉性是多么的一样啊。所以，从这个意义上讲，李放的这批作品很天然。

谈李放的画，我要说难道李放的作品里只有性吗？是的，只有性，而且只有一点点性，或者说只有性的一部分，甚至看起来，作品全部都像是性的前戏或前前戏。不过，后戏是你欣赏完李放作品后的自由发挥。

李放的作品实际上也走的是东西方结合这条路子。但这条路上走的人，多半结合下来东方还是东方，西方还是西方，但李放做得还不错。

如今，东方就是全球化的工业垃圾场，也是全球化的文化垃圾场，西方是前者的配置物业。李放的这批作品就是这个垃圾场永不打算处理的亭亭玉立的欲望之花。乡愁太远，投过来的是冷的软、冷的美。这些植物，仿佛是我们灵魂回乡路上开放着的金属。

荷花、翠竹这些美丽的植物，最早就生长在中国最灿烂的文化里，它们有时在楚辞里一枝独秀，有时在唐诗里遍地摇曳，有时在苏轼的府邸里想出墙，有时在李清照的后院里想叹息。如今，它们开放在2013年，它

们开放在 GDP 的洼地里，开在雾霾中。这些可爱的令人往温柔方向遐想
的植物，在李放的画布上，怎么看着里面都有古今男女们螺旋形的灵魂，
这些双螺旋，这些可爱的基因，从今以后将会以少见的冷艳俊俏的姿态开
在消费社会里，开在我们瞎折腾之后平静的心中。

二

他／说

谁打击了写作

马策

在中国当代诗歌场域，李亚伟有着不言而喻的符号意义，他从20世纪80年代向诗歌写作的下游秘密漂送启示。他称得上是这个麻木时代的强力诗人，写作伊始就深入到历史中。直到今天，在一向低调的李亚伟写诗20多年后，人们才有幸读到他公开出版的第一本诗集：这个麻木时代总算意识到自身的冷漠和势利。所以我说有幸，总算有幸。

李亚伟早年盛传人口的名篇《中文系》《苏东坡和他的朋友们》等为他赢得了反文化英雄的名号。前者是对文学及其教育的恣意调侃、反讽，后者则直接逗弄了传统诗歌的风雅颂、赋比兴。李亚伟告知我们诗歌可以不优雅、不精致、不宽厚、不蕴藉，可以极尽粗野和孟浪；诗人可以是颠覆人们从文化中习得的有关诗歌传统教养、知识、经验的莽汉。"我的手在知识界已经弄断了"（《给女朋友的一封信》），谁说不是呢？这还是1984—1985年间的事。接下来，李亚伟写出了一批"醉酒的诗"和"好色的诗"。前者很有些醉醺醺的晕眩感，后者则让我们瞥见了"桃花在雨中掩盖了李家的后院"，还有——"下个世纪，丑女子将全部死掉／桃花将空全地猖狂／弥漫在香气和音乐之上成为一个国家"（《破碎的女子》）。我称这一时期为经典的莽汉时期，也是李亚伟的酒色才气时期。

1986年，作为诗歌流派的"莽汉主义"解散后，李亚伟开始了孤独的行吟时期，我称它为经典的后莽汉时期。《岛·陆地·天》《航海志》和《野马和尘埃》等长诗，以某种超现实主义的方式诉说着诗人心灵甚于地理的流浪。李亚伟带着他飞扬的诗歌、骚动的青春和肾上腺素不断升高的生命激情呼啸在 80 年代第三代诗歌运动阳光灿烂的日子里。

　　在写于 1993 年的《流浪途中的"莽汉主义"》一文中，李亚伟说道："'莽汉主义'幸福地走在流浪的路上，大步走在人生旅程的中途，感到路不够走，女人不够用来爱，世界不够我们拿来生活，病不够我们生，伤口不够我们拿来痛，伤口当然也不够我们拿来笑。"天哪，并不是什么东西不够，而实在是诗人的青春、生命和诗歌才华极度过剩。诗人热血迸发，荷尔蒙狂飙突进，过剩供得起全部的挥霍。李亚伟大肆挥霍着 80 年代。写诗、喝酒、追逐女人、打架、走州过府地流浪，李亚伟实践着诗歌的生活化和生活的诗意化。几乎没有人能像他那样痛痛快快地做着知（诗）行合一的诗人。诗人的角色及其世俗生活的角色相重合，语言 / 文字和行为 / 声音相重合，英雄加泼皮，或者好汉加暴徒，这使"莽汉主义"将诗歌流派广泛地拓展为风格化的生活方式。当然，"莽汉"就是中国式"嚎叫"，"莽汉主义"就是中国的"垮掉一代"。

　　"再不揍那小子 / 我就可能朝自己下手 / 我本不嗜血 / 可我身上的血想出去 / 想瞧瞧其他血是怎么回事""这是很好的交流 / 我揍那小子眉心 / 我不想看他那副生活 / 还过得去的样子 / 其实我生活也过得去 / 可我拳面太粗糙 / 骨节太大这会儿 / 很过不去"——这是《打架歌》中的诗句。李亚伟的词语搭配充分陌生化，语句跟语句之间往往充满悖论。诗人先是拆解意向（不是意象），再重建意向。拆解是为了重建，为了更有力地强化意向。经由这几道工序发展出来的幽默不过是其诗歌的副产品。李亚伟实际上重建了他独立的语言系统：他的语法和修辞。他的诗歌自然是轻向度的，一种浪漫的喜剧精神贯穿了他的全部写作。一般而言，这种喜剧体现在某种混乱局面被制止后的欢乐上。在李亚伟眼中，事物往往混乱不堪，他预先描绘混乱并深入混乱再予以制止，然后迎来混乱被制止后的欢乐，以此发展诗歌的表现力和打开张力。在这种相互排斥、相互悖反、彼此缠绕纠结的加速度语言突围中，语言本身获得了极大的生殖力，诗歌因此大开大阖，就像一场刀和伤口的调情。尤其是李亚伟惯用的长句，进一步铺张了调情的喜剧氛围。这也是他对语言的挥霍。

李亚伟说过，"我是一个从天上掉下来的语言打手／汉字是我自杀的高级旅馆"（《萨克斯》）。他还说过，"我是一个叛变的字，出卖了文章中的同伙／我是一个好样的汉字，打击了写作"（《自我》）。他经常使用一些极其张扬、主体外露的抒情，自嘲并不动声色地反讽别人，这比后来的王朔风格自然早了很多。"寺庙与青春""野马与尘埃"，这两个诗歌标题，可以看作是李亚伟某种程度上的自我命名的两组意象。《寺庙与青春》中说，"我有时文雅，有时目不识丁／有时因浪漫而沉默，有时／我骑着一匹害群之马在天边来回奔驰，在文明社会忽东忽西／从天上看下去，就像是在一个漆黑的论点上出尔反尔／伏在地面看过去，又像是在一个美丽的疑点上大入大出"。无须更多解释，当青春骑上斑斓的高头野马，后面是无边的滚滚尘埃和空虚。

还是在《流浪途中的"莽汉主义"》一文中，李亚伟写道："我反复打量过 80 年代，眺望当初'莽汉主义'的形成与爆炸，多少次都面临这山望着那山高的刺激场面，我反复告诉过那个年代，我要来，我们要来，我们要回来！"终于在 2001 年的《芙蓉》杂志上，李亚伟复出了。记得当时，我在橡皮网上发帖，称他那组《我飞得更高》（9 首）为当年中国诗歌最富想象力的作品。新世纪，李亚伟依然在他的招牌长句间穿行，生命再次打开，一种奇异的海洋和陆地景观幻象般从我们面前掠过。李亚伟依然狂妄，不过这一回已是年华老去后在高处俯瞰苍茫空阔时被寂寞热烈拥抱时的狂妄。诗人不在人间，他住在高处、住在天上。

只是我们不知道李亚伟是否会继续挥霍他的才情并继续出卖文章打击写作：像曾经的野马、公牛闯进了诗歌的瓷器店。

《豪猪的诗篇》序

张小波

进入 2005 年下半年的李亚伟似乎比以往从容淡定了许多。他回成都做了一阵子丈夫和父亲，去香格里拉盘下一处据说面积颇大的旅馆，准备装修迎客，开门揖盗——这样的生意应该是颇为适合他的，客人无须太多，挣个酒足饭饱就行。他决意离开北京的原因错综复杂，其中主要一条便是"好吃懒做"。北京能容得下这样的人么——哪怕你是著名诗人李亚伟。十几年的书商生涯对李亚伟兄弟最大的改变是，他的臀部缓慢地、不可挽回地垮塌下去。以前那是我们多么嫉羡的一个部位呵，饱满，坚实，扭捏间有一种不愿彻底展露自身的害羞——现在，呵，现在它则无耻地下垂着，每时每刻都有可能坐下来那样。而内心的崩塌，那种被艾略特称为"嘘"的一声的动静，甚至连李亚伟自己都无法侧耳听到。

他说，张哥，我要卖掉房子，遣散人员；他说，我要快点离开北京，转到哪里是哪里，看到美女就停下来，看到美食就停下来，看到美景就停下来。我傻乎乎地，好像烘托其卓尔不凡地问他："你就一点正事都不想做了？"他骂一句粗口，振振有词地反驳我："张哥，鱼有正事吗？蛇有正事吗？它们一辈子就那么游手好闲，又有谁指责它们。我现在只想做鱼蛇之流，彻底不务正业。"多么牛逼的理由啊，如此牵强又如此大气磅礴，我得承认对我很有震撼哦。我不能再对他说"行不得也哥哥"了。想想也是，我们做的这是什么倒头生意呵，妈妈不疼舅舅不爱。盘子不大，贷款无着，政府不关心，知识分子不鸟你，读者不买账。十余年来在图书行业被侮辱性地称为"二渠道"。二，北京话里是什么意思大伙又不是不知道。于是我沉声道："不错不错，李哥你先走一步就是。弟弟我这边的生意呢，垮那是早晚的事。一垮掉我便去南方找你。"他眼睛里慢慢有了泪光，颇为小资地捏了一下我的手。

难道这就是他早期诗里所写的：我要到远方去，看看我自己。少年时的轻薄妄言，甫到四十便一语成谶，哪个邪恶的神祇在操弄着我们，使我们再也不耻于把自己定义为"无用的一代"呵。

现在很多人都在传颂李亚伟的一段话："我不愿在社会上做一个大诗人，我愿意在心里、在东北、在云南、在陕西的山里做一个小诗人，每当初冬，在心里看着漫天雪花纷飞而下，推开黑暗中的窗户，眺望他乡和来世，还能听到人世中最寂寞处的轻轻响动。"但是，针对这段话的许多评论和喟叹在我看来都是扯淡，什么关键词是"在心里"，什么"人世间最寂寞处的轻轻响动"，如果在诗意上处理得巧妙"它的声响也是巨大的"，说了比不说还糟。西方有人说卡夫卡是"弱的天才"，如果我们现在承认李亚伟是一个诗歌天才，那么上述那段话体现的正是"天才之弱"，一个"莽汉主义"的天才的弱——诗歌的无力拯救，甚至对人类自救也拒绝承担哪怕一点点使命，诗歌说的正是，我们的小，我们的弱。

一次席间，从德国回来的诗人张枣谈起战后德国文学时，说到那些用德语写作的德裔犹太作家（如保罗·策兰）——他们自称是"用敌人的语言"写作。这给了我巨大的震撼和坠入地狱般的遐想。其犹太身份和赖以创作的德语间断成不可弥合的裂隙。在策兰等人心中，耶路撒冷和奥斯维辛既是两座连体堡垒又是相互的镜像，"奥斯维辛之后，写诗是可耻的"，而用德语写诗则更是耻彻心腑。所以，我们看到了这样的名句："死亡是德语来的大师。"（保罗·策兰）战后犹太作家的德语写作对德意志语言的生态密码进行了强力篡改，破坏了德语既往的有序、行进路径和甜美格式。而今以后，德语将命定地被锁入一个自我忏悔的轮盘上，只要它转动，便有一种罪感与耻感穿行其中，咯吱作响。

所以，当全世界都说保罗·策兰是德语的源头性诗人时，我便不敢轻易地歌颂李亚伟是"汉语的源头性诗人"了。尽管，如果非要给当代汉语诗人一顶"源头性"的桂冠，李亚伟当是一时之选。"非非"和"他们"——我非常赞同李少君的评论——对李亚伟等人有意无意的遮蔽早晚会被洞穿。但是，"惟天下至诚能胜天下至伪，惟天下至拙能胜天下至巧"。相较于"非非"先创造理论再以理论来指导实践的行为主义加焰火晚会的非常作派，"莽汉"对汉语诗歌的贡献以其一向的低调和自信更为我们敬重和敬仰。

汉语既是母语，又是敌人。这是李亚伟的诗歌展现给我们的一个奇异景观，他在捍卫汉语内部的甜蜜和秩序时，又怀有一种对继父般的仇恨。对一个中国诗人来说，心中要"既有耶路撒冷又有奥斯维辛"是多么的难以想象呵。李亚伟有吗？我不敢肯定；其他诗人有吗？我敢肯定，他们几乎没有。当今有的年轻人在初读李亚伟的诗歌时，坦承讶异于"诗歌还可以这么写"，几千年形成的汉语传统被他撕裂、蹂躏，又用小心翼翼的爱去梦见——这种才华与生俱来，无须觉醒。但仅有这些是不够的，一种"稀有的、罕见的"才华并不能天定地转换成令人激赏的诗歌成就；只有痛苦地觉醒着，背负奥斯维辛去寻找耶路撒冷，并且（不要鄙夷）以一种极其专业的素养去呵护那种才华不致夭折——这才是一个大诗人诞生的基本条件。坦率地说，在国内诗人中，我只对李亚伟怀有这种信心。

来年吧，等我彻底收手，万事皆空，我就会去南方找你。

处子·莽汉·玩儿命诗学

——重读李亚伟[1]

李震

  重读李亚伟首先是由于我对李亚伟诗歌的热爱，尽管在各种包装精美的烂诗集四处横流的今天，我读到的李亚伟十几年前的诗歌依然是打印件或者手抄稿。

  重读李亚伟也是当今诗坛使然。尽管李亚伟所代表的莽汉诗歌的写作已经过去十几年了，但当下诗坛的情景似乎又重新复活了李亚伟的诗歌。

  重读李亚伟，更是由于李亚伟的诗歌原本是 90 年代以来某些甚嚣尘上的诗歌潮流的源头。尽管由他哺育起来的几代诗人努力想忘掉他，但那些只学走他皮毛的诗人却始终不能遮挡住他诗歌的光芒。

---

[1] 李亚伟，1963 年生于四川西阳（今属重庆），曾在四川某师范学院中文系就读四年（逃学 3 年），1984 年开始写一些"混蛋诗歌"，并发起组建莽汉主义诗歌流派。其诗作最早多以在酒桌上朗诵的形式发表，后以一首《中文系》被传抄遍全国各大学的中文系。从 20 世纪 80 年代至今所作的大量诗作中，李亚伟自选 300 余首，共分 11 集：

  一、男人的诗（习作：反对文化的肇事言论）；二、峡谷酒店（烈酒与性命的感受）；三、醉酒于积雪的村庄（练习：传统的美酒和孤独）；四、太子·刺客和美人（旧时意境和才子情怀之一）；五、河的抒情诗（旧时意境和才子情怀之二）；六、美女和宝马（旧时意境和才子情怀之三）七、鸟·陆地·天（记忆中的时代）；八、航海志（对远航和异域的狂想）；九、野马和尘埃（自大者和渺远的风景）；十、光头的青春（青春期关于酒色的练习残简）；十一、红色岁月（政治情结和文人恶习的断章）。李亚伟在诗歌写作中表现出的卓越的语言才能和反文化意义，使他被认为是北岛之后最受欢迎的大陆诗人之一和中国后现代诗歌的重要代表诗人。

1

　　重读李亚伟的诗歌，首先让我感兴趣的，其实是一个最朴素的、最基本的问题，那就是：一种语言的书写何以能使人感到愉快？

　　当我们对诗歌做了各种深奥而繁杂的实验和阐释之后，这个问题依然很基本地存在着。这正是以往对李亚伟的诗歌，乃至对所有诗歌的阐释始终使我感到无关痛痒的原因。的确，我们已经拥有了对诗歌以及与诗歌相关的东西的各种各样深奥的看法，但我们始终没有认真地正视过诗歌之于我们的最起码的问题。在我所掌握的关于李亚伟诗歌的一些评说中，我只看到了人们在极力描述李亚伟诗歌的反文化意义，以及李亚伟本人是多么无法无天的一位反文化斗士，而很少有人研究李亚伟作为一个诗人的资质，尤其是对李亚伟诗歌中最让人们受用的那种来自语言的愉快。

　　面对这个问题，我首先做两个简单的假设：一是，如果李亚伟持相反的文化立场，那么他的诗歌给我们带来的这种愉快还是否存在？二是，一个不是李亚伟的人，假如他的性情同样地幽默，那么他所写出来的诗歌是否也能带来这种愉快？第一个假设事实上已经在李亚伟后期的一些反文化意味很少的诗歌中得到了验证，那些诗歌依然使我们得到了这种愉快。第二个假设我们同时可以在诗人和非诗人中间得到验证，许多性情幽默的人，写出来的东西却是味同嚼蜡。这两个假设让我坚信，李亚伟诗歌给我的愉快既不是来自人们津津乐道的反文化的快感，也不全是来自他性情中的幽默，更不是来自一些琐屑的生活情趣，而只能是来自他先天的语言才能，以及这种才能在他的诗歌写作中的肆意挥霍。

　　20世纪80年代以来的中国现代诗人们，有的试图从语言的阶梯攀登人类精神的高地，然而，且不说能否真正抵达这种预设的高地，仅就他们用以"攀登"的语言方式，就已经使诗歌变成了一个痛苦的十字架。沉重与苦涩已经使现代诗歌违背了自己的本性，本应不断复活人的天性，使人的天性在愉快中健康发展的诗歌艺术，在现代诗人的语言中变成了人类天性的牢笼。有的打着"平民意识""口语化"的旗号一再稀释诗歌的艺术浓度，最终将"平民意识"变成了"平庸意识"，将"口语诗歌"变成了"口水诗歌"。我正是在这样的背景中认识李亚伟诗歌带给我的愉快的。

在这个意义上说，李亚伟诗歌带来的愉快，不是指那种放弃"精神攀登"的轻松感，不是指那种廉价的生活幽默，更不是指那种在诗歌中用几个具有欢快效果的语词。而是指一个诗人在相对完好的天性中的诗性言说。语言之于李亚伟，不是他作为一个"知识分子"进行学习和思考的结果，而是一种天赋的才能，是他健康天性的存在方式。李亚伟的语言方式至少在这样几个方面对诗歌写作带来普遍的启示。

第一，李亚伟的诗歌由以川东方言为基础的口语进入了母语境况。李亚伟作为口语写作的代表诗人这一点是人所共知的，但仅以一般现代知识分子的口语来认识李亚伟的口语是没有意义的。当然，对于被大量概念和逻辑僵死化了的现代书面语言来说，口语显然更能够复活早已萎钝了的现代人的感官和直觉，更能接近诗性的言说，因此诗歌写作的口语化已经是一个进步。事实上这种努力从五四时期的新诗尝试者们之前就已经开始了，当时的说法叫"我手写吾口"[1]，并被当作"诗界革命"的重要内容。但由于那时候现代汉语本身都还没有发育成熟，这种努力最终被落实到如何使新诗的语言摆脱文言的思维、洋文的思维和文人惯用的书面语言的思维上，而且这些努力都不算成功。最有代表性的是胡适和李金发，胡适作为一个大文人不仅具有深厚的文言文的修养，而且也熟悉西方语言，尤其是这些语言的书面形式，而他不遗余力地倡导白话诗，除了更多的文化的

---

[1] 见黄遵宪杂感诗。

原因外，恐怕他是深知口语更接近诗性言说这个道理的，[1]可惜连他自己也承认，他的尝试是不成功的，这使他对毛泽东的白话文羡慕不已。李金发在法国留学时是学美术的，而且他留学以前接受最多的恐怕也是文言文的教育，但他在法国期间却写起了白话诗，从中也可以看出诗歌写作口语化的必然趋势，只可惜在现代汉语尚不成熟的时候，这种努力都不会很成功，李金发努力的结果不是像胡适那种"不文不白"，而是"不洋不土"[2]。及至后来的"民族化""大众化"运动，诗歌写作虽然一窝蜂地动用了乡言俚语，但由于当时艺术观念的局限，使当时的诗人没有能够从民间口语抵达真正的诗性言说，而是大量移植民歌民谣。到 20 世纪 80 年代中期李亚伟出现的时候，现代汉语自身已经相对成熟，尤其是经过几个回合的发展，特别是新诗潮的冲刷，诗人们的艺术观念已接近现代水平。口语诗歌实验的条件已基本具备。在当时出现的一大批从事口语诗歌写作的诗人中，李亚伟是最成功的一位。他不是仅仅在非书面语言的意义上，简单地用一个现代知识分子的口头语言来写诗，而是立足于他的川东方言。川东方言在两个意义上使李亚伟的口语回到了母语的境况。其一，一个人的方言在很大程度上是他无意识的存在形式，因为方言是一个人童年时期，尤其是习语时期的语言，那个时期的语言是最真实、最纯洁、最富于表现力、最接近诗性的。其二，一个地区的方言，尤其是像川东这样原始文化生态保存相对完好的地区的方言，在很大程度上保留着人类早期语言

---

[1] 在《胡适留学日记》（三）中，胡适说过："一部中国文学史只是一部文字形式（工具）新陈代谢的历史，只是'活文学'随时起来替代'死文学'的历史。文学的生命全靠能用一个时代的活的工具来表现一个时代的情感和思想。工具僵化了，必须另换新的，活的，这就是'文学革命'。"这一说法不仅对文言与白话有效，而且，对书面语言与口头语言也同样有效。

[2] 周良沛在《李金发诗集·序》中说："那个时候一位身在异邦的游子（指李金发），日常用的是法语，又想用母语表达他的诗情时，即便诗情无限，也仅能限于他母语的水平来表达，或是用他认定的这种表述办法来表达。因此，他笔下老出现'吾生爱 Caresse（抚摸）之开始'这样的句子就不足为怪了。"由此我们可以认为，李金发之所以被称为"诗怪"，不全是由于国人对象征主义的陌生，也是由于他语言上的不成熟。

所代表的思维习惯，也就是人类童年时期或习语时期的一些思维习惯。这种思维习惯要比高度文明化、理性化的思维方式更接近诗性的言说。加之，李亚伟的反文化意识，使他在语言方式上更愿意保留方言的特性。当然，这种特性主要是思维意义上的，而不是俚俗意义上的。

第二，母语意义上的口语比普通口语具备更多的诗性特质，更接近趋向于健康快乐的人类天性。

首先母语意义上的口语更接近人类早期语言的命名性质。这一性质决定了语词综合理性与直觉、抽象与具象、表现与再现的能力，这种能力可以直接突现被现代语言钝化了的感官和直觉，使语言变得生动而且令人愉快。语词的这种能力在李亚伟的诗歌中表现得极为充分：

> 若干年后你要找到全世界最破的／一家酒馆才能找到我／有史以来最黑的一个夜晚你要用脚踢才能发现／不要用手摸，因为我不能伸出手来／我的手在知识界已经弄断了／我会向你伸出细微的呻吟
>
> ——《给女朋友的一封信》

在知识界弄断了的这只"手"既再现出了我们感官所及的手，刺痛着我们的直觉，又表现出前所未有的意义，得到了一次新的命名。

其次，母语意义上的口语比普通口语更少语法和固定语义的约束，使语言成为一片没有维度、没有疆界、没有被肢解和玷污的净土。在这片净土上，那个习惯于妄动的李亚伟有如一个处子，向人们展示着纯净和圣洁。与他作为一位反文化斗士恰恰相反，在粗野和狂放的背后，在语法的经纬之间，在语词的积木堆里，李亚伟像一个儿童专注地做着他的趣味游戏。在李亚伟的游戏中，语言不再作为一个意义的连续体和语法的组织单位，语词完全按照趣味的需要，以戏剧性的法则组合在一起——

　　我们曾九死一生地／走出大江东去西江月／走出中文系，用头／用牙齿走进了生活的天井，用头／用气功撞开了爱情的大门／我们曾用屈原用骈文／用彼得拉克十四行诗向女人／劈头盖脸打去／用不明飞行物向她们进攻／朝她们头上砸下一两个校长主任／砸下威胁砸下山盟海誓／强迫她们掏出藏得死死的爱情

——《硬汉》

　　这些诗句中，我们看到一种腐朽的大学教育变成了一场语言的恶作剧，大量来自书本的、来自民间口语的、早已被人们按照常规语义用得烂熟的语词，在这些恶作剧中都获得了新生。这些语词的常规语义在李亚伟的书写中几乎荡然无存，而成了一种新的游戏规则中有趣的玩具。在这里，人们或许注意到了李亚伟作为一个文化叛逆者的无法无天，但作为一位诗人，更重要的是他在语言方式上的"无法无天"，他不仅以反常的组合无情地戏弄着语词的常规语义，而且一再藐视语法，让人们在一系列不可能的组合方式中读出了语词的全新语义。这种努力在李亚伟的写作中始终是自觉的。在《1986 年》中，他写道：

　　厚颜无耻的诗人被更为厚颜无耻的语法缠在床上不停呻吟／所有的野花从绿色中露出丑嘴脸从四面八方拥进诗人荒芜的心中洗劫深深的城府

　　事实上，诗人的写作过程就是一场与语法、与被重复了无数次的常规语义的战争。语言中遮蔽人的感官和直觉的正是那些被约定俗成的语法和语义。诗人与常人面对的是同一套语言系统，他所言说的之所以是诗而不是俗话，正是由于他对语言始终保持着一种处子般的警觉、敏感和纯真，每一种言说、每一个语词都是他面对一个新鲜世界时的第一次命名。李亚

伟正是这样一个天生的语言的处子。

　　第三，如果说，对抗语法、消解常规语义是所有优秀诗人的共同手段，那么营造语言的虚拟空间，则是李亚伟语言才能的一个先天优势。语言的虚拟空间不是指诗歌语言中寄寓的诗人惯常的想象力，更不是指通常所说的虚构能力，而是指诗人对语言自身空间的特殊领悟和主动涉足，是指语法和常规语义所约定的、可感知的意义所指涉的空间之外的空间。语言的这个空间是在母语的意义上形成的，也就是在原始命名状态下具备的。因此它是天赋不足的诗人所无法企及的。我之所以把这个空间称为虚拟空间，仅仅是就表面而言的，本质上它并非虚拟出来的，而是语言的一个先在空间，诗人对它的涉足也并不是一种创造，而是一种特殊的领悟和令人惊喜的发现。这个空间是表象与本质的统一，是人类感官和直觉的乐园，人类在这个语言的空间所获得的愉快可以说是至高无上的，李亚伟只是用诗歌发现了它，并将那种至高无上的愉快传递给了我们——

　　　　我们从劳动和收获两个方向来／我们从花和果实的两个方面来／通过自学，成为人民……

——《我们》

　　　　码头停泊在秋天一行大雁被天空挤了出去／回家途中／人被自己的想象挤到一边／整个下午只得孤零零／活在一片远景里

——《世界拥挤》

　　　　从今年到明年有没有去非洲远？／我使劲活能不能马上就到明年？／我他妈一阵乱跑能不能跑过去？

——《航海》

　　在这些诗句中，语言所展示的空间不是现成的意义可以描述的，每个语词都来自一个没有被意义分割的整体，在这个整体中，时间与空间是一体的，诗人用时间去丈量空间，又用空间行为来展示时间。语词的意义超越了早已被约定的领域，而进入了一个用约定语义，甚至用想象力无法穷尽的空间。如果我们用古典诗人一直被人们传颂的那个名句"落霞与孤鹜齐飞，秋水共长天一色"与李亚伟的"码头停泊在秋天一行大雁被天空挤了出去"相比，后者在语言上显然要比前者复杂得多。这两个句子有许多共同的元素：秋天、水、天空、鹜和雁，但前者完全在人的想象力之内，也就是说人们完全可以用语言既定的意义来理解它，而后者则是人们按照语言既定的意义无法想象的，码头向来是人们用以停泊船只的，而在这里它自己却成为停泊者，而"停泊"一词又使"秋天"成了一弘冰凉的水域。至于鸟类在天空飞远的景象，人们不仅已经习惯了"落霞与孤鹜齐飞"，而且更习惯了"一行白鹭上青天"和"天高云淡／望断南飞雁"的描述，但不会有人想象到一行大雁是被天空"挤"出去的。这里，我无意证明李亚伟比古人高明，而是在比较不同的诗人所动用的同一个语种给我们展示的两种不同的空间。这两种空间之间最本质的不同在于前者是在被常规语义切割后形成的意义空间，后者则是退回到被常规语义切割之前的语言的原在空间，前者是任何人都可以用被约定的语义来理解和想象的，而后者则必须靠艺术的灵视去领悟的。

2

重读李亚伟让我意识到的另一个无法回避的问题：一个诗人所持有的文化姿态到底与他的诗歌写作有多少必然的关联？

李亚伟与他所带领的莽汉诗人群落，是以从行为方式、生存状态到诗歌写作的文化叛逆的形象出现于诗坛的，人们习惯于将他们与欧洲的达

达主义、俄国的未来派，尤其是美国六七十年代以艾伦·金斯堡为代表的
"垮掉派"诗人相提并论，人们甚至用莽汉诗歌的反文化意义遮蔽，甚至
否定了其作为诗歌本身的意义。杨远宏在一篇专论"莽汉"的文章中就曾
得出过这样的结论："他们也同时将诗歌带向了平面，带来诗人对技巧的
轻率和敌意，这何尝不又是另'一副蠢状'？！"[1]而事实上，只要认真
阅读就会发现，莽汉诗歌的粗糙只是表面的、策略性的，或者行为意义上
的，而在语言的组合上却是相当精细、机智和富有空间感的。就拿同一篇
文章中所列举的"被狗和贫穷不断扯破裤裆"（李亚伟），"把路／套在脚
上走成拖鞋"（马松）这样的句子来看，也不能说是"平面"的，或是对
技巧的一种"轻率和敌意"，更谈不到是什么"蠢状"。这种误读与误导，
不仅在批评界，而且在诗人中也广泛存在着。李亚伟之后起来的不少诗
人，都想通过造文化的反，而成为诗人，其结果只做了二三流的"反文化
斗士"，却很难说是一些合格的诗人。据说，在李亚伟的家乡起来一大批
流氓阿飞，说要追随李亚伟去当诗人，而且个个都在写诗，但正如李亚伟
所说，这些小孩什么都好，就是不会写诗。

　　如何理解一个诗人的文化姿态与他的诗歌写作的关系，不仅是我们阅
读李亚伟诗歌所要确立的一种诗学立场，而且关乎我们对所有的诗歌写作
的理解，以及对未来诗歌发展的估计。

　　在我看来，一个诗人所持有的文化姿态，对他的诗歌写作来说是不
具有本体意义的。诗歌作为一种艺术，它的初衷和目的，尤其是语言方
式都恰恰与人类文化建构的初衷、目的和方式相反。尽管人类历史上所
有的诗歌最终都被当作一种文化，但真正的诗歌，在广义上都是反文化
的。因此，可以说，反文化是一切诗歌的本质属性。正是由于诗歌本身
的这种反文化本质，才使那些作为一种社会思潮的文化或反文化的意识

[1]　见《诗探索》1996 年第 2 期，P141。

和行为失去了诗歌本体的意义。这种文化的或反文化的意识和行为作为一种文化心理的冲突，仅仅是激发诗人进入写作的一种具体的机缘。同时，一个诗人所受到的本民族文化心理的影响，也只是规定了其诗歌写作的一般方式，而不构成一个诗人写作的文化目的。一首诗歌所呈现的文化意义上的快感，绝不会取代人们对它作为一首诗的阅读快感。文化有时候也会作为一种媒材进入诗歌写作，但它最多只能成为一首诗的附加价值，而且最终会随着时空的转场而逐渐暗淡下去。一首诗赖以穿越时空的，只能是诗性本身的价值，而不会是某些文化意义。李亚伟及其莽汉诗人群落，的确持有一种非理性式的反文化姿态，而且这种姿态将会使他们的诗歌进入中国现代思想文化史的视野。但对于他们的诗歌来说，这仅仅是一个附加价值。即使我们从诗歌的角度认可这种价值，作为诗人，李亚伟们的反文化也仅仅是从维护一个诗人生存的纯粹性的角度来捍卫诗歌自身的纯洁。而他们到底反的是什么文化，站在一个什么样的价值立场上来反文化，恐怕连他们自己也不知道。事实上，在李亚伟的诗歌中我们可以看到，他在用"酒"、用"流浪"、用"打架"、用"追女孩"、用"恶作剧"、用"反讽"等等来卸掉文化包袱的同时，在他的肩上却依然扛着"旧文人情怀""才子佳人情结"和为"大脚农妇""打铁匠"们服务的包袱。这些被卸掉的包袱和仍然扛着的包袱，在艺术价值的评判上是没有什么本质区别的。而对于诗歌来说，真正有价值的是这种"卸"或"扛"的过程、方式，以及这种行为本身，只有这些才是属于诗歌本体的。也就是说，不管是"卸"还是"扛"，李亚伟都是一个诗人。

　　我在这里不厌其烦地谈论这个问题，不仅仅是要通过李亚伟的诗歌来说明一个纯粹学术的命题，而且要让以前的和今后的人们不要用一个诗人所持有的文化姿态来掩盖其诗人的本来面目，从而还李亚伟一个诗人的真实身份。同时还要劝告李亚伟之后的诗人们不要随意用诗歌之外的东西来命名自己的写作，譬如什么"知识分子写作""中年写作""民间写作"之类。这种命名对真正的诗歌写作来说完全是徒劳的，而且是有损害的。

3

如果说一个诗人的文化姿态与他的诗歌写作没有本体意义上的联系的话，那么他的生存状态和生存方式则是决定他的诗歌写作的根本所在。或者说，他的文化姿态只有作为一种生存状态和生存方式的时候才有可能对他的诗歌写作发生决定性的作用。李亚伟及其莽汉诗歌正是一种特殊的生存状态和生存方式的标志。正如李亚伟自己所说："莽汉这一概念从一开始就不仅仅是诗歌，它更大的范围应该是行为和生活方式。"[1]

众所周知，李亚伟所说的行为和生活方式，是指当时莽汉诗人们所奉行的那种被常规视为流氓的活法：聚众狂饮、打群架、流浪、追女孩、恶作剧以及被降级、处分、开除、砸饭碗、坐牢，等等，这些行为和生活方式不仅被当时的主流社会斥为"害群之马"，而且至少在中国，自有诗人以来也是前所未有的，它们在行为的意义上已经远远超出了魏晋时期的"名士风度"的性质，与眠宿青楼却低吟浅唱什么"杨柳岸晓风残月"的柳咏们则更是大相径庭，他们不仅放下了这个礼仪之邦的所有礼仪，而且放下了中国文人数千年来始终放不下的那份风雅，放下了中国诗歌奉行了两千多年的审"美"传统，而且他们比古人多了一份找文化的茬儿和找自己的茬儿的自觉。这种行为和生活方式的出现，在中国不能不说是一场革命。当然，比之于西方后现代诗人们热衷的吸毒、同性恋、死亡实验，他们的活法也算是比较符合中国国情的了。

李亚伟们与西方后现代诗人们的这种大致相近的、玩儿命式的生存状

---

[1] 李亚伟文"英雄与泼皮"，见《诗探索》1996 年第 2 期，P131。

态和生存方式，尽管是在两种完全不同的历史文化语境中出现的，但它们却获得了共同的诗学意义。那就是，他们以极端的反叛行为抵消人类被文化之后的种种后果，使自己回到一个文化真空之中。这个真空正是人类文化建构和艺术创造同时出发的地方，正是人类用语言命名世界时的那种临界状态，也就是历来宗教和艺术试图通过"虚静""打坐"，通过"意念"和"禅"抵达的状态。在这个意义上说，李亚伟们的妄动行为与人们长期沿用的"静观"行为是殊途同归的。而且，对李亚伟本人来说，他的这种行为的目的是自觉的。他曾经说过：

"在跟文化找茬儿的同时，不能过分好学，不能去找经典和大师、做起学贯中西的样子来仗势欺人，更不能'写经典'和'装大师'，要主动说服、相信和公开认为自己没文化。只有这样，才能找到一个史无前例的起点。"[1]

在实际行为中，李亚伟为了找到这个起点，他玩儿命似的活着，他玩儿命地找文化的茬儿、找一切既定秩序和规则的茬儿、找自己的茬儿，用酒、用那条流浪的路、用拳头和生殖器。他一路找到古人那里，敲过司马迁、陶渊明的门；他找到了酒，企图沿着酒走回家去，但他发现"喝酒仅仅／是一场受伤过程然后／伤口要静静回忆很多事情"；他找到"路"却发现"路"还不够用来流浪；他找到了作为一个男人的自己，却发现世界上的女人根本不够用来爱；最后他找到了语言，找到了自己的言说方式，于是他终于找到了那个"史无前例的起点"，那个起点，正是所有艺术所要寻找的地方，一个生长诗性的地方。

李亚伟的这种玩儿命诗学是他的语言方式，乃至整个诗歌写作的基础。他的语言天赋直接来自他对人类命名世界的那种临界状态的领悟，因此语言对他来说只能是一个没有维度、没有疆界的灵地。他的诗歌写作就是他立足这块灵地，与寄寓在现存语言中的一些规则与秩序的背水一战。

---

[1] 李亚伟文"英雄与泼皮"，见《诗探索》1996 年第 2 期，P131。

只有在这个意义上，我们才能够真正接受李亚伟为"莽汉主义"所创立的这份宣言：

> ……诗人们唯一关心的是以诗人自身——"我"为楔子，对世界进行全面的、最直接的介入。诗人们自己感觉"抛弃了风雅，正逐渐变成一头野家伙"，是"腰间挂着诗篇的豪猪"。以为诗就是"最天才的鬼想象、最武断的认为和最不要脸的夸张"。他们甚至公开声明这些诗是为中国的打铁匠和大脚农妇而演奏的轰隆隆的打击乐……[1]

从惊世骇俗的生存状态，到玩儿命诗学，从这份直截了当的宣言，到300多个诗歌文本，李亚伟将现实行为和生存方式的粗野与语言的精致反比地组合在一起，将生存的形而下方式与形而上意义反比地组合在一起，将生存的困苦与诗性的创造反比地组合在一起。由此，我们可以发现在这个文化上的超级大国和经济上的发展中国家里诗歌写作的一些根本问题，在来自传统的话语霸权和来自西方的话语霸权，以及来自意识形态的话语霸权的强烈挤压下，作为一个个体的现代诗人只能拿自己的生命去写作。在这个意义上，李亚伟、海子以及大部分的中国现代诗人又是同一的，所不同的是李亚伟用喜剧的方式玩儿命，而海子则是以纯粹悲剧的方式在玩儿命。这种玩儿命诗学恐怕只有在中国大陆才有可能出现。

这些问题的明确化对未来中国诗歌的发展构成许多启示，可以避开许多岔路。但李亚伟之后中国诗歌的发展却偏偏直奔岔路而去。要么无视生存现实，而一味沉醉于老掉牙的风雅与唯美之中；要么附和粗暴的生存现

---

[1] 最早见于民办诗刊《现代诗内部交流资料》，1985年，P41。可参见徐敬亚编、同济大学出版的《中国现代诗群体大展》。

实，而制造出真正粗糙的语言垃圾。要么，刻意去钻形而上的牛角尖，而使诗歌成为没有血肉的干尸；要么纯粹沉迷于形而下的诱惑，而彻底放弃终极立场。要么只要上半身，要么只要下半身。这些岔路的出现，归根到底是由于诗人们远离了这种玩儿命的生存状态，忘记了所谓诗歌原来是一种活法，是一种生存状态和生存方式，尤其是在中国这个特殊的历史文化语境中，一个诗人生存的真实性和独立性，以及坚守这种生存的勇气、胆识、信心和信念，是决定他能否坚持写作、能否写出真实而有价值的诗歌的关键。这一点是回答目前诗歌面临的实际问题的根本所在，也是我重读李亚伟的根本原因。

当然，李亚伟只是我们探讨这些问题的一个起点，而不是一个标准答案。

—— 此文为 2001 年北京国际诗歌研讨节论文

人民的诗人李亚伟

何小竹

　　莽汉诗人李亚伟于 2006 年 1 月出版了他的个人诗集《豪猪的诗篇》。这算不算他的第一本诗集呢？从书号（即合法出版）意义上说，这算是第一本。但是，从事实上说，他的第一本个人诗集，我早在 1984 年就读到了，那是用打字机打印的，名字就叫《手虫诗》，16 开本，粗糙的纸张，也没有任何装饰。这本自印的个人诗集我保存了 20 年，然后，在亚伟决定编选这本《豪猪的诗篇》的时候，连同我保存的其他莽汉诗歌打印集（如《恐龙蛋》《打击乐》等）一起还给了亚伟。

　　今天，我拿到《豪猪的诗篇》，看着《硬汉》《中文系》《苏东坡和他的朋友们》《老张和遮天蔽日的爱情》《给女朋友的一封信》《象棋》等诗篇时，虽然出现在眼前的是铅字，但浮现在我脑海中的却是亚伟当年的手写字迹，比如《象棋》，那个"象"字被他挥舞成了什么样子，现在都一清二楚。这是因为，当时出这些打印诗集，靠的是私下认识的某个机关的女打字员，但如果这个打字员换岗位了，或是因为其他什么原因不愿或不敢干这事了，亚伟就得自己在钢板上刻蜡纸，然后将这一页页"手书"贴到油印机上印出来。那时候，也就是 1984 年和 1985 年，我平均一个月就要收到亚伟从酉阳县城寄到涪陵城来的这些用劣质纸张打印或刻印的诗集。而我们在涪陵的几个朋友，每个月，甚至每周，都在翘首等待这些诗集的到来，以便在茶馆传阅，在酒馆朗读。这期间，亚伟及他的莽汉朋友二毛和蔡利华也来过几次涪陵。亚伟在茶馆里亲自为我们朗读了他的《武松》，当时的气氛，至今印象深刻。

我是读着亚伟的诗歌长大的。这样说有把亚伟显得比我更老的嫌疑，而事实上，我们是同龄人，都生于1963年。亚伟写这些诗歌的时候21岁，我读它们的时候也是21岁。青春勃发，意气相投。而我之所以没有加入到"莽汉"的行业，实在是因为性格所致，我生命中缺少"莽汉"的气质。而莽汉诗是不能生造的，它不单纯是诗，更重要的是一种生活方式。诗歌写成那样，实际上是因为诗人的生活就是那样。这有点像古代那些诗人，金戈铁马，那都是真的，并非纸上谈兵。回想亚伟当年的那个样子，真的是一头浑身都"挂着诗篇的豪猪"。我妹妹现在都还在说起，她无法想象现在人到中年的亚伟会是什么样子。因为她看见亚伟的时候，亚伟还是用伤湿止痛膏来贴补衣服裤子上的那些破洞的一个"浪青"（即到处"打秋风"的流浪青年）。这绝不是现在的"哈迷"们那样的故意为之的扮酷。那时候，他及他的莽汉朋友们是真的没钱，不然也不会在诗中幻想"树上都长满了卤鸭子"了。但也就是这样的生活，吻合着他们的诗歌。也因此，他们才敢宣称，自己是为那些打铁匠和大脚农妇而写作的诗人，也就是"人民的诗人"。试想，这口号要是出自那些衣着光鲜、拿着专业作家工资的人之口，是多么的矫情和虚伪。而莽汉们敢这样说，是因为那些从豪猪腰间甩出来的诗篇，拿给"人民"去读，"人民"真的读得懂，读得过瘾，读得豪气冲天，忍不住要"大碗喝酒，大块吃肉"。

这并非我感情用事的虚构。20世纪八九十年代，我有过几次去大学搞所谓诗歌讲座的经历。按说，我的性格、学识及口才都是上不得讲台的。但是，我之所以敢蹿上讲台去，就是因为我的兜里揣着亚伟们的莽汉诗篇。事实上，它们成了我的护身符，让我渡过了多次难关。当我在台上词不达意，或根本就没词了的时候，我就把手伸向我的腰间，从兜里摸出一本皱巴巴的打印诗集,说:"同学们,我给你们读几首莽汉诗吧。"于是,峰回路转,柳暗花明,一度循规蹈矩、死气沉沉的教室或礼堂一下就变得鲜活、生动起来。我也曾经将李亚伟、马松、胡冬、万夏的诗歌读给身边的那些并不写诗甚至也基本不读诗的朋友和熟人听,他们听过之后,无不兴奋地大喊一声:"狗日的这些家伙!"哈,那个时候,我就感觉这些诗就是我自己写的一样。

我记得,亚伟、二毛、马松等莽汉诗人在寄他们的个人打印诗集的时候,都喜欢题写"××兄弟下酒"这样的赠言。事实也是,亚伟及以他为代表的莽汉诗人们的诗歌,就是"人民"最好的下酒菜。套用朱文一篇小说的句式,问一下"人民到底需不需要诗歌"?我想,摆在眼前的这本《豪猪的诗篇》就是一个肯定的回答。

写诗的豪猪

何立伟

　　李亚伟的诗总是令我神往。他不是一般的诗人，低头，反手，看见水往东流，便说逝者如斯夫；或者抬头，叹气，望到明月在天，便但愿人长久。孔夫子的把戏，苏东坡的把戏，皆被他狠狠颠覆。王朔对古人圣人的那一套嘴角挂冷笑的调侃态度，李亚伟在 20 世纪 80 年代初玩"莽汉主义"诗歌时就业已得心应手。或许更早，他还在读大学中文系的时代，便反骨已成。

　　我们从他最初的诗作《硬汉》同《中文系》中足可窥见端倪。那时，他反叛地写道："我们终于骄傲地自动退学 / 把爸爸妈妈朝该死的课本上砸去。"除了中文课本上那些写诗或不写诗的圣贤，被砸去的我想还有传统文化里对圣贤的一切崇拜同追随。他在《苏东坡和他的朋友们》中讥笑道："他们这些骑着马 / 在古代彷徨的知识分子 / 偶尔也把笔扛到皇帝面前去玩 / 提成千韵脚的意见 / 有时采纳了，天下太平 / 多数时候成了右派的光荣先驱。"那时的李亚伟，文化上已有暴力的倾向，且生活中亦不两样。仗着酒气同血气，他喜欢对生活寻衅，动不动就要找人打上一架，"再不揍这小子 / 我就可能朝自己下手 / 我本不嗜血 / 可我身上的血想出去 / 想瞧瞧其他的血是怎么回事"（《打架歌》）。他要打某个人，纯粹是因为"我不想看他那副生活 / 还过得去的样子"。所以整个 80 年代，李亚伟愤世嫉俗，怒发冲冠。他在生活中出位，喝酒、泡妞、打架，左冲右突。而他拿起一支笔来写诗时，则对诗歌的美学传统与语言规范也大来一顿扫堂腿同炮拳。他只有摧毁它们，才能形成自己。于是李亚伟的诗句每每便有一种暴烈的惊世骇俗的美感。"雪中的吟唱才是真正的牡丹／它可以伴你，在纸上摇曳，到鲜红的程度／又在你经过时低头站在路边／雪中的吟唱才是真正的天籁／走出宫殿／把握命以外的事物。"（《怪侣》）"我们是已经厌倦流血或劳累的一伙／结庐隐居／在大白天指鹿为马／暗中又将鹿藏起来／把马放在南山／用植物茎和叶入药，并轻轻呻吟／夜晚，我们家伙一硬心肠就软。"（《战争》）"人是人之外的一些动作／语言是思维之外的一些声音／行动成了北京和广州之间的一列火车／流浪是最疯狂的器官。"（《岸》）所以李亚伟是喝酒同写诗的天才。喝酒使他燃烧血性，写诗使他挥霍才华。在整个从 80 年代冒出来的诗人里，我最喜欢的便是有着最浓烈的诗的才华的李亚伟。

但是后来这家伙就不见了。听说他在四川开火锅店，听说他跑到武大作家班去鬼混然后喝酒打架，在乌烟瘴气里拂袖回到高老庄。再后来，听说他到了北京，听说他当了书商，再然后就没有听说了。不期然，前一阵我在海南时同《天涯》的李少君谈起李亚伟时，他居然送了一册 2006 年 1 月出版的李亚伟的新诗集《豪猪的诗篇》。我极喜，连夜读完，仍是觉得李亚伟写于 80 年代的诗了不得的好，而他后来的诗亦不逊色。这本诗集里辑录了他从 1984 年开始直到 2005 年为止的诗同几则文章。好家伙，后来的李亚伟，他开始同自己打起架来了。"我早已下海，天天寻找归宿，天天归在钱上／没有什么傻逼哲学教我，我就已经顽固不化／我在街上走着，常常在心里说道：／高速发展的社会，你信不信／我会走得很慢，像处女夹紧双腿，在胎盘上走。"（《新世纪游子》）或许，在他一贯的粗野、颓废、愤怒以及嘲谑之外，有了一丝少见的迷惘："在雨中，我想知道是何许人，把我雨滴一样降入尘世？／我早已不知道／在今天，我是那些雨

水中的哪一滴。"(《河西抒情·第六首》)

李亚伟在 2003 年的一篇文章里说："我喜欢诗歌，仅仅是因为写诗愉快，写诗的过瘾程度，世间少有。我不愿意在社会上做一个大诗人，我愿意在心里、在东北、在云南、在陕西的山里做一个小诗人，每当初冬时分，看着漫天雪花纷飞而下，在我推开黑暗中的窗户、眺望他乡和来世时，还能听到人世中最寂寞处的轻轻响动。"

这一声自我呢喃，声音很低，却是感天动地。

不是豪猪非莽汉

翟永明

　　"我们本来就是腰间挂着诗篇的豪猪！"这是 20 世纪 80 年代莽汉代表诗人李亚伟的豪言壮诗，它影响了整整一代豪杰（猪）。腰间挂着的那些诗篇曾经是豪猪手中的剑、嘴边的情话、心中的欢乐，这些豪气干云的东西经过快二十年的发酵，集中到一本桃红色的集子中，《豪猪的诗篇》让我们感觉到莽汉诗、酒、色都随着时代变化升级为豪华版了。

　　我喜欢李亚伟的诗集分成：好汉的诗、醉酒的诗、好色的诗、空虚的诗、革命的诗、寂寞的诗。应该再集中一些成为：航海的诗、野马的诗、东北的诗、河西的诗。这样我们基本上就能清楚莽汉们内心的计划和现实生活的地理位置了。当胡冬并没有坐一条慢船去巴黎，而是坐一辆空客去伦敦之后，莽汉就各奔东西了。李亚伟在写出他 80 年代最好的诗歌《中文系》（我个人更喜欢《写给女朋友的一封信》）和与中文系有关的那些诗歌之后，始终实施的是他对莽汉诗这一概念的认识：从一开始就不仅仅是诗歌，而是行为和生活方式。如果说诗歌真的有一个性别之分的话，李亚伟的诗歌传达的正是汉语诗歌中的男性气质。这种男性气质包括了行为和生活方式上的"无法无天"，也包括了诗歌中的"无法无天"。落实到诗歌语言上则是"最天才的鬼想象、最武断的认为和最不要脸的夸张"，这种文化意义上的造反并不表明李亚伟的诗歌只是一味地如评论家所说的反传统、反常规、反文化。所有的这些"反"，都是置身于传统之中的反，所谓的"窝里反"。只有置身于其中而反，才能找到那个"史无前例的起点"[1]。正所谓"不破不立"，而那个"破"也是为了"史无前例"的"立"。可以说李亚伟包括其他莽汉诗人的"反"，与西方世界达达主义、未来派、嚎叫派等诗人在这一点上是契合的。在中国，也可以说是创造性的。

所以李亚伟的诗歌语言打破了固有诗歌语言的常规和疆界，在一个天马行空、自由自在的"起点"上，淋漓尽致地表达自己。这与一些不知传统为何物的所谓诗人，用以模仿、藏拙和策略性的"谋反"是完全不一样的。李亚伟在诗学上和诗歌中自觉意识到的观念是：不能"做起学贯中西的样子仗势欺人"。但是李亚伟也没有把这种姿势"包装和策划"成一套"品牌"来仗势欺人。他反对诗人把"自家的思想和文笔"当成有"正宗的来历"。我认为这才是真正的一种反文化姿态。也许这与李亚伟近年来在写作和生意之间来去自如、从容淡定有关。有些时刻，他能够跳出诗歌圈来看问题，这问题变得简单和清晰得多："我们不应该对大诗人一词感兴趣，而应该对写作过程感兴趣。"

我一直喜欢李亚伟的一篇小文《天上，人间》，我喜欢这篇文章的原因和喜欢他的诗的原因是一样的。也就是说，我从来没有像评论家那样一味地从反文化的意义上，去热爱他的诗歌。而是从一种自然的、本性的、感知的角度，欣然接受和沉醉在这些诗行中。"写诗愉快，写诗的过瘾程度，世间少有。"我承认，这也是我的感受。有一类诗人的诗，读后让我不再想写诗，而另外一类诗人的诗，读后会激起我的写作欲望。后一种诗，我称为好诗。李亚伟的诗当属后者。而前一种诗，则在近年许多李氏模仿者中可见。

前一阵在被取消的成都诗歌节——白夜诗会上，李亚伟本该朗诵他

---

[1] 引自李亚伟文《英雄与泼皮》。

的《河西抒情》，但他临时跑到另一个酒吧去喝酒，并叫了一个川剧女演员为他朗诵。该女莽汉用浓烈高亢的川剧腔一板一眼地朗诵着那些诗句，的确是像"为了中国的打铁匠和大脚农妇而演奏的轰隆隆的打击乐"。联系到最近李亚伟热衷于为乐队所写的歌谣，让我想起古代的诗人们击节配乐、女伎演唱的诗歌传统。我想如果有人把李亚伟的反传统的姿态完全当成彻底否定文学传统，那绝对是愚蠢的。"我看见一个被汉字测出来的美女从偏旁上醒来／右手持剑左手采花"，这里的"美女"一词如果换作"莽汉"，会更能说明李亚伟的诗中所传达出的莽汉诗人形象："用象形的一部分吟诗作赋／用会意的部分兴风作浪。"正是有这在汉语传统中"兴风作浪"的文学肇事身份，才有可能接续辉煌的文学传统的另一面："吟诗作赋"。且所吟所赋非同凡响。李亚伟的诗歌语言直接使用了他个人的母语——川东话，这些原生态的民间语言同时融合并刷新了传统诗词中死而不僵的那些常规语言。这是李亚伟的诗歌和莽汉诗歌对汉语诗所做的重要贡献。也是《豪猪的诗篇》中那些优秀的诗作与目前大量泛滥的"口水诗"完全不同的地方。

90 年代之后，我与莽汉们接触更多一些。比较集中的是在 20 世纪末唐丹鸿举行的一次聚会上，除胡冬之外，梁山泊好汉全伙在此。意外的是在当晚派对上，"桃花空前地猖狂"[1]，但是万夏、马松、李亚伟空前地端庄。我空前吃惊地对唐丹鸿说："想不到莽汉的内心也是羞涩的。就像我今天拿到这本诗集时，吃惊地发现：豪猪的外表也可以是桃红色的。"

---

[1] 引自李亚伟诗《破碎的女子》。

李亚伟诗歌简历

张万新

　　我将从李亚伟各个时期的诗歌作品入手，来捕捉一个诗人的写作历程。作为当代诗歌中最了不起的个案，李亚伟的丰富性和复杂性都容易使人迷失方向，那些一般性的传记材料只会增添麻烦，我将尽力弃用这些辅助品。李亚伟的诗歌变化多端，他经常掉转枪口朝自己开枪。要求这篇文章具有一致性结论是不现实的，没有任何现存的理论框架可以将李亚伟的诗歌制作成一种模式来供人分析研究，我们只能追随他的脚步，尽可能地勾勒出李亚伟的精神面貌、写作态度及其想象力的传奇，因为李亚伟的诗歌中始终贯穿着的幽默和穿透力具有不可替代的活力，本文将以大量的直接引用来达到诗歌言说诗人自身的效果。

　　众所周知，有关李亚伟的第一个传奇是在他出生那一刻产生的，言说他的是为他接生的护士，她仍然健在，她说："那个李亚伟哟，他是穿龙袍来的。"所谓穿龙袍，是指婴儿降生时穿着完整的胎衣，是千万个婴儿中才会出现一例的生育现象。这位护士用指甲撕开和剥离了这层薄膜，李亚伟才发出了他这辈子的第一个音节。对任何个人而言，诞生即存在。李亚伟有几首诗回溯了他自己的这个重要时刻："一九六三年我开启自身幽深的酒杯之口／以信徒之身耿耿而出涉过红酒黄酒和白酒／世上所有的树木都给我领路／凡人之躯开始病态地拖过巴山蜀水。""在子宫里我几乎拒绝出生,但我想／也许有一个像样的女人我何妨不去试试运气。”"我从父亲的阴茎口向外窥视:她在哪儿?就在这个朝代吗?""在胎前一棵古代的树下,我就拟定了给她的求爱信。""当初父亲也没考虑甚至没皱一下眉／就把我生成了男人,要知道男人是压根儿不皱眉的。"这个时刻之所以值得一提,是因为它诞生的是一个有名的莽汉,而这个莽汉并不在乎"诞生在任何一个国家任何一个民族和时代"。他在乎的是另一种诞生,这种诞生包含着创世的最大幻觉,"在宇宙这只子宫里,我待着,不安地等待着,吹着口哨走来走去……"他要写出他内心的旷世之作,这才是一个诗人的真正生日。

接下来当然是童年了,虽然李亚伟自称"两岁时就挽起袖子养活自己"。但本文只就他的童年说两句话。首先,由于年代似乎很久了,没有人能确定李亚伟最早的诗性律动产生于何时,我只能说:如果诗歌不和他的命相联系,那么小时候他就不是可以成为天才的儿童。其次,他生活于地方口语极其活跃生动的人文环境里,为他以后的写作积累了活力,比之那些用普通话写诗的人而言,李亚伟在语言上具有先天的优势。

很快,李亚伟就是少年了。很早就开始了抽烟、喝酒和手淫。按民间的一般常识来说,过早开始手淫的结果会导致只长鸡巴不长个子,李亚伟幸运地躲过了这一自然现象,他没有长成矮子。另一个和李亚伟同时开始干这些事情的莽汉诗人梁乐就没这么幸运了,他长得又瘦又矮。他俩是表兄弟,诗也写得像亲戚,有时可以混为一谈。陈琛在东北主持《现代诗》杂志时,就曾把梁乐的几首诗归在李亚伟名下发表了。少年时的李亚伟"想和古代的伟人一起干",并写了很多古体诗,事实上,80 年代初开始写诗的人几乎都曾在年少时写过四言八句,这是中国诗人早年的启蒙过程。李亚伟的古文功底在后来的诗歌写作中也成为一种力量源泉和表达手段。

很快,李亚伟十六岁了,他考上了大学,这个中学时调皮捣蛋的角色创造了一个奇迹。很多年后，当时和他一起调皮捣蛋的一个伙伴在酒桌上对我说："李亚伟考起了大学……"然后就无话可说了，只是哈哈哈地傻笑。很难想象不上大学的李亚伟会朝哪个方面发展，连他母亲都对他不抱什么希望了，指望他中学毕业后去学理发，掌握一门谋生的手艺。对李亚伟而言，大学之所以重要，是因为大学里有万夏、马松、胡玉等写诗的哥们儿，这种友谊最终促成了莽汉诗的爆发。大学不能教给李亚伟任何有用的知识，但给他提供了心灵解放的时间和空间。

莽汉诗成为事实要等到李亚伟毕业以后。很少人知道，莽汉诗的产生跟两个风马牛不相及的音乐名词有关：手风琴和打击乐。《打击乐》是万夏油印的一部诗集，是莽汉主义的第一个文献资料。手风琴则是一个女人。1984 年 1 月，李亚伟从社会上回流到学校，希望了结一段恋情，同时满足对校园的怀念之情。结果迎头碰上了万夏，"两人碰头，欢天喜地，笑嘻嘻进了一家酒馆。""像所有写诗级别不高的人一样，见面就谈诗。"这一席酒谈，直接撬开了李亚伟的天才瓶盖，众多的妖魔鬼怪从他的笔下涌流而出，莽汉主义诗歌诞生了。手风琴被两个高歌猛进的男人晾在了一边。"一个真正的好姑娘当然可以去跟别人生孩子。"诗人更需要诗歌。"时光还早得像荷马时代"，看起来是个适合写作巨大诗篇的时代。

"莽汉主义"诗歌一发力就有着令人惊叹的力量，是因为聚集在旗下的几个人都有着罕见的才华。李亚伟、万夏、胡冬、马松、二毛、梁乐，"六个二十岁的人，可以随便找一个地方撕道口子，再用硬物、异物把它搞大，把它变成无边的战场"。这六个人都是时间的受害者和空间的肇事者，是现时代诗歌中少有的语言打手，敏感，反应极快，洞察力比那些人到中年的诗坛老油子更尖锐，一下就击中了要害。从此，李亚伟的诗人面目才开始真实起来。

现在让我们回到李亚伟的诗歌上，按年代顺序予以观察和研读。这篇文章也从此刻真正开始。

就诗歌而言，二十岁的李亚伟已经摆脱了习作的稚嫩，写出了真正成熟的作品。那是 80 年代初，每个人都感觉生活在一个全新的环境里，那些曾在大规模社会动乱中蒙受创伤的诗人还在舔身上的伤口，徘徊在革新和传统之间，不知道何去何从，没有一套真正行之有效的遗产可以继承，一切都有待从头开始。莽汉们在过时的思想习惯和新生的社会条件之间，独立找到了突破口，闯进了诗歌领域。他们感觉到的不仅是艺术的复活，而且是一场价值和行为的革命，莽汉诗将超越成名人物和先锋派的困境，渴望进一步影响到普通老百姓的生活。他们要为打铁匠和大脚农妇写进行曲，这项要求本身即超越了当时的知识分子所能构想的任何文艺样式。"诗歌是莽汉寄给语言的会诊单，又是语言寄给诗人、酒和伤口的案例，是发给全世界美女的加急电报而且不要回电，因为我们的荷尔蒙在应该给我们方向感的时候正在打瞌睡。因此诗人看见其中的很多东西难以成为事实，它使莽汉行为永远发生在诗歌的路上，幽默的产生只不过是跑过来帮忙赶路的第三只脚，但还是走不拢！诗人撵不上诗歌，他看见脚下的路老是绊脚，低头发现那是现代汉语，上面垃圾太多，但他仍不停地走，自己也成了垃圾。"那一年，李亚伟写了一首关于二十岁生日的诗，他"发现一群东西朝世界走来是一件了不起的大事"。

目前有案可查的李亚伟诗歌最早也只能追查到 1984 年，之前的作品被他毁掉了，毁掉时毫不手软。李亚伟喜爱现实和当下，他没必要留下那些习作来写回忆录。这一时期的诗歌作品抒情、浪漫、搞笑。其中有两首作品给李亚伟贴上了标签，就是《中文系》和《硬汉》，多少诗歌选本、多少垃圾评论、多少专著提到李亚伟时论及了这两首诗啊！好像李亚伟永远都是二十岁的样子，都是"腰间挂着诗篇的豪猪"形象。这是非常荒唐的认识，没有任何理由强迫一个诗人永远都是二十岁的样子。事实上，李亚伟的莽汉诗只写了两年多，从 1984 年到 1986 年诗歌大展开始之前就结束了。《中文系》承继了胡冬的《我想乘一艘慢船到巴黎去》的风格，不同的只是李亚伟敢直面现实，而胡冬则要依靠对异域的玄想。

　　这时的李亚伟"仅仅是生活的雇佣兵，是爱情的贫农"。他一方面在现实中寻找素材，写出了很多关于日常生活的幽默诗篇，一方面又往历史深处搜索，写出了很多关于文化传统的批判作品，第三方面则是那些貌似爱情诗的调皮捣蛋的诗歌。这时的李亚伟有多动症，他"走过大街小巷/走过左邻右舍穷亲戚坏朋友中间/告诉这些嘻嘻哈哈的阴影/我要去北边"。这时候的李亚伟已经非常清楚地认识到艺术、诗歌和哲学不过是人类幼年时期的迷人幻觉，在今天可以全部用攻击揭露它们了。他的诗歌符合具体事件而不加以粉饰，也不将之提升到哲学和精神的高度，如果加入复杂的思想和深奥的学说就等于违背现实。莽汉们"写作和读书的时间相当少，精力和文化被更多地用在各种动作上"。李亚伟明确要求自己"在跟文化找茬儿的同时，不能过分好学，不能去找经典和大师、做起学贯东西的样子来仗势欺人，更不能写经典和装大师，要主动说服、相信和公开承认自己没文化。只有这样，才能找到一个史无前例的起点"。这时期的莽汉诗歌呈现出"反叛、好斗而又颓废、哀伤的情绪"。他"也许什么也不是/我的历史是一些美丽的流浪岁月/我活着，是为了忘掉我"。他尤其不是"被编辑用钳子夹出来的臭诗人"。他"像大地用地震来折磨自己"，猛然间证明了"世界拥挤。""所有这时候看着山的男人/原来都是我李亚伟。"他"被狗和贫穷撕破裤裆"。他要求女人"应该提着一只陷阱来找我约会"。他想象自己驾着小汽车和女朋友兜风，然而"我们没什么汽车，我们穷得对那玩意儿不感兴趣"。贫穷作为一种诗歌猛料投入现实之中，吻合了中国人在金钱方面的意识觉醒，很多人都担心一个国家的物质增长可能催生思想空虚的人民，李亚伟从来不担心这个，他只要"一次像样的欢娱"。

　　李亚伟从酒中找到了出路，写出了许多与酒相关的好诗。他在诗歌中自觉地进步了。一种被他反掉的古代情怀又回到诗歌中，他喝醉了酒，就认定"在古代我们做过宰相带过兵／亡国后在月下久久伫立"。他再也不认为"莽汉主义"诗歌是史无前例的新现象了，而是"对《诗经》以来中国诗人喜欢结伴喝酒吟赋的优良传统的直接、认真的承认和继承"。"莽汉主义从一开始就充满了精彩的封建主义糟粕、文盲的豪气和无产阶级不问青红皂白的热情以及中国百姓人情味十足的幽默和亲热。"这时的莽汉诗人已经准备好了几十首动人的诗篇，有足够的理由像古代的伟大诗人那样开始漫游了。正是这段漫游时期，李亚伟写出了真正了不起的作品，莽汉诗歌活动和传播也进入了高峰期。

时光进入了1986年，那场引人瞩目的诗歌大展拉开了序幕。但莽汉主义诗歌却走到了尽头，因为"莽汉作者几乎都是一些追逐新奇和惯于奇思异想的人，这种禀性在这种情况下很快导致了各自风格的急骤变化，纷纷抛弃了过去的表现方法"。"莽汉诗歌作为一种风格，莽汉主义作为一种自称的流派从其作者的创作中逐步消逝。"莽汉诗人之所以参加诗歌大展，主要是哥们儿义气的行为使然，既然有那么多哥们儿在鼓噪，莽汉没理由不去凑热闹。可以说，莽汉们只用几声余响就赢得了普遍的掌声。李亚伟是最早意识到流派的无意义的人，他在众人齐起哄的时刻，保持了足够的清醒的头脑，老早就发出了"流派是陷阱，主义是圈套"的警告。相比之下，那些现在还扛着流派大旗的人完全是执迷不悟。

这时的李亚伟很难得地坐下来思考了一下诗歌，他看到商业化正挟诗歌大展的余威掩杀过来，"大诗人已经从物质中分裂出来／掠过了城市上空／诗歌已解决掉本世纪的重大问题。""我身逢诗人如毛的时代……已彻底失去了胃口。"他设想一种新的诗歌来取代莽汉手段，"我将上路去斗争沿途的城市／在形式轻轻取消内容的夜晚／当我说出最优美的语言，而又不表达任何意思的时候。"李亚伟亲自炮制了几首他设想的新样式的诗歌，其中最出色的是《岛》，这首诗是李亚伟匆匆点燃的"生命地界的狼烟"，他"提着自己的年龄犹如提着一个重要俘虏朝大路走来了"。腰里挂着的诗篇就是这首几近纯诗的《岛》，它是莽汉时期结束的标志，他渴望"用最晦涩的句子把中年人对付到一边"。

1986 年，李亚伟那首《闯荡江湖》是漫游的直接产物，产生了令人回肠荡气的影响。但他不能无止境地漫游下去，他不能无止境地因为贫穷而吊在火车车门上晃荡下去，他不能老是"经过无数后悔的车站"。他得坐下来，用精神漫游的方式抵达他不能到达的边界。这个选择解放了李亚伟的想象力，他于 1988 年写出了最独特的诗歌文本，就是那组称为《航海志》的诗歌和那组称为《野马与尘埃》的诗歌。

在当代诗人里，李亚伟也许是最注重历史与地理的诗人。纵深的历史感觉使他能够轻视当代同行，轻视单一观点，他愿意从不同的角度叙事，不透露文学抱负，仅仅简单地重复刻画走投无路的感觉就能加强诗歌的复杂性，他用巧妙的评论在诗句中轻轻一笔带过就嘲讽了当代同行的功利之心。他突然从一个时期转到另一个时期，从而强调了过去与现在之间循环往复的相互关系，以超现实的浮夸语言和自命不凡的思想让地方口语和直率的散文交织在一起，产生了最散漫而又有力的诗行，使最日常的行为具有了诗意，他试图将他对自己想象力的信心和对普通百姓和地方琐事的关注联系起来。这使《航海志》和《野马与尘埃》看起来既如此永恒又如此自我封闭，乃至于世界上的任何变化都不再能威胁这些诗句的存在。而注重地理的结果是，他仅仅面对地图就能遇到许多音节漂亮的地名和各种花里胡哨的种族，这些面临困境而能保持平静的种族具备了无始无终的品质，让李亚伟的诗歌中充满了活跃的友谊和幽默的同情，这正是李亚伟和山山水水、历史以及周围环境打成一片的缘故。他在诗歌中是勇敢而又不屈不挠的，相信宿命论却不关心有必要确立人在宇宙的意义，因为他抑制住了按照更高理想改进世界的冲动，而仅仅满足于自己的精神漫游。"我不停地晃动把性格以外种族以外的各部位 / 以及手的延伸部分使劲晃动一下子 / 就从五十亿人中挤了出去。""我不知道我的这条路有多远。""我在自己脑袋里背着手走并掉进了河里。""我对其中一人喊老板来一条大河,大盘的 / 然后我呷着酒问她 / 咱们现在是在什么地方?""刚才我在床底下流浪,五年后才回到故乡。""现在,语言很湿润不断地引来水手 / 现在,我偶一沉默就产生码头和水手的妻子。""我在一种叫路的东西上走来走去 / 停下来时我管自己叫叔叔。""我的名字就是语言的梗概。""从今年到明年有没有去非洲远? / 我使劲活能不能马上就到明年? / 我他妈一阵乱跑能不能跑过去? "

　　上面这段文字里引用的诗句都出自李亚伟的《航海志》,这些诗句所体现出来的自大者和渺远的风景导致了另外一个杰出文本的产生,那是诗歌的惯性和后劲同时将一个诗人推向更高之处的最佳例子,这后一部接踵而至的杰作就是我们刚才已提到过两次的《野马与尘埃》。这组诗是李亚伟最好的诗歌,在各个方面都超越了同时代诗人的局限,无论是知识分子还是民间写作者都没有人真正写出过如此大气的诗歌。这组诗是第三代人的集体悼词,是一个时代结束的圆满句号。李亚伟写出了诗歌的困境。他清楚地看到无数假诗人混入诗歌阵容的现状,"我们的骆驼变形,队伍变假。"他目睹了物质现实的强大商业化动力,"我们从买和卖的两个方向来到集镇 / 在交换中消逝。"这时的中国诗歌急需作假,然而众多的人却忙于争夺话语权,"我们穿着花哨的衣服投身革命,又遇到了领袖。"如此无奈的现实,使李亚伟感到了巨大的虚无,"我们即使走在街上 / 也是梦做出来的,没有虚实 / 数来数去,都是想象中的人物。"他已经下定决心要把90年代留给那些低级诗人去作为争名逐利的场所,他要置身事外,不为任何事物所动。"我们从劳动和收获的两个方向来 / 我们从花和果实的两个方面来 / 通过自学,成为人民。"他预见到"五年后随便一首歪诗就可吟死一个从路边经过的少女"。而解决这种混乱场面的办法是"说服诗人,心平气和地坐下来 / 凭手气写诗"。"最好的手气就是语气,在恰当的时候说出零 / 使其不至于变成二 / 以此保证收割的质量。"然而没有人会停下来想一想李亚伟的劝告，他只有"退回到草原""把一脸的痤疮抹到脑后""把吃剩的乳房转让出去"。当时的知识分子写作正在形成气候，李亚伟说他们："喝假酒写歪诗／把字典改写成史诗／如此猖狂的写法怎么得了？这些鸟文字何时方休？"一阵巨大的孤独和寂寞袭上心头，李亚伟面前只有"一道又一道探问的波浪／消失在巨大酒杯的岸边／而我只看到／天和地之间／是一个大东西／是一个远东西"。他只有感慨"人类都是同一个后娘养的""人民是被开除的神仙！／我是人民的零头"。

接下来，李亚伟失踪了两年。他在失踪之前，认真思考过死亡，写过一组关于生与死的精彩诗篇，可惜在事故中被不写诗的人把手稿弄丢了，李亚伟不可能事隔两年后仅凭记忆重写这组诗歌，这是他这辈子最大的憾事，他无数次在酒杯旁边追忆过这组失去的诗篇，认为它们是他这辈子写得最好的作品。"用半条命朝另一半条对折过去"也不能愈合这种创痛，"有另一个轻浮的人，在梦中一心想死／这就是我，从山上飘下平原／轻得拿不定主意。"他终于"看见杯中那山脉和河流的走向顺应了自然／看见朋友从平原上来，被自身的才华砍杀在岸边／你便拒绝了功名，放弃了一生的野心"。

既然人民已弃诗而去，李亚伟选择了站在人民一边也弃诗而去。硬是要他写两首，他也只是"一笔一笔地往下写"。"我住得太高／爱你有些够不着。""因为我不能伸出手来／我的手在知识界已经弄断了／我会向你递出细微的呻吟。"在李亚伟的头脑里有一个非常清楚的认识：诗歌史要用几百年甚至上千年的时间才可能孕育出一个真正意义上的诗歌大师，诗歌并不是狂写一生就能成就的伟业。在一个人民抛弃诗歌的时代，写得最多的人往往是最大的傻子。

李亚伟"反攻倒算"的生活

冉云飞

（一）"我身上的血想出去"

1983 年初夏，三名南充师范学院校拳击队员参与了一场遍及三所大学、两家工厂、一条街道的大型群殴——换在今天一定会是用微博直播的一场群体事件——30 多名大学生和 40 多名社会流氓打成一团，最终酿成多人被开除、降级、记过、警告的处分。其中三名校拳击队队员李亚伟、胡玉被记过处分，而马松则被开除学籍。这是"莽汉派诗人"中的三位主力，在他们这个流派成立之前的一场现实演练。

其中的一位拳击队员李亚伟，与我真是有许多人事上的叠合。我们毕业于同一所中学——酉阳县第二中学，由同一拨老师教出来。更搞的是，我上大学，他就到了我老家的小镇丁家湾酉阳第三中学教书。酉阳三中和酉阳四中一样，都是为了弥补酉阳东西两地的初高中生不能悉数被酉阳一中和酉阳二中收取而建，带有很大的救急性质，师资和学生生源都稍次一等，实是预料之中的事。我在丁家湾蚕茧站破房子里读过一年的初三，深知那是个打屁就可以由街头臭到街尾的地方。二十岁的拳击队员分到这个闭塞得令人发慌的地方，来教年龄与他差不多的学生，加上诗情勃郁的苦闷，狂猛地喝酒，深觉无聊可以想见。

　　拳击队员李亚伟学中文教语文，自是理所当然，但他却常放弃语文课不上，教学生唱歌弹吉他。唱的当然不会是"无产阶级'文化大革命'就是好"，而是邓丽君的《甜蜜蜜》之类，自然惹得春心萌动的学生喜欢。有次我与他曾经教过的一位学生喝酒，他眉飞色舞地给我讲起李老师带给他的快乐。他说李老师披着一身长发，经常提着白酒瓶在丁家湾仅有的一条街上走，目中无人，边走边喝，令人侧目。更好玩的是，只要他坐着上课，上着上着，就将双腿往讲桌下面的盒子里伸，让我们也放肆地觉得可与他一样边玩边学。有次学生们正在抄他的板书，忽然不见人影，结果他躲到讲桌下面去了。惹得大家齐来一声"噫"，眼尖的学生把他"找"了出来，他还做着怪脸，学生们也哈哈大笑。

　　丁家湾的大名丁市镇，虽然名"市"，却乏善可陈。没有人物，不好耍，连找个让拳击队员喜欢的雌性动物都非常困难。半年后的寒假，亦即1984年1月，李亚伟返回母校，与万夏、胡冬等提出集英雄与泼皮、好汉和暴徒于一身的"莽汉"诗歌，"莽汉主义"于兹诞生。"莽"字在四川话里一般发平声，王文虎等编的《四川方言词典》（四川人民出版社1987年版）收有"莽粗粗""莽呆呆""莽头莽脑""莽子"等词，其含义无外乎有两点：一是粗壮、粗笨；二是憨厚、傻。要做英雄与好汉就得有点粗壮和憨厚，要做暴徒和泼皮，就得有点粗笨和傻，俗谓一根筋。

　　从1978年各种束缚相对解禁以后，三十年来，没有任何一种诗歌流派和主义，能像"莽汉主义"一样把生活和写作理念，重叠得近乎天衣无缝。大碗喝酒，大块吃肉，到处惹事，追腥逐蝶，都与他们诗歌里的说话口吻和反叛完全是同一理数，一点也不分裂。由徐敬亚、孟浪、曹长青、吕贵品编，以《深圳青年报》《诗歌报》"'中国诗坛1986'现代诗群体大展"为蓝本，而推出的《中国现代主义诗群大观（1986—1988）》（同济大学出版社1988年版），集合了几十个流派，上百名各种流派的诗歌试验者，"莽汉主义"当然也荣列其间。1986年8月25日由李亚伟执笔的"莽汉主义宣言"开篇即说"掏乱、破坏以至炸毁封闭式或假开放的文化心理结构"。打破封闭,在我看来,就是打破原来沉淀已久的诗歌意象和语词组合方式。"莽汉们如今也不喜欢那些精密得使人头昏的内部结构或晦涩的象征体系",这句话实质上预演了莽汉派对以后"知识分子写作"的批评。"莽汉们老早就不喜欢那些吹牛诗、软绵绵的口红诗",则有对朦胧诗派的批评,因为朦胧诗在他们看来还比较崇高——那当然就是吹牛。至于"软绵绵的口红诗"则天然与莽汉派不睦。

入选《中国现代主义诗群大观(1986—1988)》一书里的莽汉派诗歌,共十六首(其中包括列在第三编地域篇的万夏、李亚伟诗各四首)。换言之,真正入选莽汉主义诗歌旗帜下的诗作只有八首——二毛两首、胡玉两首、万夏一首、马松一首、李亚伟两首。李亚伟的两首是《中文系》和《旧梦》,编者孟浪在编注的时候,显然不满意莽汉派自己所选的诗作,好诗之不够完整:"本书所用'莽汉主义'诗作大部分由'莽汉'作者群为编此书于1986年底重新提供的。我以为,要全面认识'莽汉'诗,不能不读1985年四川民间诗刊《现代诗》所载的《我想乘上一艘慢船到巴黎去》(胡冬)、《咖啡馆》(马松)、《硬汉们》(李亚伟)这几首诗。"不知莽汉编者是何想法,我认为孟浪所说三首(李亚伟诗之标题实为《硬汉》)均堪称莽汉派的代表作,经得起时间的检验,这说明编选者自身和他人评价之不谐,后者的看法应该得到重视。

偏居小镇枯燥的教书生活,让李亚伟之不耐,是可以想见的。好在另外一些江湖好汉万夏、马松、梁乐等人也陆续到此地,与他蜗居一阵,与他一起醉酒打架,不免偶尔也写诗,打发日月。更多的时候,李亚伟得独自对付,这样一来,像创作于1984年11月的《中文系》等早期诗作,就有可能多诞生于酉阳县城或者丁家湾,说包括丁家湾在内的酉阳是莽汉大本营实不为过。当然我们不能忘记莽汉派的发育地是那个偏僻且不起眼的学校——南充师范学院(现已改名西华大学),莽汉派的主力除胡冬、二毛外，全是该校的人。与他们同时有名且后来有诸多贡献的人物尚有张祖桦、何三畏等，一所学校能有人物如此，也算可以傲人了。

（二）"反攻倒算"的生活

虽然我与李亚伟有那么多交集的明线：相同的老师、相同的中学、他在离我乡下老家不远的小镇教书数年，但我们真正相见却是我1988年冬天返回老家省亲。那时我就职于一家文学杂志，他似乎已被中学开除，蜗居县城，写着在民众看来怪里怪气的"莽汉诗"，被官方视为不稳定因素，被大多数普通人视为异物。于是尽管他比我更有资格去给酉阳师范学校的学生讲现代诗歌，我们共同的语文老师、彼时的酉师校长欧全平先生却只邀请了我去演讲。我在演讲当中固然提到了全国比较有名的诗歌流派、《深圳青年报》《诗歌报》的诗歌大展，但我主要介绍了与酉阳有关的"莽汉派"主力诗人——李亚伟、二毛、梁乐、蔡利华等人的作品。由于我记忆力极佳，在演讲中数度背出李亚伟的诗歌，令在座的听众癫狂。

更好玩的还在后面，县里面管文化的领导可能觉得我在省里的杂志干活打杂，算是个人物，硬要请我吃饭。我对于这样"隆重"的接待，没有他们预想的快感。其中有朋友问是何因，我说想你们请李亚伟来一起喝酒。这个要求让他们为难，但我觉得这种在小县城故意制造一种疏离李亚伟的态度很龌龊，酒上桌来，我只顾吃菜。刚开始他们还以为是酒不好，但换上好酒，我依旧只吃菜，劝我喝酒也被我拒绝。最后他们拗不过我的执着，将李亚伟喊来，然后我们推杯换盏，将酒桌上的酒一饮而尽。散局后，还不过瘾，亚伟将二毛、蔡利华、张昌喊来一起去吃火锅。哥们儿初识，自然少不了说百把斤关于人事和诗歌的废话，中间记得亚伟喝得咯血，去漱口回来后接着喝，直到大家都喝不动，一醉方休。

这是我第一次与李亚伟醉酒，后来醉酒的次数多到数不过来，但没有哪次喝酒是不尽兴的，可谓与他对莽汉诗派的诗歌主张一脉相承。他的诗歌题材与他推崇的李白一样，大多是女人、美酒，所不同者太白多游仙，而亚伟则多打架——李亚伟把1984至1987年的部分作品别为"好汉的诗""醉酒的诗""好色的诗"就直接证明了我概括的三点之不诬——至于说人生慨叹、生死感喟，自然穿插和浸透在他们的诗歌精神里。要是李亚伟碰着王安石一样的道德警察，一定也会遭遇李太白所受的指陈："李白诗词，迅快无疏脱处，然其识污下，十句九言妇人与酒耳。"翻译成现代大白话：李白诗词快捷如迅雷，想象超迈无人敌。但李白诗词思想不健康，格调不高，见识浅陋，十之九都在谈酒色。这样的指陈其实是站不住脚的，古今中外没有写过酒色的杰出诗人绝对稀有，正是这种卑之无甚高论的题材，才真正是人类永恒的话题。反倒是充满说教的爱国之类的大题材，除非在非常时期如外敌入侵时，有其意义和作用外，其他时刻，打动人心的，往往不是这些远离生活的宏大叙事。

　　对女人，李亚伟破门而入，来得直接。"我要把你全身上下盖满私章/告诫成天在你身边嗡嗡着的男人/此物只可借阅/不能占为己有"，这样的句子让女权主义者看着颇为不适，但你且先不忙下断论，必须弄清作者一直对戏仿的热爱，才能深深体味其间的幽默。有不少人谈恋爱时，总是腻着说我思你恋你，但李亚伟的诗里却没有，他说你想我又爱写信，"但鉴于我不爱回信的习惯/你就干脆抽空把自己寄来"（《毕业分配》）。"我知你也爱我/但私下却打着离开我的鬼主意/所以我必须警告，出示黄牌或向上级反映"（《更年期》），此点更彰显婚姻的现实与无奈，但"出示黄牌"和"向上级反映"都是特别诗人化的调侃。两个都是运动员，却像裁判一样可以"出示黄牌"，除了见着大男子主义的余脉外，更重要的是让你看到婚姻的忠诚，在很多时候其实是装的。至于说"向上级反映"，一来旁敲侧击地让人想起组织作伐的婚姻；二来也可看到原来人们的婚姻被政治"插足"的程度，让人深感荒谬，而又辛酸莫名。

对女性和爱情,李亚伟有时又来点对小资的戏仿和调情:"我在双鱼座上给你写信 / 从天上一笔一笔往下写,我是天上的人 / 我住得太高,爱你有些够不着。"却在最后一句用"手机"来了个踏实的人间诉说:"蟋蟀正无休止地拨着情人的手机。"(《我在双鱼座上给你写信》)显然,对欲望的烦躁胜过那种假眉假眼的思恋。但更多的时候,李亚伟是通过具有固定意象的爱情诗文加以调侃,从而达到文化和爱情的双重消解:"哗啦哗啦一诗章 / 妖里妖气一女人","关关几只睢鸠你看那小女人 / 原来是个虚词呼儿咳哟那个玩艺儿"(《航海志之五:船歌》)。一诗章匹配哗啦哗啦,《诗经》里的"关关睢鸠"被数量词"几只"隔离和绑定,再辅以当今民歌调式"呼儿咳哟",最终连爱情和文化的"崇高感"都被"那个玩艺儿"完全吞没。因为你如何"关关睢鸠",在作者看来也只是几个呼儿咳哟的虚词,于事无补。但对于性饥渴的男人来说,没有挑三拣四的余地,"后来他上街见了该出嫁的女人 / 眼里就充满了毛遂自荐的恳求神情"(《生活》),这样的男人更令人同情,没有攻城拔寨的自信,却只有"毛遂自荐的恳求神情",但事实上这往往是更真实的普通民众的"生活"。你以为这样就写尽了人生不得男欢女爱的辛酸了吗?否。还有更堪你细味的:"一只水桶和它的老婆——另一只水桶 / 在担水者肩上怪叫着爱情一闪而过。"(《星期天》)相信"爱情会遮天蔽日而来"的老张,甚至想"强迫她们掏出藏得死死的爱情"(《硬汉》),最后也只有说女人享受不了他的"陈年爱情"而收秤(《老张和他遮天蔽日的爱情》),用喜剧和调侃来抵达悲剧的洞房。

至于喝酒,那就是李亚伟诗歌题材里的常客。我常常在想,要是没有酒喝,不仅精彩诗作少了很多,就是我们生活都亦会无趣不少。酒壮怂人胆,会把平日胆小怕事的人,变得胆大包天。而那些平日里不擅言语的人,也变得谈锋甚健,痛快淋漓起来。李白的"会须一饮三百杯",虽有夸张，但喝酒时的豪爽却细达毫芒地表现出来了。渴酒时，真希望消渴，但李亚伟那时真是人民太多，人民币太少。于是见到酒馆子，他就忍不住，"我用脚踢遍了所有酒家的门很多年了／我一直想掉进你的掌心老板"（《酒店》）。就像孙悟空逃不过如来佛的掌心，却拼命想逃出一样，一般人都巴不得能逃出别人的掌心，但李亚伟却一反常态想掉进老板的掌心，那是因为太想喝酒。老板可能嫌他赊账太多，常想躲他，"我想跟你发生不可分割的关系／有时你躲不掉，我的伤口在酒店里／挥动插在上面的匕首向你奔来／我用伤口咬死你老板"（《酒店》）。喝酒是为了疗生活之伤，也是为了得到麻醉的快乐。喝酒是快乐的，酒后长满了许多伤口，那些伤口在酒店里发炎，不肯出来，却要继续去喝。喝酒的快乐和伤感，令人欲罢不能，所以作者才说"我用伤口咬你老板"。

中国自古以来有不少人写自己嗜酒之狂态，但像李亚伟这样直接想把自己装进酒坛子的人，却并不多。更为关键的是，这些句子来得直接、朴素、幽默，让人看得发笑。"请你把我称一下，看够不够份／请你把我从漏斗里灌进瓶子／请你把我温一下／好冷的天气／像是从前的一个什么日子。"（《夜酌》）最有味道的是他的《酒聊》，把醉态及其相关感觉，描绘得惟妙惟肖，不妨让我来个全诗照录："我想离开自己／我顺着自己的骨头往下滑／我觉得真他妈有些轻松／／很多手把我提起／好久好久／我睁开眼一看／人群中一个翘首而望的家伙／提着一只空酒瓶／／我想／我是喝掉什么啦／长江以南一带／已然空空如也。"醉态与能喝，是诗歌永恒的题材，恕我孤陋，用新诗表达得如此到位的，恐无第二人。可以这样说，除了数量不及李白外，李亚伟与李白用古诗写酒之题材之质量不相上下。当然你可以说李白写酒有光阴如电、人生如露的慨叹，而李亚伟则基本没有，这一点我完全同意。问题在于，李亚伟在很大的程度上是以反意义和消解固化的文化为宗旨的——"我感谢这些语言的先烈／他们在词汇中奋战／最后倒在意义的上面"（《忙望者》）——所以你不能用要求李白的方式来要求他。否则那就像你要求鱼不仅要能游上陆地，还要有翅膀在天空中能飞翔一样。

对稍具现代科学知识的人来说，长生不老之谵妄是不言而喻的。因此李白的游仙寻道的题材，在李亚伟这里直接变成了青春期荷尔蒙的迸发。于是少有的打架题材也堂而皇之地进入了诗歌，这一点也不让人觉得奇怪，诸位要是记得那次李亚伟参与的大型群架的话。"我不揍这小子／我就可能朝自己下手／我本不嗜血／可我身上的血想出去／想瞧瞧其他血是怎么回事。"前两句基本说的是自己想打架，冲动到骨节发痒，到了不虐他就要自虐的地步。"我身上的血想出去"，如此既形象而又生活到迫在眉睫的句子，使人们觉得一场不得不打的架，就如在目前，犹如小说家绘影绘形的描摹，令人叹服。"这小子倒下得太快／我踢他卵蛋／什么动静也没有／我擦掉脸上的血／我不知国家和／国家打起架来带不带劲／反正打完之后／我还是挺和气挺和气。"（《打架歌》）打完一场架，自不免杀人三千自损八百，但他还要说"我还是挺和气挺和气"，调侃和得意尽在不言中。同时，也顺便戏仿了庄子寓言里用蜗牛角里的战争来形容国家之间的争斗，用"带不带劲"这样的口语来进行调侃。

而《85年谋杀案》则采用了近乎小说的写法，但场景却非常真实。一个醉醺醺的酒徒感觉到杀了人，是不是他杀的，则你读完了诗歌也不知道，虽然他曾说"我看到那场惨叫正和凶手一起越墙而去"。"分不清街道和我的关系／一辆汽车感到自己停下来又开走／构思现场。""构思现场"可谓神来之笔，下面便是实写一场谋杀，在虚实之间，完成了小说和诗歌的交融。女朋友坐在醉汉旁边，"我"也许是个冷静的旁观者，"锋利的凶器刚从尸体上抽出／我便从手表上抬起头来／向女朋友惨叫一声／——元旦好啊"。吓傻了的人突然来一句莫名其妙的话，好比"元旦好啊"，可以将另一个人吓傻，犹如我们小时，父母警告我们：人吓人无药医。当然，这一切或许只是像欧·亨利小说结尾的突兀效果。若将此诗与杨黎的诗作《冷风景》一同观看，再了解一点法国新小说派的搞法，就更容易体会此中生趣。

李亚伟知道生活庞大得像个死缠烂打他的、没有姿色的胖妇人，让他没有选择。想真心实意与她温存吧，看着恶心，用着不顺意。但在毫无选择余地的情况下，他也不甘心让生活搞自己，也要扑腾着搞几下生活，让她也知道老子李亚伟的厉害。"我现在已经醉了 / 我要把路关在门外"（《饮酒致敖歌》），你把路关在门外，但醉意却死心塌地跟着你，就像生活对你的成全与纠缠，直到你力尽而亡。"反攻倒算"在字典的意思是"指被打倒的阶级敌人或反动势力纠集起来向革命人民进行反扑报复"，这话在三十年以前非常有震撼力，现在看来则有搞笑的意味。对李亚伟熟悉的读者，就知道他擅长调侃这些固化的意识形态渣滓，让它变得生动活泼。好色、喜酒、打架本不入一般诗家的法眼，但他却写得风生水起，说他是对这三种题材与生活的"反攻倒算"，并不为过。在世俗生活被禁锢了三十多年的 80 年代，有相当大的起死回生之作用。让我们一起来回忆有次半夜李亚伟上厕所——"去厕所的路上，我狠狠地跌了一跤 / 这地球真他妈滑得要命"——喊马松起来喝酒的情形。睡眼惺忪的马松问他要做啥子，李亚伟答："起来报复人生噻！"

（三）"汉字是我自杀的高级旅馆"

李亚伟沉醉于美酒、妇人乃至打架，但他骨子里却希望在汉字里经营自己的帝国大厦。他当然不能像一个二百五那样说自己一定要成为一个伟大的诗人，但他的雄心和酒劲一样醇绵，经得住摔摆。

写新诗的人多喜欢说自己不读书，李亚伟也不例外。这在某种程度上讲当然是事实，但你若胶柱鼓瑟地认为他们真的完全不读书，那就只有贻害自身了。著名音韵学家钱玄同说线装书都应该丢到粪坑里，鲁迅教大家不要读中国古书，你若完全忠实于他们的教导，那么你是否可自问一下，他们读过古书没有？线装书他们读得少吗？若得出相反的答案，你何以自处？你可以说人生苦短，大学问家和大作家的教导，我们都应该听从。若是如此，自己不曾寓目，就率尔相信别人的说教，这和听官方的意识形态宣谕，即全部照单全收，有何两样？

李白说自己"五岁诵六甲"（《上安州裴长史书》），实在是很早慧的，因为《南史·顾欢传》提及顾欢的早慧时曾说"欢六七岁，知推六甲"。古人一般八九岁才习由天干、地支编撰而成的教材（《礼记·内则》里有"九年教之数日"）。换言之，天纵之才的李白也不是像外界传言那样的不读书。别的不说，李亚伟对唐诗宋词的熟悉程度，就令一些人目眩，不读书是他的障蔽法之一。写诗当然不是靠读书，但读书就像你生活的一部分一样，它会浸润你，改变你。你看李亚伟为新近写的《河西走廊抒情》（二十四首，修订版）所写的《签》，其实相当于"笺"，恐怕不是书也不看，没有文化的人玩得出来。

如果说李白是翻陈出新的高手，是唐代乐府、歌行不世出的奇才，那么李亚伟走的是相反的路子。翻陈出新，在内容上无疑更加精进，更有文化意蕴，以至万口腾播。袭成句而更新，是唐代诗人"点铁成金"的妙法，如王勃的"海内存知己，天涯若比邻"就胎生于曹植的"丈夫志四海，万里犹比邻"，但诗境更妙。而李亚伟是完全的解构，他对"中文系"如何搞死文学自然有浃髓沦肌的看法："上岸当助教，然后／当屈原的秘书，当李白的随从"，"一个老头／在讲桌上爆炒《野草》的时候／放些失效的味精／这些要吃透《野草》的人／把鲁迅存进银行，吃他的利息"（《中文系》）。与其说这是李亚伟对继承前贤创造之文化的反感，还不如说对那些传播前贤文化之呆板做法，深表厌恶，"老师说过要做伟人，就得吃伟人的剩饭背诵伟人的咳嗽"。对此，他调侃得非常过瘾："校规规定教授要鼓励学生创新／成果可在酒馆里对女服务员汇报／不得污染期终卷面"(《中文系》)。

即便要继承和学习前贤文化的精髓，也不可亦步亦趋，什么东西都照单全收，李亚伟在此点上走得更远。换言之，李白等传统诗人习惯推陈出新，锦上添花，而李亚伟却往事物的反方向狂奔。他这样狂奔的效果，吓住了许多人，一如他《中文系》一诗里说："厕所里奔出一神色慌张的讲师／他大声喊，同学们／快撤，里面有现代派。"80年代初，西方"现代派"曾被视为洪水猛兽，遭过许多次批评和绞杀，但终于因爱好者甚众，而得以苟延下来。"里面有现代派"可以隐喻李亚伟这样写现代诗的人，在80年代的地下身份和现实处境，更可表明李亚伟反固化文化的诗歌，彼时带给人们的震撼。

古代专门以论诗为题材所写的诗，如杜甫的《戏为六绝句》、元好问的《论诗绝句三十首》，都是评论诗之好坏的。后来阿根廷大作家博尔赫斯用写随笔和文论的方式来写小说，时有博尔赫斯谈论博尔赫斯——看李亚伟的句子与博尔赫斯的小说何等异曲同工："我们即使走在街上／也是被梦做出来的，没有虚实／数来数去，都是想象中的人物／在外面行走，又刚好符合内心。"(《我们》)——也类同于杜、元的传统。李亚伟的诗中也常论诗文，但多是调侃，比如"他们咳嗽／和七律一样整齐""他们鞠躬／有时著书立说，或者／在江上向后人推出排比句"(《苏东坡和他的朋友们》)。这样的议论当然不一定是实指苏东坡，而是诙谐地反讽他们那种状态和作派。

"我是一个从天上掉下来的语言打手／汉字是我自杀的高级旅馆／在语法的大道上，每当白云们游过了家乡的屋顶／我便坐在一只猫头鹰的眼中过夜！"(《萨克斯》)李亚伟对自己诗才的自负，无疑是很早就有的，他频繁用对汉字、语词、诗歌的组织或攻击来让你感受到这一点。但妙就妙在他既是"从天上掉下来的语言打手"，有相当的天才，但他也不无悲怆地说"汉字是我自杀的高级旅馆"，因为这个旅馆无处不在，你只要写诗就得住在汉字这样的高级旅馆里，而且是时日有限的过客。

李亚伟不只是对语言的有限性有深刻的敏悟，更从现实里洞穿了文字的无力和局限性。"一个抒情诗人怕风，讨厌现实 / 在生与死的本质上和病终生周旋 ."（《妖花》）"写起情诗来 / 像一个陌生的蠢货 / 直到来年春天 / 还坐在细雨中搞一个名词 / 苦写三年把所有女人 / 都弄成了一句空话。"（《抒情诗人》）这里当然有李亚伟对甜腻而泛滥的抒情之不耐，但也活脱脱地照鉴出苍白抒情的跛足，以及文字的疲沓嘴歪。李亚伟通过对文字和表达的有限性的否定，来造就他诗句的无限延伸感和想象空间。"我使用着思想的鸦片 / 我的言词是骰子 / 我大梦中决定死活 / 我的眼睛是一场冒险 / 我的肉体是一个强盗故事 / 我的名字就是语言的梗概，伙计。""语言被时间厌弃后 / 我们已顺着句子到了海边 / 我是语气的帝王，你是字的妹妹。"（《航海》）我们必须注意到，李亚伟所说的"我的言词是大骰子"。骰子带来赌博的性质和各种不确定感，以及某种意义上的无限性。诗歌带给李亚伟的快感和自负是显然的，不然你就无法解释"我是语气的帝王"，甚至"我的名字就是语言的硬概"。

李亚伟对文化当然不是天然的亲近，因为他对此前固化了的文化甚为反感，尽管他身上有不少文化，他总用尽一切机会来损那些固化了亦即僵死了的所谓文明。"我骑上一匹害群之马在天边来回奔驰，在文明社会忽东忽西"（《寺庙与青春》），他有点左冲右突的得意感，为什么呢？因为那些自命有文化的人对他反叛的不耐烦。其实他们不耐烦，对于反叛者来说就意味着一种成功。就像他作为有脾气的乡巴佬威胁一下城里人，能给他带来快感一样，"这样的人，我碰到过 / 在城里很有文化，你还未揍他 / 脸就吓白，心跳好几天"（《天山叙事曲》）。在行动、言语和诗歌里，无时无刻不透露出李亚伟对文化的"假装"充满着深深的厌恶，正如他所说的"一个假字害终生"。

《自我》就是一首典型的通过对文化的反解读，来达致对新文化的建构的诗。换言之，一些从传统角度看上去不像诗的句子，通过对语言别出心裁的组合，便成了李亚伟所热衷的"伙计，我一分为二""每个人都在散伙"，这当然是指人在多数时刻都处于纠结和分裂的状态，那种看上去水乳交融的和谐状态，其实在不少时刻都是自欺欺人。所以李亚伟说"我是天空的提手""我是一年三熟的儿童／伙计，我是宇宙的穷亲戚"，这些句子表达出对现实的失望和无助，但又有一种语言上独特的自豪感。"伙计，我们成了文明的替罪羊／在劫难逃的接力棒！"文明的固化，很让李亚伟这样有通过语言建立起自己文字帝国的人，颇感不耐，即便成为文明的替罪羊，并因此在劫难逃，也在所不惜。

其实李亚伟通过《自我》这首诗表达对僵化文化的反叛外，还要证明所谓的自我其实是有很多个我，并不存在一个一成不变的"自我"。那些把"自我"看成一成不变，并且通过一成不变来表达自己是有范儿有文化的人，恐怕难逃"自我"这首诗的讥讽。李亚伟的诗当然说的是"我"，但你可以置换成"他"或者"你"，置换成任何一个人，然后再看看他如此表达的道理和情绪的可通约性和普适性。"我成了社会混下去的零花钱／我是我自己活下去的假车票／伙计，我是雨水的字，被行云说下来／天气把我变成怪话，说给了你的屋顶／我浪迹江湖的字，从内部紧握了文章／又被厉害的语法包围在社会中。"（《自我》）人活着免不了需要点面具，只是厚薄大小不同。但问题在于，有的戴着很厚的面具，却说他没戴面具，欺人侮智，却不像李亚伟这样说"我是我自己活下去的假车票"。更重要的是，他用对文字的"定义"来解释了无法突围的生活，"我是浪迹江湖的字，从内部紧握了文章"，正准备得意洋洋，却被那些认为他所写诗不合语法者，严厉批评，所以"被厉害的语法包围在社会中"。可以这样说，这首诗达到了从对语言文字的"定义"到生活之阐释的完美组合，因此他在诗的结尾既调侃，又有几分自得："我是一条不紧不慢的路，去捅远方的老底。""伙计，人民是被开除的神仙！／我又是人民的零头！"

敢捅且能捅老底，又是自得的神仙，亦是不引人注意的零头，这样就具备了逍遥的一点基本特性。

进一步而言，你要在李亚伟的诗中找到完全的悲剧，几乎没有可能，但也不是完全没有心肺的喜剧。也就是说，悲喜交集的纠缠，往往是他诗作的主要情绪和核心命脉。"你是天上的人／用才气把自己牢牢拴在人间"（《美女和宝马》），你有无限的能量，但却并非无所不能，即你有不可克服的阿卡硫斯之踵。

（四）"国家都是路边店"

作为宏大叙事和意识形态而存在的国家，从来不是伟大诗歌的题材，古今中外概莫外。当然，在近现代社会出现以前，没有国家的概念，自然此前中外诗歌写作的题材里都没有谈到现代意义上的国家。所以当我们说屈原是爱国诗人的时候，这是一种意识形态的强力包装，是一种历史的倒读，而非事实的论证。如果屈原是爱国诗人，那么李白、杜甫、苏东坡等人是不是？是不爱国诗人还是卖国诗人？都不是，所有人都爱国，那么在所有诗人前面加上一个爱国二字，那不是叠床架屋，五条裤儿重起穿的显摆吗——汉代时成都人民赞成都"市长"廉叔度的歌谣曰："廉叔度，来何暮？不禁火，民安作。平生无襦今五袴。"——像杜甫一样"穷元忧黎民，致君尧舜上"，那也不是爱国，前者是忧民，后者是忠君。杜甫的好诗都是写人情世态和戚谊人情的，至于"三吏三别"，也写得不坏，有史诗之价值，但你看到他直接左一个唐朝怎么样，右一个唐朝怎么样么？这样于诗艺的伤害，是习诗的人深深忌讳的。

但1949年后是个分水岭，写诗的人惯于紧跟形势，配合政府的宣传，用国家意识形态来为自己的文字开路，希求保护，并且卖出个好价钱。朦胧诗对此有所反弹，但与它同时出笼的一些诗，从标题上看都是一副写时事评论的架势，如"中国，我的钥匙丢了""我是青年"等。要待像莽汉主义、非非主义、整体主义、撒娇派、超低空飞行等各种派别，陆续登台后，才使国家作为意识形态在诗歌写作中渐趋淡化。说国家是一个阶级压迫另一个阶级的工具，这完全是歪曲国家用途和意义的打胡乱说。国家只是现实利益认同、族群身份认同、文化认同等的一个共同体——国家由民众、土地、政府三要素构成——国家本来是保护个人利益的一个缓冲阀，但在我们这里国家却被圣化神化后，成了侵犯个人利益的天然工具。任何稍微对国家的批评和调侃，都被视为大不敬。其实国家只是寻常物事，爱国而成主义更是多属无稽。

我早就说过，写诗直接歌颂国家，基本没有传世的，哪怕是在言论相当自由的国家。这是为什么呢？歌功颂德不可能有传世之作，传世的要么是批评社会不公的作品，要么就是风花雪月如李亚伟的喝酒、好色、打架等。老实说，真正的好诗，其题材都是卑之无甚高论的。但你若是有驾驭宏大叙事，将其戏仿、调侃、幽默的才华，那就另当别论了。在这方面，李亚伟一样有他不凡的才情。若写司马迁的囚徒困境，他说"政治常把他夹在《史记》里和汉武帝怒目相对"（《司马迁轶事》），这就把司马迁的无奈、悲愤、执着混在一起表达得比较有意思。更有意思的是他提及古代知识分子的别无选择，"在古代彷徨的知识分子／偶尔也把笔扛到皇帝面前去玩／提成千韵脚的意见／有时采纳了，天下太平／多数时候成了右派的光荣先驱"（《苏东坡和他的朋友们》），其实这何尝不是中国至今为止的现实生活的反映？

国家尤其是政府没有真正的制约，且没有发育良好的、强大的民间社会，那么国家直接面对个体，就像太阳没有臭氧层的保护，直接烤晒万物，可以使许多生物烤焦而蔫毙。正因为由不受制约的政府挟持的国家如此强大，它不仅直接面对个人，烤晒万物，也使得它的权力无孔不入到城市街道居委会，以及穷乡僻壤的村委会，其触须之广大深远，可谓无远弗届。无远弗届的功能，就使得每个活生生的人变成了一部庞大机器上的螺丝钉，被奴役。比如一位教小学语文的小赵当上了教导处副主任，"他去检查清洁，由于地面已被校长看过／他就看傍晚的天空出没出什么漏子／他走到河边，吐了一口三米长的闷气"（《生活》）。李亚伟的与众不同，就是通过搞笑夸张，再用意想不到的意象和词汇，使他那些看上去没有多少起色的诗句，变得如此可爱有趣。检查完毕，到河边吐了一口三米长的闷气，是做螺丝钉的放松，在有的诗人就会写得比较悲苦，但李亚伟却以搞笑出之。出一口三米长的闷气，和李太白的"白发三千丈"，一样无理，但无理得非常舒服，意味深长。

　　1989 年写的《秋收》一诗有标志性的意义，李亚伟诗作一贯反讽、戏仿、调侃，对宏大叙事的解构，在此诗里得到了比较好的体现，从某种意义也预示了李亚伟后来两年的缧绁之灾。一名"秋收"的诗开篇即引毛泽东的"水利是农业的命脉"，再看下面的诗句，其戏仿的意味，随时可以拈出。"语言在诗的国度脱掉衣服就一下子左右了农业／成熟的麦子倒向了共产主义一边"，我们可以看到"大跃进"造假如何在他诗里翩翩起舞。"语言使人民普遍成了诗人，少数人成了敌人／而朗诵高于一切，直接影响到女人的丑与美"，"你在十月摆起诗歌的香案／视文字为猪狗，语法和外语如粪土"，你只要不缺少当代中国五六十年代的常识，你就可以有自己的认知和意象联想，被他的诗句击中心坎。在这些不堪的运动中，"长相标致的朋友们穿戴整洁地把自己上交给国家／又纷纷变成衣冠禽兽"，拿这句话来形容很多知识的颂圣，难道不是非常贴切么？

　　在《秋收》里作者不只是通过调侃戏仿收拾了"国家"，也顺带修理了许多对固化僵死的文化有着不解之迷恋的文化人。其实僵死的文化和国家意识形态一旦搞在一起，成了主宰文学和诗歌的出气筒，独尊官体，便无休无止。所以 80 年代的各种流派包括后来被称为的第三代诗歌，对于消解官方独尊的诗歌意识形态，是有很大作用的。"寻字觅句，在官路上推敲／正逢娶亲的大轿用谨慎的语言打开了寺庙的大门／因为公家派出的贤达之士已在大路上说服了一个漂亮句子／深秋的天气为句式所迫转为秋高气爽／隐居在各大学的诗人为得以一试身手而钻研假学问／因此被开除或者根本注不了册算不了人民的老几"，这对官方于诗坛的主宰是个相当大的嘲讽。

1992年李亚伟重新回到社会生活中，开始新的诗歌创作，一上来就有了更大的企图，写了十八首叫"革命的诗"。他在给这十八首诗的题记中写道："我想用100首短诗来讲述辛亥革命至'文革'这段历史，内容涉及孙中山、蒋介石、毛泽东等历史人物及白话文运动、军阀割据、北伐、留洋、抗日、肃反、镇压反革命、上山下乡等历史场景。后因事中断写作。"老实说，以李亚伟的大才，他是完全有能力驾驭这样史诗性的百年题材的。可惜的是那时他刚回到社会，衣食无着，必须先解决肚子抗议的问题。待后来生活较稳定，诗情不在，徒唤奈何？但我们就是从这有限的十几首中，还是能看出他为此所付出的努力。

他在《第一首》里就公然说："唯一看不清楚的是死，是革命前的文字。"这说明革命是如何的扑朔迷离，恐惧焦灼以及有诸多不确定性让人捉摸不定，他断定"因此历史只是时间而已，是政变和发财"。在《第二首》里他说"但还是有些与众不同的人，恶习深藏不露／那是农村中调皮的晚稻，在夏天顽固，到了秋天才答应做人民的粮食／它是集体的一面，最终仍然属于集体"，这就是分明在说革命的投机分子"晚稻"——我和亚伟共同的故乡在形容一个人调皮捣蛋、有恶搞能力时喜欢说这个人"千方儿""晚盗"，后者谐"晚稻"之音，不知亚伟写此诗时心中是否正有此念——看到大功告成，才答应成为人民的粮食，成为一个滚滚向前的集体。李亚伟这个晚稻和答应做人民粮食的比喻，实在卓越无比，这就使得诗歌无论怎么议论，都不会成为议论的奴仆。你看许多以议论为诗的作品，像便秘一样排泄不畅，就知道李亚伟是何等样的"排便大师"，能把远方的路捅到底的"通天教主"。

一般说来，面对革命，诗人和那些职业革命家相比有旁观者的心态，让我们来看他《第五首》对此怎么说的。"我心比天高，文章比表妹漂亮／骑马站在赴试的文途上，一边眺望革命"，就是说走正途的时候，不时也来点心猿意马，看看别的岔路到底是怎么回事。"穿着花哨的衣服投身革命／又遇到了领袖"（《我们》），接下来，"我看见一颗心率领全部生活夺取天下／却无法统治，种子不能统治花，皇帝不能统治云／我还看见古典诗人占据文字，形成偏安，又骑马治天下／使人民由清一色的服饰到全体戎装，由欠收到饮食单一"。就是这几句诗已经明了地述说了一个革命历程，并清楚地表达了革命的恶果。虽然极权上管天、下管地、中间还要管空气，但在诗人看来"皇帝不能统治云"。不过，不管怎么讽刺，诗人总是不会忘记用形象的句子来达成他内心的想法："我对情人的占有曾经于属于武装割据／多年后我彻底洗心和革面，转向和平"（《第六首》），"在劳动和斗争中摸底、摊牌，然后前进"（《第九首》）。

当然最好玩的，还是李亚伟写白话文运动和彼时的政局是怎么发飙的，"人民起床废除了古文／老师把马骑进一句话里，在词性上碰到了两个总统／学问趋向两可，政局变得模糊"（《第十五首》）。古文之废和白话之立，当然不是人民起来就能干成的，但"人民起床废除古文"却比任何论证白话代替古文之速的大部头著作，都更能表达出其巨大威力。词性上碰到了两个总统，既隐喻孙、袁之斗，也说明了北洋时期总统更迭如坐跷跷板，同时也明喻了古文与白话之争充满许多急流险滩。但白话文普照中国大地，社会是否立马就有光明之前途呢？"在推广白话的过程中提倡一部分人先打官腔／为一部分人多生产枪支，为另一部分人多生产选票／路少的国家只有用来游行"（第十六首），这段诗第一句令人莞尔一笑，最后一句令人垂头丧气。官腔是打起来了，白话倒不一定推广好了；由于没有更多的路可供选择，路被贪污了，少到你连游行都游不了，甚至你连怎么游行都忘了。

在组诗《河西走廊抒情》之十四里，李亚伟写道："醉生梦死之中，我的青春已经换马远行。"事实也正是如此，从 1992 年至 2001 年李亚伟这十年东奔西走，其间当书商有年，和银子打交道，无暇顾及写诗，但再换马远行，其实质也没有根本的变化。"我飞得更远，流星狂哭而过，祖国渺小如村 / 我是神仙，在政治和消费里腾云驾雾，我不是物种！"（《我飞得更高》）政治和消费，是当今两大捆缚人们手脚的利器，你不操心它，它却操心你。在一个比较完好的制度下，没有谁成天去关心政治是否清明，它是否会危及你的利益与安全。但在有的制度下，你却只能说吾岂好关心哉，吾得不已也。政治与诗歌有很深的瓜葛，却有巨大的不同，经历过政治磨难的著名诗人、诺贝尔文学奖获得者布罗茨基深有感触地说："诗歌应该干涉政治，直到政治停止干涉诗歌。政治提倡集体和服从，诗歌则注重个性和自由；政治讲究稳定和重复，诗歌则倡导革新和创造，拒绝复制、拒绝重复的诗歌，永远是新鲜的明天，而政治则是陈旧的昨日。无论对于单个的人还是对于整个社会而言，诗歌都是唯一的道德保险装置，唯一的自我捍卫方式。"

当然这不是说李亚伟至此后所写的诗，只是国家过来国家过去，它永远不会那么令人厌烦。如他写自己的经商生活："他是我的客户，男人堆里的渣滓，女人堆里的王子 / 一条很短的命，在歌厅里痛快不已"（《初夏午后的天边》），"我已经不知道人活着 / 有什么意思 / 我只知道我们 / 谁他妈 / 都想要 / 活钱"（《生活》）。你可以说他的生活虽然有些无奈，却依旧如此鲜亮出彩。但正如他给二毛的一首打油诗所说的："诗歌是国家的味蕾"，诗歌与国家的胃口有着割舍不掉的、千丝万缕的联系。

今年 7 月出版的《读诗》2012 年第二卷，全部刊他了重新修订的二十四首《河西走廊抒情》，诗后并附有他对每一首诗所作的"签"亦即是笺。正如他接受一次采访所说，他并不常常阅读文学作品，但历史、宗教类书籍却读过不少。在他的新诗和"签"里体现出了他对文化虽有疏离，却有一种正面的应对。诗歌遣词造句更加考究，但却没有丧失他一如既往的反讽、戏仿、幽默，看上去显得沉静而不暴烈。或许阅历更多，诗歌主题里生死咏叹增多，打架的主题在减弱，但喝酒、女人乃至国家，依旧潜滋暗长。"我只活在自己部分命里，我最不明白的是生，最不明白的是死！／我有时活到了命的外面，与国家利益活在一起。"（《河西走廊抒情》第一首，下引只列首目）只有活到命的外面时，才能与所谓的国家利益活在一起，这说明目下的国家利益是如何与民众的小命相违的。这既是一种好的现实阐释，也是诗歌在大与小之间、抽象与具象之间的特殊张力。

对国家这样宏大的东西，李亚伟通过《河西走廊抒情》组诗，通过对历史的抓捕，留下了精彩的思索。"人类最精彩的玩具是镜子，镜子最精彩的玩具是岁月。／岁月最精彩的玩具是国家，国家最精彩的玩具是政权。／／政权最好的玩具是臣民，臣民最好的玩具是金钱"，"帮派曾经是政府的童年，学校曾经是国家的青春"（《第十六首》）。我采摘出来的句子当然看上去硬邦邦的，但你若是读他全诗，有中间妙句的穿插，那感觉一定还要享受得多。但即便如此，你也可以看到他的调侃有政治学味道上的深意，对此有最完整思考的是《第十一首》，我抄录几段附后：

> 在唐朝以前，隐士们仍然住在国家边沿，
>
> 河西走廊一片灯下黑
>
> 在灯下，王氏兄弟曾研究过社会的基本结构——
>
> 自己、人民和政府，这三者谁是玩具，哪一件最好玩？
>
> 政权、金钱和爱情，这三者，谁是宝贝，哪一样最烫手？
>
> 如今，政权的摩天大楼仍然在一张失传的古老地图上开盘。
>
> 我们可以让行政和司法分权独立，让苍天之眼居中低垂，
>
> 但是，我却仍然分不清今天的社会和古代的社会究竟有何差别。

所以，我的祖国，从宪法意义上讲，

我只不过是你地盘上的一个古人。

历史与现实，生活与政治，个人与国家，在这短短几行诗中的思考，胜过了许多不着边际的论述。我希望以后那些写政治学著作的人，应该引述这样的诗句来提示你的读者，因为这些诗句有给人一锤定音之感。特别是"我的祖国，从宪法意义上讲，我只不过是你地盘上的一个古人"，真是一语道破天机。从这种意义上讲"诗人是国家的味蕾"，实在是再恰当也不过的比喻。不过，国家和政府虽然对我们的现实生活有诸多的制约和剥夺，"但是，还有一个更加伟大的政府，它高高在上 / 处理着我们的内心，处理着我们的前世和今生"，因为"所有朝代都找不到自己在人间的位置 / 国家都是路边店"（《第十八首》）。

（五）给李亚伟让路

日本诗人大沼枕山有两句诗"一种风流吾最爱，六朝人物晚唐诗"，周作人甚为喜爱，我也受传染而深爱此诗。亚伟的诗当然是不是什么晚唐诗，但他作为人物是地道的"六朝人物"。他的诗歌是他生活及故事的里子，而生活便是他诗歌的外套，连在一起，活出了一个有趣的人物。说到底，李亚伟是个活生生的怪物，有趣有料有种。他赞赏天空之蓝，深味其间的美妙，形容得独一无二："这天空是一片云的叹气，蓝得姓李。"（《秋天的红颜》）可是他也是个俗人，要吃要喝要排泄，必不可少的物质欲望追捕他，"可是全球化来得太牛逼 / 我用颓废才顶住了一个行业庞大的业务"（《无题》）。顶不住诱惑，就会堕入史铁生所说的，人的能力有限，而欲望无边的苦海。好在李亚伟有漫无边际的颓废，才顶住了像比尔·盖茨那样的全球大业务。

以前的莽汉们，如今都渐显老态，岁月无敌，它让所有的对手都俯首称臣。"如今，我从人生的酒劲儿中醒来，/ 看见我所爱的女人，正排着队 / 去黄脸婆队伍里当兵。"（《第二十二首》）喝酒、泡女人渐渐不是年轻人的对手，在伤感地承认这个事实的同时，想起毕业后，曾经有过不那么急于挣钱买房子，十足的浪荡岁月，还是要羡煞如今的年轻人。"唉，花是用来开的，青春是用来浪费的 / 在嘉峪关上，我朝下看了一眼生活：/ 伟大从来都很扯淡 / 幸福也相当荒唐 / 但我也只能侧身站立，为性生活比我幸福的人让路。"（《第十五首》）

"拖拉机朝前开，一路上发动人民"（《岛》），年抵半百的李亚伟正带着天才的鬼想象、最不要脸的夸张，怀揣铁匠铺向你冲来。无敌的城管在前面开道：闪开！李亚伟五毛钱一斤的国家来了！

冉云飞

2012 年 8 月上中旬初写，8 月 26 至 28 日竟三日之功，

闭关写作而成，8 月 28 日至 29 日改定

重新恢复想象力和冒险精神

——李亚伟诗歌论

刘波

　　有人曾做过追问式设想：如果在当下这样一个功利化的时代，李亚伟还会不会成为一个诗人？这言下之意，其实是为了指明一个事实：李亚伟和 20 世纪 80 年代那样一个辉煌的诗歌时代是紧密联系在一起的。这个诗人是不是仅仅属于过去某个特殊阶段的"灿烂"？难道与这个时代真的格格不入吗？这样的话题现在看来似乎再无多少探讨的价值。如果说 20 世纪 80 年代造就了反叛的"第三代"诗人，那么，20 世纪 90 年代就是他们的沉淀期，而新世纪之后的归来，才是验证其持续性写作是否有新变的关键。不管他经历了怎样的时代和人生，不管他遵循了何种精彩的行动诗学，只有作品才是衡量一个诗人成就的重要标准。李亚伟将人生转化成了诗学，用语言完成了对世界的审美，尤其是将盛唐豪放之风的传统作了现代性重构，一种新的"莽汉"诗歌精神得以再现。从 20 世纪 80 年代到 21 世纪，李亚伟并没有完全离开诗坛，即便中间他没有写诗，他也是以诗意的方式在生活，在思考，在行动。他给我们带来的，始终是一个"莽汉"诗人所体现出的大气象，读其诗作，观其人生，皆有生动的旨趣和品味。

（一）烈酒与行走的青春反叛

在 20 世纪 80 年代那样一个"连空气和阳光都分行"的时代，作为"第三代"诗歌运动的倡导者和领头人，李亚伟和他的诗歌朋友们一起，用行走和游历的方式，完成了当代中国转型时期先锋诗歌疯狂的语言之旅。当行走从那个年代的激进与反叛变成如今的边缘行为时，李亚伟的诗歌也从当年的激进中悄然退出，而进入另一种舒缓的氛围，这种回归并非逃避，而是它完成了过去身体上的行走使命，开始了另一种精神上的征程。

行走与反叛给李亚伟带来的，不仅是一种年轻的活力，也有他对现代性的迎合。他以自己的放纵，重塑了当代先锋诗歌的征程，灵与肉的敞开，生与死的消解，都在其诗歌中被轻逸地抒写，生命之重化为一次次巧妙而又温和的较量，并与人生命运进行了对接。这种对接，是诗性之人的归宿，也是李亚伟在拒绝沉入俗世的挣扎中所探寻的真相。"我心比天高，文章比表妹漂亮，曾经在漫长的时光中写作和狂想，试图用诗中的眼睛看穿命的本质。除了喝酒、读书、听音乐是为了享乐，其余时光我的命常常被我心目中天上的诗歌之眼看穿，且勾去了那些光阴中的魂魄。那时我毫无知觉，自大而又疯狂，以为自己是一个玩命徒。"[1] 于此，我们听到诗人真诚的告白，我们也看到诗人曾经历过的那些疯狂岁月，我们还能感触到诗人在生命本能驱使下的率性所为，这些都是在时代的行走中，所完成的个人诗歌史。

从李亚伟早期的"莽汉"诗歌中，我们多少能够看出他冒险的姿态，和在其中所渗透的一脸坏笑。他以性情中人的率真，写出了一代"莽汉"们深藏在骨子里那种"无礼"的"恶"。李亚伟曾经说过："'莽汉主义'重要的一面就在于此，它就是中国的流浪汉诗歌、现代汉语的行吟诗歌。

---

[1] 李亚伟：《天上，人间》，载《豪猪的诗篇》，花城出版社 2006 年版，第 231 页。

行为和语言占有同样重要的成分，只要马松还在打架和四处投宿，只要马松还在追逐良家女子以及不停地发疯，只要马松还在流浪，莽汉主义诗歌就在不断问世。"[1]"莽汉"诗人们以流浪的方式，在过去的时代抒写着行为的张扬与精神的批判，很多虚伪的文化在他们的诗歌中瞬间瓦解，很多先前的规则在他们的诗歌中坍塌。至少，在朦胧诗之后，李亚伟的创作以青春的体验，适时地铺就了先锋诗歌的前行之路。

> 我的历史是一些美丽的流浪岁月 / 我活着，是为了忘掉我 / 我也许将成为一个真正的什么 / 或不成为真正的什么 // 我活着，只能算是另一个我 / 浓茶烈酒女朋友 / 我成为一个向前冲去又被退回来的斗士 / 我也许是另外的我、很多的我、半个我 / 我是未来的历史，车站另一头的路 / 我是很多的诗人和臭诗人 // 我是文学青年 / 我是假冒的大尾巴驴 / 我有无数万恶的嘴脸 / 我绝不是被编辑用钳子夹出来的臭诗人……
>
> ——《我是中国》

这似乎是诗人在癫狂状态下完成的诗作，它带着委屈、不满、质疑和絮叨，以及歇斯底里的焦灼、自我纠缠的脆弱。一个诗人在流浪之路上冲撞，这是20世纪80年代的独特景观，他充满矛盾，勇往直前，毫无目的，竭力寻找"在路上"的感觉。如果说这种"垮掉派"作风构成了李亚伟的书写方式，那么他对抗现实的真相，就是在焦躁与无聊中超越颓废，在不甘与狂妄中与生活周旋，直到最后无法认清自我。诗人在自嘲的同时，也嘲讽着他人，他需要这种癫狂来为灵魂争取一个安宁的所在，也需要在不断的冒险中，重构另一个想象化的自我。

---

[1] 李亚伟：《流浪途中的"莽汉主义"》，载《豪猪的诗篇》，花城出版社2006年版，第218页。

2006 年 4 月，历经商海十多年的李亚伟从北京来到广州，在第四届"华语文学传媒大奖"之"年度诗人"获奖演说中，他平静地道出了自己的想法："我刚刚开始写诗的时候，就有一个信念，我认为诗人没必要写一万首诗，但必须行万里路，要去会见最强硬的男人，也要去会见最软弱的女人，要把他的诗歌献给有头脑的敌人和没头没脑的爱人。也就是诗人应该和生活发生不可分割的关系，这样才有希望写出更加宽远的生命感觉。"[1] 我们可从中获知，行走和书写是李亚伟生命的主题，它支撑着诗人在凡俗的生活里能感知诗歌的美妙，而在世界越来越物质化的背景下，又能获得精神境界的提升。这或许才是李亚伟一直钟情于诗歌，而又不断地四处行走的动力。就像他在写于 1986 年"醉酒的诗"系列中所表现的那样，女人、烈酒与诗歌的中心，有效地对应着行走、打架和狂欢的场面，那是一种真正投入了生命激情的写作，感性却不乏力量，真实却带着尖锐。

"饮酒狂欢，浪迹天涯"是李亚伟"莽汉"诗人本色的真实再现，同时也是他作为一个语言狂热主义者，在膨胀的分行文字中所倾注的全部情感。在酒色中，为诗歌寻找现实的精神空间；在行走中，为自己的灵魂抒写捍卫理想；在反叛中，为先锋诗歌的现代性启蒙注入一份鲜活的力量。这一切，虽然都是历史和现实的景观，但它们都在李亚伟对语言和想象力的全面建构中获得了定位，这也是他于商海十多年，而后在新世纪的复出所做的准备与积淀。

（二）天才与个性化的语言冒险

如果说青春期的行走、酒色与反叛是诗歌行为方式的重要内容，那么语言作为这些内容的载体，在李亚伟的诗歌中所扮演的角色，则不容忽视，它

---

[1] 李亚伟：《没有生命元素就没有诗》，载《当代作家评论》2006 年第 3 期。

在某种程度上甚至超过了内容本身，而跃居其诗歌的制高点。在那些狂放恣肆的词语拼接中，我们看到李亚伟将汉语言经营得异常精彩，那些冒险的语汇转换，新奇而富有超现实的意味。尤其是在那些流畅的诗句中，彰显出诗人极具个性化的艺术智性，其诗歌字里行间所流露出的色彩，时而温情，时而强悍，时而超然，时而深邃，隐秘而繁复的诗意，随处可见。

戏剧性的语言，是一种优秀先锋诗歌本质的体现，它在强调精确的同时，也容纳暧昧，李亚伟在其诗歌中对此兼收并蓄。现实的荒诞恰恰造就了诗歌语言极端的超现实，这是他洞开诗歌经验的一柄诡秘之剑。墨西哥诗人帕斯曾说过："诗歌创造是以对语言施加暴力为开端的。"[1] 而对于"莽汉主义"诗歌的语言策略，李亚伟则又有一番激情且形象的言说："莽汉诗歌最明显的倾向就是粗暴语言，其诱惑力一边来自撒旦，一边来自上帝，它既是美神又是魔鬼，而且更多的时候是和魔鬼乱来，因为美神已在酒馆、树下被彻底地亲够了，因为莽汉主义并不主动扎根于某一特定的人文景观，它扎根于青春、热血、疾病以及厚脸皮中，莽汉主义的最大愿望就是要翻山越岭，用汉字拆掉汉字，要大口大口吃掉喜马拉雅山。"[2] 拆解与拼接是李亚伟诗歌语言最基本的方式。在即将失控的时候，诗人总能在语言滑向极致的边缘处力挽狂澜，有惊无险地将词语过渡到新奇与安稳之中，从而把戏剧性的一幕幕留给我们。

比如，"不要用手摸，因为我不能伸出手来 / 我的手在知识界已经弄断了 / 我会向你递出细微的呻吟"（《给女朋友的一封信》）；"时间还早得像荷马时代 / 他理了理旧得发光的外套 / 一只不知什么时候跟着他的狗失望地看他一眼 / 朝小巷走去，摇晃着空虚的身子"（《高尔基经过吉依别克镇》）；"一个抒情诗人怕风，讨厌现实 / 在生与死的本质上和病终生周旋"

---

[1] 奥克塔维奥·帕斯：《诗歌》，《帕斯选集》（上卷），赵德明译，作家出版社 2006 年版，第 275 页。

[2] 李亚伟：《流浪途中的"莽汉主义"》，载《豪猪的诗篇》，花城出版社 2006 年版，第 219 页。

（《妖花》）。这些诗句都充满了诗人看似随意，实则周密的语言策略，他沉迷于语言的拆解和拼接中乐此不疲，极少落入平庸的俗套。甚至可以说，李亚伟在 20 世纪 80 年代的诗歌，绝大部分诗中都有精彩的句子出现，张扬而荒诞的声音不绝于耳，其鲜活的语言创新，让人既感意外，又觉合理，总之，他所力图达到的，就是"语不惊人死不休"的境界。

　　有学者曾经指出："诗的语言不是把人们感觉到的东西表达出来，而是通过语言的魔阵把不可感觉的真实虚构出来。"[1]像《伫望者》这样切入现实的诗歌，正应合了"语言魔阵"对"不可感觉的真实"的虚构，完全是对诗人与语言之关系的一种辩证抒写，我们从中可以领略到诗人对语言直觉的敏感：在我们看来错位的词语，李亚伟总能将其对接得出其不意，而又恰到好处，让人读后只能感佩诗人的天才与汉语言的神奇。

　　如果说李亚伟抒写现实情状的诗歌，是以一种粗野的语言方式还原初始的力量，那么他对古代历史和人物的戏仿，或许会有所收敛，而趋于一种优雅。然而，事实并非如此，他同样以风趣的夸张手法，对历史与古人作了解构，与他那些抒写现实的诗歌相比，语言上更加神采飞扬，而反讽的效果也相应地愈加突出。在《苏东坡和他的朋友们》《司马迁轶事》《狂朋》《战争》等诗中，李亚伟并没有使用那种文雅和知性的语言，而是以现代口语切入历史场景，进行一次次的戏仿、颠覆与嘲讽。对于这些所谓的"浑蛋"诗歌，李亚伟说："那是一种形式上几乎全用口语，内容大都带有故事性，色彩上极富挑衅、反讽的全新的作品。"[2]的确，很多时候，李亚伟似乎就是在以他"全新的作品"挑战我们的阅读，而且这种挑战从 20 世纪 80 年代的自发状态，逐渐走向了后来的自觉：生命本色皆呈现于语言之中，那种清晰的个人风格，那种鬼

---

[1] 耿占春：《最后一个祭司》《改变世界与改变语言》，社会科学文献出版社 2000 年版，第 110 页。

[2] 李亚伟：《英雄与泼皮》《豪猪的诗篇》，花城出版社 2006 年版，第 222 页。

魅的语言气质，那种时时蛊惑着平常人心的"快活"，在任何时候都显得出类拔萃，意味深长。

李亚伟的诗歌一直在味道上延伸，语言虽缥缈无际，却又不失入木三分的透彻与坚决，有一种浑然天成的破坏性力量。所以，李亚伟不求在崇高的精神追求中寻找心灵的慰藉，而只求在"白日放歌须纵酒"的语言狂欢中，把握这个时代精神的困惑和丰盈。

（三）在想象中重铸极致的诗意

语言之于李亚伟的诗歌，就是其存在的地基，而想象力的极致发挥，则是与语言同构在一起的，共同支撑着诗人在技术之外所恪守的一种反讽力量。当年的"莽汉"诗人在"第三代"诗歌运动中属于特立独行的一群，每个人都与众不同，但又在创造精神上趋于一致。"'莽汉'诗人一个最重要的特点，就是极端的想象与语言的精彩运用，似乎都像是梦中呓语，也像是醉酒后的狂语，那种天马行空、气贯如虹般的想象，如同抒情者在云端的'涉笔成趣'。"[1]这是"莽汉"诗派的群体特征，他们自成一格，也相互影响。李亚伟的诗歌之所以是飘逸而灵动的，还是因为他以魔鬼般的想象力，激发出了潜藏在心头的那种豪放与坏笑，从而让我们能真正领略到现代诗歌的逍遥境界。

20 世纪 80 年代的疯狂和叛逆，在诗人们那里成了表达与发泄最痛快淋漓的方式，他们向朦胧诗与政治抒情诗挑战，让诗歌重新回到旋律和节奏，回到想象的艺术本身，以此激发起人们对转型年代生活的怀念和追忆。如果说李亚伟的想象是一种语言冒险的话，那么另一位"莽汉"诗人二毛的理论，则是一份公开的宣言，他的表达更显直接："诗歌就是不要

---

[1] 刘波：《"第三代"诗歌研究》，河北大学出版社 2012 年版，第 166 页。

脸的夸张，天才的鬼想象。"[1]李亚伟三首较长的诗《岛》《陆地》和《天》，就是在一种"天才的鬼想象"下完成的书写，里面充斥着欢乐、痛苦、悲愤，以及天马行空的幻想，我们甚至可以说，这就是三首自然之物的狂想曲。它们的格调绵密、悠长，有如直面久已远去的阔大景观。

> 在蓝色的湖中失眠，梦境很远 / 千里之外的女子使你的心思透明 / 你如同在眼睛中养鱼 // 看见红色的衣服被风吹翻在草丛中 / 一群女人挂着往事的蓝眼皮从岛上下来洗藕 / 风和声音把她们撒在水边 // 她们的肌肤使你活在乱梦的雪中 / 看见白色藕节被红丝绸胡乱分割 / 你心一跳，远方的栅栏就再也关不住羊……
>
> ——《深杯》

通过水杯这样的静物所产生的浮想联翩，是诗人在探寻血性的过程中，所力图复原的生活真相。这样的表达，一方面能呈现出诗歌在经验和想象双重规约下的艺术张力；另一方面也能让人觉察到个人反抗命运既定安排的自我折射。除了这种整首诗都在极致的想象中完成的抒写之外，李亚伟还有很多作品，都或多或少地呈现出想象的独特意蕴和风采。看这样一些句子："我的青春来自愚蠢，如同我的马蹄来自书中 / 我的内心的野马曾踏上牧业和军事的两条路而到了智慧的深处"（《寺庙与青春》）；"清晨，阳光之手将我从床上提起 / 穿衣镜死板的平面似乎 / 残留着老婆眼光射击的弹洞 / 扫射正在门外庭院的地面上急促呼吸"（《星期天》）；"中午对我来说 / 是一杆启动把手，我把老掉牙的星期六摇得直抖 / 星期天因为有星期一而让人绝望，我们要冲过去"（《开车》）。这些在想象中灵感一现的表达，其实暗含着诗人决绝的非理性化哲学，以及打破常规逻辑的果

---

[1] 杨黎：《灿烂》，青海人民出版社 2004 年版，第 185 页。

敢。在这些细腻温情与粗俗暴力交织的诗歌中，我们能够充分地捕捉到令人匪夷所思的想象组合。尤其是在诗人后来创作的"航海志"与"革命之诗"系列里，想象的成分更多，更新，每首诗都在抒情化的戏剧性氛围中，让智性和诗意得以淋漓尽致的展现。

诗人于坚一直强调想象力在诗歌创作中的重要作用："诗歌的价值在于，它总是通过自由的、独立的、天马行空的、自在的、原创性的品质复苏着人们在秩序化的精神生活中日益僵硬的想象力，重新领悟到存在的本真。"[1]想象力的作用已经被诗人上升到了诗歌价值的高度，这或许正应和了李亚伟的创作风格，大气、开阔而又不乏细腻、灵动。

> 夏天你身材零乱／美得武断／在远方不断地花开花谢／潮涨潮落／／而后是秋天／鸟儿患精神病／不堪树梢的现实／你肉体的意图遭到误解／／此时月亮露出失身的欲念／美得像你熄了灯的瞬间／任我放进口中或送至刀下／森林充满失去树木的机会／到了冬天／你已含而不露
>
> ——《你柔情的软刀》

整首诗都是诗人依助想象力在滑行，穿越各种意外，渐次进入自由的境地，直至尘埃落定。这样的诗歌，初读感觉模糊，细读之后会发现里面潜藏着丰富的内蕴和艺术质感，这是李亚伟诗歌几十年来的价值所在，持续不衰，历久弥坚。

在想象力的极致发挥中，那些"肮脏"的意象被李亚伟巧妙地拼接在一起，屡屡让人感觉有意想不到的刺激。尤其是那些约定俗成的词语，很多人无法再穷尽它们的魅力，但在强劲想象力的作用下，诗人于瞬间就激活了它们，一再交叉，组合，并无限拓展，化平淡为神奇，让

---

[1] 于坚：《棕皮手记·1997—1998》，载《拒绝隐喻》，云南人民出版社 2004 年版，第 64 页。

突破联结创新。可能有些人感觉不到其诗歌强烈的审美震撼力，但我们能从李亚伟极富想象力的文字中，触摸到诡秘的艺术智性，以及那极致的诗意。

（四）回归现实与"寂寞处的响动"

从 1992 年到 2001 年，整整十年时间，李亚伟下海，到北京做起了书商，这期间，他中断了写作，我们可以将这当作他的沉淀期，他正在酝酿庞大的诗歌写作计划。在 2001 年，李亚伟写出了几首诗，如《我飞得更高》《夏日远海》《新月勾住了寂寞的北窗》《无形光阴的书页上》《新世纪游子》等，这些诗歌似乎暗示了他回归后的一个高调姿态，他要告诉我们，他一直没有放弃心中的诗神。从李亚伟 21 世纪的创作来看，一方面他仍然承续着 20 世纪 80 年代狂放恣肆的话语风格；另一方面他开始回归现实，寻求表现生活细节的美感。

在《我飞得更高》这首诗里，李亚伟通过古人和近人交流，替自己寻找伟大理想的契机。在这儿，李亚伟的理想就是"飞得更高"与"飞得更远"。用语言完成一种伟大的理想，是李亚伟笔耕不辍的重要原因，"我是一个多么成功的人物／我用语言飞越了海峡／我用语言点燃了鸦片／我用语言使娘儿们怀了孕"（《金色的旅途》），现在，他用语言使自己飞得更高，飞得更远，与宇宙对话，与神灵交流——"我是神仙，在政治和消费里腾云驾雾，我不是物种！"李亚伟经常借他笔下人物之口，表现自己俯视群雄的冲天豪气，因为他不愿意做一个平庸之人，因为伟大能显出开阔的情怀。

李亚伟当年的豪迈与伟大，是红色年代最为有力的反讽，后来，他的沉寂又成为商业时代最成功的自我回避之举，而新世纪的悄然复出，似乎会促使他在回归后的创作上呈现新的转变。2001 年，李亚伟在保持既有的想象之外，开始关注他所处的社会现实。"我想起多年前的地球上，有一个地方叫北京城／我在城北东游西荡像减肥药推销员，我像是东北来的郭哥／我在一群业余政客们中间闻到了楼梯间寂寞的黑眼睛的香气，／我毫不在意社会上偶尔露头的平胸粉黛／我在意的是爱？是钱？是酒？告诉我呵／在人间盖楼的四川亲兄弟民工，人生到底是在哪条路上颠沛流离？"（《新月勾住了寂寞的北窗》）诗歌结尾处一连串的追问，诗人可能无法回答，但通过这些难题，诗人对社会现实也看得更加真切、深刻，更加富有人情味。

2003 年，李亚伟曾写下了这样的话："我喜欢诗歌，仅仅是因为写诗愉快，写诗的过瘾程度，世间少有。我不愿在社会上做一个大诗人，我愿意在心里、在东北、在云南、在陕西的山里做一个小诗人，每当初冬时分，看着漫天雪花纷纷而下，在我推开黑暗中的窗户、眺望他乡和来世时，还能听到人世中最寂寞处的轻轻响动。"[1]作为一个"莽汉"，有这样细腻的心思和愿望，这是诗人难得的一份感怀。尤其是在北京这样一个诱惑更多、陷阱更大的都市，李亚伟不想再做一个书商，转而回首缪斯，这种纯粹的艺术情怀，并非诗歌复兴前的回光返照，而是诗人内心里仍希望有"寂寞处的响动"。

李亚伟于 2003 年创作的"东北短歌"系列，是他复出后作转型的尝试，这些诗在短句子与快节奏里，给我们留下了很多可供回味的韵致。现实中的生意冲突与想象中的词语矛盾纠结在一起，让抒写显得真实："书商""客户""活钱""资金""业务"等生意场上的术语，与"人生""颓废""性感""暖风""宇宙"等形而上语汇，共同构成了生活的地基，张力更加凸显。《国产黛安娜》《关外》《生活》《客户》《公司外》等都极富生活气息，与 20 世纪 80 年代的那些作品相比，有了更密实的

---

[1] 李亚伟：《天上，人间》，载《豪猪的诗篇》，花城出版社 2006 年版，第 233 页。

诗性空间。

> 我和陈哥、郭哥谈完人生 / 一宿没话 / 只有老鼠在洞里数钱的声音 / 一瓶白酒正帮着满天的星星和人类叙旧 // 另一哥们马辉，作为个体，他 / 变成好人时腿脚已整残废 / 天亮前他像蟋蟀在吉林 / 伸出的黑社会的天线 / 嘿嘿还有，东三省在抽烟
>
> ——《小酒》

在一个诗歌不可或缺的年代，与一个诗歌可有可无的年代，诗人最根本的区别，就在于面对诗歌时是否还有那份冲动的激情。如今的李亚伟，历经商海十几年的打拼，走过很多地方，能够做到随遇而安了，写诗与生活，总是随着岁月在流转。从以前的横刀立马，天下唯我独尊到现在的从容淡定，世界于我何斯的空灵境界，李亚伟的转变是自然的，同时也承载着内心那份坚定的诗性品格。轻与重，这两种力量在他的诗歌中呈现出了独特的面貌：语言之轻，抒写之轻，那是诗人在自由想象与活力的渗透下，所表现出的艺术之轻；思想之重，自我之重，那不是一份不堪负担的生命之沉重，而是诗人以狂欢化的方式解构的精神之重。在轻与重的冲突里，有着绵密的张力，二者交相辉映，互显生动。

作为"莽汉"诗派的领军人物，虽然李亚伟也曾于2006年获得了第四届"华语文学传媒大奖"之"年度诗人"奖，但他的写作还是民间的，他仍然沉迷于对词语的实验性探索上，仍然流连于对想象的震撼性发挥中，这也是他诗歌创作一直追求的目标。在这样的目标之外，诗人似乎于这个消费主义盛行的时代，和以前比较显得有些力不从心。而李亚伟的写作，仍然是在保持创造力和想象力的前提下，不失对语言和现实的敏感，不失民间立场的纯粹与清醒，他一直保持着一颗青春的诗心，诗意地持守人生，面对一切。

（五）诗意坚守者的缓慢释放

相比于 20 世纪 80 年代，李亚伟后来确实写得少了，但他的"莽汉"气质在其他方面得以传承和坚守，在做文化产业方面，在做餐饮生意方面，那种诗性的格调仍然会不经意间影响他的生活。就像有人曾说，"莽汉"诗歌很大程度上就是一种行动的诗歌，这是有道理的。"莽汉"的诗学如同李亚伟后来所言："他们不一定写诗，他们的举手投足都让你感受到，生活是一件充满乐趣、生机勃勃、无法无天的事。"[1] 虽然"莽汉"诗人们大都回归了现实，很多也成了时代的弄潮儿，但"生机勃勃"和"无法无天"在他们身上并没有随之消失，一种不同于这个时代平淡趣味的性情之真，在李亚伟这儿转化成了生动的力量。诗性想象让他在语言的敏感上表现得富有活力，因此，持续性写作对李亚伟来说是生命之诗的自觉，这过程中蕴含着一个诗人的韧性、激情和大气的审美。

近几年，李亚伟一直在打造他用力颇深的《河西走廊抒情》，这一组诗，他写了不短的时间，一如既往地才华横溢。诗里充盈着 20 世纪 80 年代那种汪洋恣肆的想象力，让你感到出其不意，却又回味无穷，这就是优秀诗人的才能。1990 年代以来，诗歌写作多元化了，但我们确实再难读到让人眼前一亮的句子，不知是看太多了，还是我们根本就找不到那些生动精彩的段子。李亚伟在新世纪的努力，重新接续上了"第三代"诗人久违的"灿烂"精神，大气磅礴，那不仅仅是恢宏，更多的还有细节的精致铺垫。所以，在李亚伟的诗作里，该放出去的地方，他一定扔得很远，而在该收回来的地方，他丝毫不留情面地一扯即回，不拖泥带水，那种干脆利落，就是让人愿意去读，因为他在诗中所建立的信任感，一直令人期待，这也是李亚伟近三十年来在诗歌创作上未衰的原因，他懂得自我创造

---

[1] 欧亚、李亚伟：《李亚伟访谈录》，载《山花》（B 刊）2009 年 4 月号。

的秘密。为什么很多人经过了这些年美学的冲击，仍然那么迷恋李亚伟的诗歌？还是因为他能将宏大和细小处理得恰到好处，这不仅是才华问题，更是多年的历练造就了诗人驾驭诗歌的能力，他放得出去，也能收得回来，不需要太多拐弯抹角的过渡。因为那种收放自如的从容和冒险，早已深藏于诗人的手艺中，通过词语的罗列呈现出来，如同他在历史和现实中游走，彻底完成一次意念的转换。《河西走廊抒情》系列组诗一共24首，每一首都有它精彩的变化和独创性所在。这种精致又不乏淋漓的书写，不仅是在考验诗人的想象力，也是在考验读者的想象力，我们总能在那些新颖的词语组合中找到亮点，那种自由，放松，以及从容的姿态，在该严肃处紧凑，在该舒缓处松弛，这是李亚伟长期以来守护大气美学的结晶。

当然，除了语言创造的出彩之外，李亚伟在这组诗中所关注的主题也堪称严肃，不尽是以前靠反讽和夸张来构建其诗歌的及物性，而是在真正的时代介入中寻找思想的力量。比如第十六首，就是在想象力的直觉之外，渗透进了诗人对家国政治的思考，其中有对真相的探寻，也有对严肃事物的解构，使其平民化、常识化。

人类最精彩的玩具是镜子，镜子最精彩的玩具是岁月。
岁月最精彩的玩具是国家，国家最精彩的玩具是政权。

政权最好玩的玩具是人民，人民最好玩的玩具是金钱。
金钱最不好玩的玩具是岁月，岁月最不好玩的玩具是生死。
帮派曾经是政府的童年，学校曾经是国家的青春，
社会也曾经是国家的镜子，但真正的国家
绝对不知道，是谁发明了社会。
如同社会绝对不知道是谁发明了生活，生活
也绝对不知道是谁发明了学校，学校也绝对不知道，

是谁，发明了每一个人的光阴。

如同今天，我从镜子最深处走出来，

根本不知道是谁发明了我。

　　对于这样的题材，很多诗人要么把握不了，驾驭不住，要么就写成
了"反动之诗"，而李亚伟将几个意象串联在一起，道出了一种真实。他
从镜子开始，依次排出了岁月、国家、政权、人民、金钱、生死，这些看
似宏大的词语，很少能有效地进入诗歌，但在李亚伟笔下，它们却有了生
机。他将一些常识性的意象叠加在一起，没有让诗句枯燥，反而呈现出了
一种诗意的精彩。当然，如果仅仅是那些宏大的意象叠加，未免会显得空
洞，诗人逐渐从宏大中走出来，回到了自身，回到了"我"的生活，这才
是此诗的落脚之处：国家再大，也终究与每一个人民相关，而"我"就属
于这"人民"中的一分子。生活是国家和人民之间的一个中介，人民生活
了，才与国家建立关系。在此，诗中的那面镜子，就如同"我"经历的历
史，"我"从历史中走出来，回到当下，走向今天，继而思考那宏大政治
与"我"的关系，为诗歌赋予了一种历史感和厚重感。
　　确实，李亚伟的诗歌给人的印象，一直是带着强烈浓郁的反讽色彩，
其解构性和反神秘让他的作品更有阅读的快感，而非因晦涩难懂招致诟
病。从早期的《中文系》到现在的《河西走廊抒情》，都莫不如此，但并
不是说这中间没有变化。变化恰恰就体现在诗人对历史感的建构中，由过
去那种表象的浅层次书写，转向后来对历史、人生的深层次触摸，进而探
寻现实和历史交集的秩序，这才是那些尖锐的言辞背后所透出的宽度、广
度与深度。对于汉语诗歌的本土化和民族性，李亚伟不仅在实践上遵循
自己的"中国风"原则，同时，他也在进行深度反思："西方现代作家的
价值观和论调，近二十年来被我国一些文化盲流用作话语霸权的武器和

文化审美的后勤，汉语诗歌中好滋味的部分被大规模地屏蔽和偷换。"[1]这是全球化带来的殖民结果，文学也不例外，诗歌更难逃如此命运。李亚伟并不反对向西方学习，但他对唯西方是从的绝对化理念有了内省，目的性过强，必然变得盲目，最终会丧失自身优势发挥的空间。李亚伟后来的写作，在把握内在技艺的同时，更注重挖掘潜隐在汉语中未被发现的丰富性和魅力感，为诗歌的大美重新建立一种"莽汉"精神。

"莽汉"的时代虽然结束了，但在这日趋乏味的无聊和功利中，"莽汉"精神依然是我们的重要参照，它会让我们的书写不至于太过无趣。李亚伟"从内心回到社会"后，的确"走得更远，更不确定"了，在诗歌上，他想"返回到想象中的时间"，而不是某种社会地位或权力意志。"我宁愿籍籍无名，也不愿意用诗歌换取什么。"[2]诗歌是想象的艺术，同时也是时间的艺术，在李亚伟这里，它就是"想象中的时间"的综合艺术，因此，那种修辞的绵密、传统的精妙和现代的张力在其诗歌中获得了深度杂糅，从而见证了他探求邈远诗意的可能。

李亚伟21世纪以来的诗作，并不显得轻飘虚幻，虽然有"不确定性"，但让人更感亲切。他追求的"名句"境界，与其早先的写作一脉相承，语不惊人死不休，诗歌很多时候是离不开这种永恒标准的。"诗歌没有名句是打不开读者的灵魂的。"这是不是很古典，很传统，很不先锋，很保守？但对于李亚伟来说，在这个时代写诗，先锋不先锋可能已经不重要了，他说："我身上有很多传统的东西，就是写成一些预言性的东西，并使之成为名句。"[3]这是当年先锋诗人的真心话。我相信，他不是要打破先锋与传统之间的界限，或许他根本都没有考虑过这些伪问题，他只是在

［1］李亚伟：《东北大山脚下的一个诗人》，载《青年文学》（中旬刊）2011年10月号。

［2］欧亚、李亚伟：《李亚伟访谈录》，载《山花》（B刊）2009年4月号。

［3］欧亚、李亚伟：《李亚伟访谈录》，载《山花》（B刊）2009年4月号。

按自己的意愿和想法来写作，来寻求文字的安慰。有了如此开阔的境界，李亚伟的写作仍然值得期待，他或许能在意想不到的时刻，写出一组让我们感觉亲切和舒服的诗，对于他新世纪的"莽汉"精神作一个切实的回应，这也就够了。

（作者单位：三峡大学文学与传媒学院）

三

我问／和他问

我们正在路上

李亚伟 VS 叶永青

李：叶帅，我是写诗的，有些问题可能从诗歌角度打比方。不过，我相信没什么问题，一个农民和一个渔民也可以交流得很欢，种地和捕鱼之外，还能聊出生活心得甚至命运感受来呢。很久以前，一个渔夫和一个樵夫不就是在钓鱼和砍柴之外问答人间诸事，成了有名的知音吗？哈！

诗歌这玩意儿自古以来就有被滞后欣赏的特点，盛唐时期，李白、杜甫、孟浩然等并没有被很多人欣赏，只有他们那几个小圈子互相认可，当然，这些小圈子用现在的话来说，是很先锋的。那会儿整个唐朝，虽然是全体知识分子都写诗，但文人们最佩服的还是建安时期的经典和当朝宰相的作品；宋词的奠基者苏轼和柳永二人，下班回家就苦写诗歌——他俩写得最多的是像唐诗那样的诗歌，以苏轼为例，他一生共写了9000多首诗词，其中新词只有300多首，大都是为了好玩写的。在北宋早期，谁都认为像唐诗那样的东西才是写作正道，苏轼和柳永等人压根儿就不相信他们自己信手写的新词最终能成就大事，能奠定宋词的主要样式。

你的一幅《鸟》曾经拍出了当时的高价，并在一些媒体，尤其是网络上掀起了关于当代艺术的热闹争论，但明白你《鸟》的价值的，多半是当代艺术内行，这些人是少数派，更多的人不明白这种作品有何长远的价值。我曾经给一位诗人朋友辨乎过你的这类作品，我是这么说的：古代习武，有些少年之时便有大志向者，喜欢先练铜锤等重兵器，成年之后成为高手，就不太讲究用什么兵器了，诗歌创作我也见过我同辈人中几个有才气的，上手就要写长诗，甚至有直接写史诗的疯子，年轻嘛，喜欢上来就下重手。但到了成熟期，下手就是另外的章法了。包括你后来的一些"涂鸦"，我认为有时候看上去避重就轻，但一系列的避重就轻玩下去，就成了举重若轻，让人感觉有时候，重手也是轻轻落下的，是在不经意间落下的。我虽然是乱打比方，但朋友却一下子心领神会，好玩啊！

叶：同感，在过去诗书画三位一体，是不分家的，这几种东西合在一起，构成了中国文化中一种叫作"优雅"的传统。但我在想：当年唐宋的诗人与画家倒是没几个以此为生，大抵是功名之余就着写写画画过日子，自娱也娱人，在百无一用的字间画里不经意地透出活在当下的生动与灵性，满是创生与妙趣。

今天的作家和艺术家渐渐职业化，以作品的现实利益与教化功能唯中心是瞻。"好玩"与"精妙"这样的初衷和追求变得不再重要。所以，当艺术家一味捣鼓有用的作品时，其中真正的活力和灵性就大打折扣了。当诗人想要一本正经地搞写作的意义时，内里的创意和情感可能乏善可陈。从这一点看来，所谓"创作"不但滞后，而且只是行业化的模仿和流行。真正新东西的现身，往往没有索引，脉络不明。有时甚至是反抗性的，对抗自己的意志，对抗他人的感觉。

艺术就是在这种茫茫中为了追求一点喜悦和自己游戏着。对抗或者游戏，才能证明生命的延续和存在的切身感受。人生苦短，面对说不清道不尽的沉重，我想摸索的是以轻的方式穿越重的人生。《鸟》的系列证明"轻"比"重"更有难度，鸟是绘画中的一类题材与图式。中国文人画这一块，花鸟是相对于山水的一个大分类，山水负责抒情，花鸟则重在明志见性。我的方式和处理是反其道而行之，将辨别度和识别性以及象征性极强的鸟消解掉。鸟这个符号只算做一架有助于上楼读画的楼梯吧？我的意图是上房抽梯：画个鸟——就是画个什么也不是。有意思的是，在与公众的交集中，大多数的人似乎更愿意停留在这架貌似通俗与肤浅的梯子上，打死也不往陌生的楼上去……这恐怕恰如其分地隐喻了我们时代审美的处境。

李：近三十年来，中国第一拨成名的艺术家中（很多是你的同学朋友以及学长学弟），他们的代表性作品大都有"载道"的指标，要么是反思某个时代，要么是对社会状况有话要说，不管是有话好好说，还是怪话不好好说，总之是有话要说，你们之后的玩世、波普等也难以摆脱这些价值观，都有诸如批判、反思等"道"在里面，都有文化的思考的或者抗议的批判等姿势。而你的很多作品，比如《鸟》等，我认为才是真正放弃了社会主题的作品，我想，这种放弃了时代责任的艺术，会更让人想要去挖地三尺、翻箱倒柜找出它们的意义。

一般来讲，我们至少相信文化能影响人性，但人性又各有不同，艺术家们就只有各自选择他们理解的人性，去赋予他的作品某种社会指标——有时候他们干得棒极了，有时候随着时间推移却显得毫无成果，甚至最终结果很差劲。这情形似乎让人感觉到，艺术家是在和社会意识对赌，这样就有意无意地把自己交给了运气。

你的很多作品比较容易让传统的审美眼光模糊——那些作品，是一些抛弃责任感的东西，是一些很早就离开道德需求的东西，《鸟》系列，基本上是一幅幅拒绝索取意义的作品，真的可以让不少有文化标准、人文目的的观察者眼光不好使，在这些作品面前，近视眼、青光眼、白内障肯定出现过一些，甚至包括一些大学的艺术课教师。可我认为这些作品很重要，因为在我看来，那只看起来不太会飞的鸟、不想做好鸟的鸟——正在接近有趣的境界、轻松的世界，从低处讲，不管是自由玩态、还是娱乐精神，我认为这是在向天然靠近。从高处讲，这个作品抛弃了很多东西，我相信，这才是艺术恰当的位置，这个位置离独立比较近。

叶：哈哈，与亚伟喝酒聊天是一大快事！可惜今次只能在纸上笔谈了，我们就且问且答罢。正如亚伟所言，三十年来的美术在社会与时代中的热闹，我是少不了的证人和参与者。旁观甚而促就了如今蔚然成风的"道场"与"体系"的成型。在如此一座功成名就的城池中，我一直只是将自己看作是一个幸存者—— 一个还能够从热火朝天的现场中逃跑掉的独行之人，以便于去继续观察和探究那些尚未瞩目的风景和个人的乐趣。逃离有时是因为说不清楚的理由，是基于感性而不是理性的。人的一生也许就是一段段毫无理由的逃离的故事，从热闹、恐惧、丑陋、虚伪和五彩缤纷的社会人群中逃离，而最终又被擒获—— 一个个个体被粗暴对待的故事——归根结底是一个对无望的坚持，以及连无望都无法保护的故事。也许，包括你提到的《鸟》系列的创作方法以及意向，都是指向和表达了对这种无望和虚无的徒劳吧？

李：有一次，我和一帮朋友去你在大理的工作室，看见躺在地上的很多幅小画，你一幅一幅摆放了几下，看上去就快成了一件大作品。当时，这个作品还没完成，好像名字后来叫《碎片》吧。其中有些画幅很简单，圈圈叉叉或随手几笔，有的信手拈来，有的东一榔头西一棒子，然后作品里有很多个局——这是我切身感觉到的，说实话，它们使我想起了在大理，在人民路上，那些阳光灿烂的茶局酒局。真是和生活有胡乱呼应的感觉，铁打的营盘流水的兵，生活中人来人往，近看，天天小局；远看，人生大局，扯远了哈。立马回来。

上面说到你的作品，我很喜欢那些自由状态好的东西，认为它们离独立比较近，这是书面语，书面语落地，就要对艺术家本人八卦一下：这些作品才像你本人，和你个性一脉相承，这里，我相信，了解你的朋友多半会对此举手同意。我想说的是，我更喜欢某种自然生态的作品，作者到了一定高度，还真不给人高度的感觉，像高原，在高原上是看不出其海拔的。在这个高度，此作者已经不需各种规则和观念，规则和观念都是低处的势利物。我喜欢这类作品,它们已经因其作者的天性自然而自在了,这,也可以理解为我个人对你作品的评价。

叶:是的,年初在大理我完成了陆续花了将近四年的一批小画,一百多张。是一段时间日志式的集成和记录,不记得谁说过一句:"画家是时间的小偷!"用在这里甚是贴切。从飞快流逝的岁月中打捞出一点碎片和记忆,铺呈出来那些拜时光所赐的场景倏然成局。只不过,这是自然而然的风光道场,无须刻意安排与设计,我只需一路画去。

我一直喜欢的一则故事:古时候,一个武士学习射箭。他画了一只鸟做靶子,先射未中;趋将鸟移至近处,再射仍未中;将鸟画大一倍来射也不中。他思索良久,忽然恍然大悟,于是先射箭,再画鸟,结果百发百中!

李:哈,有意思。

这个世界,信息太多了,且以大理人民路为例:人民路上,拿着手机或 iPad 的朋友们低头刚有生活圣经,抬头又有心灵鸡汤,这些信息给人们怎么打理人生不断送来了复制机会,仿佛告诉人们,如今,你可以快速幸福。哎,真是,艺术家们、诗人们,这些年,好多人也在忙着阅读和学习新的文化知识,相信信息和观念的更新可以推动创造力。其中,很多人也具有幽默感,把这称为折腾,但他们仍然怀疑:不折腾就可能不会成功。说实话,我不相信这样折腾出来的作品,我不愿欣赏其中复制的成分。这是我的想法哈。

叶:是的,我也不相信那些人云亦云资讯和坊间流传的时尚。艺术家是这个世界的外来者,随时准备抵抗来自中心或内部——对于真相独立而沉静的观察、思考的影响。

大理的生活具有一种新的视角和体验,从地理而言,正是人生行脚翻山越岭之后发现的一片舒适缓坡,眼前风景正好,内心从容轻松。从文化上来讲,大理的新移民生活在三个世界中:他们各自的世界,移居地的世界，另外还有全球化的世界。显示这种文化共存与混合最好的例子，莫过于在大理享受一顿早餐，每个地方的烹饪你都可以遇到，而且日益国际化，这当然也包括了本地小吃。小小的古城正是这世道江湖的投影。与烹饪的意义相似，我们与当地人也同时生活在好几重世界中。可以确定，在文化上，它会在一个原本传统意义上的乡村生活中开始文化混同共生的多样性，甚至也许可能带来一个调和的世界。有人可能会问，难道从大理乡村小镇的中西混搭的饮食酒吧和人民路的深夜食堂里能看出未来的轮廓吗？对此我们可以反问，为什么不能呢？

李：不管怎么说，《鸟》，各种《鸟》，已经成了你的代表作，我 20 来岁写的诗歌《中文系》——这是一首戏谑之作 —— 也被认为是我的代表作。也就是说，不管你同不同意，你的作品弄出来之后，鉴赏、评价等话语权已不归你。我曾经很无奈，为什么别人老谈这个玩意儿啊？兄弟我多少活儿干得高大上、多少活儿有档次啊？叶帅，你说呢？作品整出来后，就是社会的了，但作者本人对自己作品还是有所私爱的，这私爱的部分才是你的真风格，或者才是读者或你的藏家们窥探你底气之所在，没准，还能看清你某个阶段的方向呢。实际上，你自己比较喜欢的你的那些作品，请介绍几个，顺便来点理由。

叶：对于任何一个创作者而言，现实社会自有其粗野之处。世界大的运行规则是不细致的，人类社会为了整体的良好与进步会吞杀某些不起眼的追求。庸庸碌碌的生活过程使得人们往往不能顾及这些追求，但这些追求在创作者身上却保有着最激烈的冲突和最容易被忽略的"私爱"，个人对大的约定俗成的语言规则进行的突破和反抗的努力，通常被无声的绞碎，或者漠视。深入剖析，人类社会具有暴力、粗糙、冷酷和矛盾的倾向才会被人注意。我不喜欢我不得不进入的这个社会。作为艺术家，我不认为我会融入。它的声音太大了，太多彩多姿了，缺乏美感。粗野、空虚、琐碎，徒有其表。我喜欢精致、优雅、明朗、简洁和朴素，喜欢由内向外。"画个鸟"正是以一种不合作的反其道而行之的方式寻求的对话和交流。有趣的是，这类作品的创作观念和方法后来却在现实社会中与大众撞了个大大的满怀！引发一场关于当代艺术的知识与权利的大讨论。说明我们反观自身和他人，发现原来这生活规律也同样在粗糙地干预和伤害着每一个人，正如你所说，其实我的作品都是一些"戏谑"之作，只是反复、重复使用的"戏谑"和"图像"会变成一种具有识别性的标志，具有了超然于日常与世俗意味之上的游戏感：格子和分割的色块、诗句和词条、冬天的树枝、否定的红叉、大小不等的圆圈、奔走的人形、坠落的飞鸟、被遗弃的笼子……

李：一个中国当代诗人，多数情况下，20多岁时想成为一个不知什么样子但外形很酷的诗人；30多岁时可能想成为叶芝、庞德、艾利蒂斯等最早认知的名气特大的家伙；40多岁时可能想成为里尔克、特朗斯特拉姆之流——那些有点类型化的玩意儿，女诗人则很想成为俄罗斯、苏联的那几个娃，不是女诗人野心不大，是她们骨子里还是想做有故事的女人，总之，他们中大多数50多岁后就不太找得着靶向，没有创作力了，因为那些大师甚至那些获过诺奖的大诗人、小诗人也都被阅读得差不多了，也让人麻木了。诗人失去了目标，不知道要成为哪个大师了。不好意思，我这不是在揭诗歌界家底来取乐，它真的是普遍现象，艺术家中很多人肯定洒脱不到哪儿去，也有差不离的现象吧——我相信，只有少数人，少数家伙到了一定年龄，花里胡哨那种花样年华——很少很少的人，比较清楚他要成为自己。

此时，请允许我扯淡一下，我做一个拍马的姿势：伟大的叶帅，你是一个较早就做上了自己的艺术家，做自己，不一定风光，不一定很过瘾，也不一定就能得到成为大师的通行证，但是，很实在，回头看自己创作的路径会有真实的欣慰，会有洒脱感或者别的好玩的感觉。但在回顾自己从青少年时想要做艺术家开始，折腾到如今，你有没有过崇拜哪些大人物的清晰过程？有木有受过别人的重要影响以及某些有意思的学习过程？

叶：我一直在大师们的神话和历史之间的阴影里穿行，阳光照在我身上的时候，正是我从这样的高度和标尺积累而成的山谷空地以及缝隙中冒出头来的时候。我临摹过整整几个满本的古典和现代派的作品构图；购买过堆积如山的画册和书典；在世界各地遍访逝去或健在的先贤的足迹……目的只有一个，就是想在这些光彩照人的明镜里寻见自己的影子，"他们"正是"自我"对应的参照系。当代艺术最让人激赏的成果之一，正好是将公众欣赏的注意力引向艺术家个人划定的那些私人领地，罗斯科、依夫·博伊斯、塞·汤伯利、培根、基斯·哈林……他们在不同程度上都以个性为由，拒绝考虑公众和市场，他们认为只有自己才是高傲的内行，冷酷、懂得诡异的理想的欣赏者，他们用语言的假定高度检阅自己。

而公众和市场呢？向艺术索取秘密的情绪和罕见的形式，结果刚好相反，公众确实从作品中得到了艺术家预设的他们想从作品中得到的欲望，痛苦，记忆，想象力和我们一直在分析、占有或回避的当代性和艺术的市场，很大部分是指他们这些歪打正着的奇异的人。

李：诗人在他一生的创作过程中，会有一个时期——这个时期有的人会很漫长，我称为犹豫时期，这个时期，他对自己还不能把握，一会儿自大，一会儿心虚。其实，这是在犹豫中前进。艺术家有没有这样的经历？你记不记得第一次"得道"的情形？这里所说的"得道"可以看作是对艺术的深度感悟、对自己的发现，或者纯粹是对某种技术的认识，当然，这种情形有时候是艺术家一段时间——甚至可能是比较漫长的磨砺，也有可能就是那创作中偶然几下子——于是你对自己产生了比较重要的自信。

叶：作画的过程是时间性的，犹豫与反复是常态，作品往往是在涂抹修改和矛盾取舍之间不知不觉完成的。过程中，我鲜有大彻大悟的得道之感，有的只是点点滴滴、后知后觉的感悟与积累。多年前，我有一次在孟加拉达卡附近的河边驻留，那时，正是我人生和创作的瓶颈期。黄昏时分，我在那条不知名的亚洲印巴河流的岸边流连……接下来的景象令我震惊，一片暗影笼罩的村庄上空，突然升起三个巨大的孔明灯—— 这也是当地驻留艺术家的作品，在那一刻它们突然打动了我的心！灿烂、神秘、庄严……在暗金色的夜空中冉冉上升.......顿时我的泪水夺眶而出，岁月长久、人生短促、唯有艺术和精神超越这一切。我们在人世中纠结，亦步亦趋，唯恐不在时代的风口浪尖上，我们费尽移山的心力，穷尽海渊的谋略，结果亦是枉然。今方知只有回到原点，回到生活，回到能简单发出声音、寻找快乐的地方，才能恢复本能，释出本心，照亮世界——许多年来，这是我毕生受用的宝贵财富。

李：有一点我比较好奇，就是你创作上，有没有计划？比如你的一个组件或一个系列作品，是自发产生的还是怎么来的。我观察一个诗人，常常是猜想他的创作方式，猜想他对自己的创作有没有系统化想法，有没有专题、主题甚至系列作品的布局等等，既然是干活，怎么干也是值得注意的。来了好东西，咱得下手，怎么下手很重要，你说呢？我对创作过程比较感兴趣，还有创作习惯。

叶：我其实是计划性和规律性极强的画家，生活上四海为家，居无定所和工作条件的不确定，以及时间上的仓促零碎，反而训练了我自己特有的工作方式。我可以随时开始，随时结束，不分地点和时间，不论场地条件的工作节奏。

我对工作环境的要求不高，也不强调其他同道在意的职业性和专业性程度。作画的工具材料是简单和极少的：一支眉笔、一瓶黑色。还不如一个孩童涂鸦的工具。我作画的习惯和过程也是随时进入，不受限制和干扰的，对我来说，画画和念经打坐差不多，此时，世界不容易打扰到我，你在我旁边打架都行！我大概浑然不觉，我行我素。

现在的一点新变化是，我希望更随心尽兴地做一些因地制宜，因材施画的东西，不一定需要规划什么。这几年我有机会回到大理，回到乡村。在远离社会中心、文化中心的另一个场地审视原来熟悉的体制和经验，会有些新的看法，比如说，我现在又开始重拾过去的材料、手工和纸张，在上面做些东西。大自然中有一些东西只属于季节，随季节更替，这就像生命年轻时那些多姿而变化的想法。一个人的内心远比外表看见的真实许多，处于人生秋天的年纪，想法其实已经不多，也不再惧怕内心一天天变得更空寂。人生就像田野的季节，所不同的是：时间是从身体里经过的，该来的都来了，该去的都去了。为什么不能就此任性而行呢？

李：你有没有什么未完成的作品自己在心里还惦记着，但不会给别人看？现在，你的作品，什么残篇断章也会有人出银子买走。说实话，我曾经因为一个突发事件弄丢了一组写烈酒和生死的诗歌，当时刚过了抄写、复印的地下诗人状态，自我传播的劲头已经消逝，电脑又还没来到我们生活中，那是一组我的作品中最有结构的、在酒劲中折腾出来的作品，手写草稿，一下子就没了，至今还在我的心中，偶尔喝酒时会想起它们远在天边的脚印和若隐若现的倩影，哈哈哈，我曾经几次痴心妄想把它们重新写出来，但都放弃了。不过，在后来我的一些作品中，它们还有影子，还在和我纠缠。我把这称为创作隐私，不知你有没有过这种情况？来点隐私吧，别的也行。

叶：喜欢你若隐若现的比喻，有一些种子会一直埋在心里，偶尔在无边的天空一闪而过……我早年的创作始于云南，却将西方现代艺术作为自己的参照系。那时，逃离文明远赴异邦的法国艺术家高更是我的楷模。据此，我寻到西双版纳，在亚热带弥漫着野性的雨林中寄托和接近最初的那个艺术"倩影"。我记得一张高更出巴黎前画的作品，叫作《早安，高更先生！》：清晨在柴门前到访的艺术家自画像，村妇前来应门，小路通向远方，山冈后面升腾起青岚的云朵，红色的树枝宛如渴望不安的手臂伸向天空……多年来，那个中情境代表着我创作的初心以及对外部世界的激情。无论走走停停，前往高更最终归隐的塔希提岛一览踪迹，始终是我多年的向往和牵挂。从去年起，我索性作了一个计划，通过一系列的行脚走笔，从西双版纳开始，经由不同的热带山谷、河流、岛屿，飞越重洋，去向高更的大溪地。明年我也许将会在这个过去从书本和传奇中认识的海岛上，在高更的美术馆中举办一个由此带出的个展，题目就叫《早安，高更先生！》。向初始和原点、向那个草创成长的年代和经过的岁月脱帽致意。

李：中国诗歌有两个古老的源头，一个是北方的《诗经》；一个是南方的《楚辞》。这两个源头从汉代开始交汇形成了中国诗歌主流，历经魏晋南北朝又经当时西方文化的涌入——大量的涌入——与波斯、印度等诗歌、音乐、佛学以及生活方式的大面积交融，最终诞生了唐诗。现在，中国的当代诗歌，我认为有点像模像样了，中国当代诗歌也有两个源头，一个是以唐诗宋词为代表的中国诗歌传统；一个是文艺复兴以来的欧洲诗歌传统，这两个诗歌传统在五四新文化运动之后形成了新的中国诗歌主流。

在唐朝，我们的祖先们当时未经太多的学术、思想上的思考即无保留地和当时的西方文化自然自在地交融，这是后来唐诗大气、活泼、瑰丽的重要原因。现在，当代诗人比隋唐人逻辑和哲学上的思考要多一些，但似乎也多不了多少，但当代人更急于想要结论，老是想给什么是当代诗歌下结论，比如，我有一个朋友就提出了：要成为真正的中国新的诗歌，必须经过两个环节，一是去翻译化，即去掉对近百年来对西方诗歌的复制、山寨、翻译等加工状态；二是去掉对中国古代诗词的状态、情景、消化等痕迹。如果这种情形有意思，我就联想到中国当代艺术，比如，它和中国当代诗歌的走势有何异同？或者走势不是很重要。我们从哪里来，我们要到哪里去——

前乎吾辈

逝者无数，

却无一人回来

告诉我们该去的路。

——波斯诗人加亚·莪莫

叶帅你谈谈！

叶：非常同意亚伟对古今诗歌的这种表述，在漫长的历史时空的语境里，这种划分，对描述中国当代艺术不仅非常有效，甚至还是我们这一代人创作重要的共同精神动力之一。当然，今天的具体历史语境发生了很大变化，特别是当下更复杂和多元的情势。如果说诗歌与当代艺术的创作，曾受益于二元式的对抗的划分，那么长久依赖于这种单一对抗的共生模式，今天也会受制于它的简单化。记得 20 世纪 90 年代，我读到曼杰施塔姆这样的诗句："所有的诗，分成许可写的和不许写的。前者是卑鄙下流，后者却是盗窃来的空气。"这种形容，于我心有戚戚焉。真正的艺术家不会只满足活在前辈的遗产或从西方盗窃来的空气之中。真实、诚恳和有活力的艺术根植在当下的日常生活之中："我们从哪里来？我们到哪里去？"当年高更留在大洋彼岸的岛屿上的诘问，仍需要我们身体力行，起身上路，做出回应。

——亚伟！我们何日一起上路？

向着大海的方向，道一声"早安，高更先生"！

我们正在路上。

醒墨·在黑与白之上

——李亚伟与王冬龄关于当代书法水墨的对话之一

李亚伟 vs 王冬龄

（2012—05—22 17:58:44 开始）

在东方和西方之间

李：所周知，每一个作家、艺术家创作时，常常都会有他们想象中的读者或观众。比如一位诗人或作家，他初出茅庐时的想象读者可以是某个美女或小圈子里的朋友，当他被更多人欣赏的时候，他想象中的读者会扩大到市里和省里，甚至包括评论家和其他名人——有了高层一点的读者支撑后，读者群也会被他想象得更庞大，他会想象他成了某个大地域的名人，整个江南或东北的名人，到后来如果还能不断获奖，他想象中的读者就会有几百年后稀奇古怪的美女和知识分子，于是，他会想象他进入了传说中的经典。

这个很好玩，但创作的情形大都如此。再比如：日本比较顶级的诗人、作家——他想象中的读者除了本国人之外，现在必须得加上欧洲和部分美国读者才算过关；而欧洲想要出息的诗人、作家，他的读者除了欧洲人外还必须加上美国人才行；但美国的诗人却很轻松，他想象中的读者只是一部分美国人，他只需写给美国人就 OK 了，他就全球化了，他就是世界的了。

问题是——非洲的诗人、拉美的诗人、亚洲的诗人就很难玩了，如今他们创作时必须得想象全世界的读者，而又不敢设想翻译的难度和后果。还好，艺术品大抵不需要翻译，但其中的文化认同也需要大幅度的摆渡才行，水墨，尤其是书法对于世界的想象，水墨或书法对于世界当代文化的想象可能很折磨人啊，不知对否？

王：先谈谈西方艺术家怎么看待中国书法艺术，我认为这个很有意思。我在中国美院给西方学生讲授过中国书法，也在哈佛、明尼苏达、伯克利、斯坦福、堪萨斯、威斯康星、伊利诺伊等二十多所大学教授过中国书法，办过展览，从中我获得的信息很丰富，欧美来学中国艺术的大多数不是学山水、花鸟、油画，而是学习书法。他们基本上无法深入理解中国传统文化精神，但基本上——可以肯定地说，他们是想以书法这种与中国文化最休戚相关的艺术来了解东方，可见中国书法对他们来说有其独特而神妙的魅力。事实上也是，中国书法艺术对西方抽象表现绘画有过影响，但中国书法家却几乎是置若罔闻，一副不清楚，不在乎的局面。西方现代艺术从中国书法中获得过启示，中国书法艺术家难道不应当从西方当代艺术获得启示吗？东西方文化艺术交流碰撞的大格局已然形成，且已成不可回避之势。所以，我认为，中国书法艺术家显然遇见了新的要求，同时也是新的机遇，应该说这是幸运的时代，是开辟中国书法艺术新天地的时代。

现在，站在世界艺术这个角度来看中国当代书法——它不是书法；如果从传统视角看——它还是书法，就看你在不在乎时代的要求了，在不在乎从全球化角度、从当代艺术这个视野去看中国书法了。书法，本身是书法家自己最大的障碍。

艺术的时代环境确实发生了极大的变化，但中国书法具有极深的传统性质，它不可能自动成为名副其实的当代艺术。告别传统，是要经历阵痛性的变革的。其中，最重要的就是人的变革，很显然，那种根基于传统文化的书法家的时代已经结束，代之而起的是以现代文化为背景、以书法为创作手段或创作缘由的艺术家。其次才是书法文本、作品样式的转换。现在，书法绝不仅仅是写好汉字的艺术了，当代书法应该有当代性话语和形式，应该有实验性和新的价值取向，应该在当代艺术和视觉文化中重建中国价值和中国方式，从而获得新的发言权，拥有自己的一席之地。

西方的当代艺术目前是主流性的，而我们的书法和水墨则是相当边缘性的。从 80 年代开始，我们接受了西方的主流艺术冲击，接受了西方的现代主义观念，之后我们才开始实验自己的书法——新水墨艺术。可以说我们刚开始追赶，人家西方的前卫艺术却仿佛走到了最困惑的时期。我认为，这些年，西方先锋性的那些让人振奋、让人真切感受到原创性的艺术样式已经很少再见到了。所以，我们不能完全指望西方——也即你说的美国、欧洲的前卫艺术来指导我们创新，我们中国的当代艺术，尤其是新水墨这一块，自身突破也很重要。

李：当代艺术对于中国书法、水墨艺术家而言，可能需要世界性的知识了，光喊着走出传统基本上是一些决心原地打转的人。当代书法、水墨意味着高强度、高难度、高水准的创新，这中间的工作量、知识量比西方艺术家要大，比中国其他的前卫艺术家工作量、知识量的需求都要大。因为前两者好像只需要用美国抑或纽约的知识和方式就可以动手了，而当代书法和水墨需要东西方各种知识的集合，当代水墨艺术家要在东西方那些不同的都很牛的智慧里、知识里抓团结、促和谐、搞维稳，是不是这样？

王：当代水墨这个概念意味着如果我们拥有了最好的传统，同时还要有当代眼光——骨子里既要有中国精神，同时也要有现代性、前卫性。

就书法艺术家而言，我觉得既要吃透传统，有最好的传统功力和修养，同时又要有开阔的视野，要有当代世界性的艺术修养，在进行创作的时候，他的东西要有国际语言——有中国的艺术精神、中国的文化内涵，但是它又很现代。当然这当中有矛盾，有难度，但是关键的问题在艺术家本人。他应该不是为了哗众取宠，不是为了获得暂时效果，或者是新闻性——而是具有良知，具有艺术家的那种纯粹性艺术的追求。如果他坚持去做，他的东西就会走出一条路来。所以，我觉得强调艺术家的基本的品质要诚实，首先要对自己诚实，这是至关重要的。

中国书法是中国传统艺术的核心，最能体现中国艺术精神，毫无疑问，书法能够给世界当代艺术提供最东方最中国的文化元素和独特审美，只是一定要注意，它绝对要拒绝西方殖民文化背景下猎奇式的、依附性的价值。

还有，在书法这个范围，一个人还认为自己是书法家的时候，那他就还没有到达认为自己是艺术家的时候。

李：你在美国待了很长时间，我见过我的朋友很年轻就去了欧洲，移民——但我更愿意说成是移植，他认为他随着年龄的增长越来越欧洲化。但也有像你一样回来的，又移植回来，哪怕情境杳然、人事皆非，在国内待久了也会感慨地说，自己随着年龄的增长越来越中国化。

现在很多中国当代艺术家都有类似经历，从他们的作品看，他们一会儿是西方艺术家，一会儿是东方文人，内心似乎也在传教士、道家之间转换不已，一个文化的灵魂在人文精神和老庄境界里面轮流值班。这方面你肯定有不少感受的，当然，这中间或许充满了学习的元素。但我不知道你的个性化感受，不知道是生活使你有了更多的艺术收获，还是艺术使你的人生体验收获更多？

王：时代已经发生巨大变化，书法艺术的存在方式也发生了变化。传统书法强调精神消遣和人格象征，现代书法开始重视观念的呈现和形式的创新，书法已经由文人把玩转变为作品展示，展厅的展示已经变成重要的方式，书斋式书法也正在向工作室式书法演变。这些变化都是书法精神嬗变的伴奏，这也是我们面对西方文化影响不可能回避的现实。

我们今天说的"艺术"本身即西方概念，从西方传入的"艺术"（美术）这一概念，实际上已将传统书法和现代书法划了一条界限。一部分从事书法工作的人，在社会上享有书法家的桂冠，但他们因袭古人的观念，外在举止或内在趣味非"道"即"儒"，但他们忘记了，中国古代没有现代意义上的专业书法家，古人的书法观念已经不能与当代艺术相融洽。在"道"或"儒"的文化铺垫中，书法常常需要大政治家、大学者、大名人的跨界进入，并且等待这些人物成为范儿，成为标杆。而现代书法，在艺术门类内，相当于现代舞蹈、现代建筑，具有很强的专业性，一言以蔽之：现代书法家必须是艺术家。

去美国时，我不算年轻了，是明尼苏达大学的邀请。上半年在明尼苏达大学；下半年在加州大学的圣克鲁斯学院，主要工作是讲学，平时做点创作。当时有淡水鱼进了海里的感觉，感受到了美国生活、艺术的壮丽景观，我在孤寂、矛盾的状态中体味人生，反思艺术，我的位置很恰当——站在书法之外看书法。我常去一些权威机构查资料，发现了一种很有趣的现象，比如，有一次我因为写张旭的论文去哈佛伯克莱东亚图书馆，看见了很多中国的书法集子，我很感慨：里面我认识的人很少，大都很差，中国的书法泡沫泛滥得很远啊。其时，正是国内书法市场起来的时候。那段时间，我创作了一些比较有意思的作品，直接创作在美国各类画报上的，90年代回国后出了一本书，里面大部分作品都是在美国创作的。我在美国待了四年，回来时还差一个月就拿绿卡了。但我知道，在中国我生活过四十年，我觉得我回来后没问题，这四年除了西方文化的熏陶之外，对我的人生体悟也是一个难得的机会：享受了孤独也获得了人生和艺术的反思，对我的艺术有着直接的帮助，但生活、修养、意志力、生命力方面收获更大。

李：还有就是，在中国成长的艺术家，把自己的作品创作出来后，看着完全像是美国或欧洲艺术家干出来的，当然他们很狡猾，会捎带上东方符号，你认为这样的艺术家目前是不是很主流，很当下，非常明显地处在当代艺术的创作现场?

中国当代诗人里面现在有很多这种模式,有的干得很早,从80年代开始的,作品已经非常适合翻译,甚至非常像德国、法国或者英国当代有名的诗人写的。诗歌和水墨因为工具(汉语、笔墨)等硬件很难创作出与西方主流文化形式直接比高下的带有规格或量化色彩的作品,但中国好多诗人都在这么干,而且干得很认真,热火朝天,好评如潮呢。水墨,尤其书法很难啊,这毕竟不是进出口业务。请你聊聊这样的情况。

王:去美国,我得到了一个不错的平台,实际上,我是作为一个艺术家而不是书法家身份去的,虽然书法、水墨当时在西方形不成气场,但我认为书法、水墨是独特和了不起的,是东方的智慧。我对自己的书法在内心里充满热爱和自信,我认为东方和西方的文化都很有意思,所以不管我在美国或是回到中国、不管我是在创作时还是学习时,接受新东西都很自然。

任何一种文化史都有其内在逻辑,同时又有其特定的时代背景。辛亥革命以来,中国文化发生了巨变,书法受影响最弱,变化也最滞后,但近20年来西方当代艺术的强烈冲击可谓横扫了中国文化的每个角落,当代书法与传统书法相比,其内涵已有了深刻的不同,艺术表现也呈现出新的时代特征。可以这样说,中国几千年来既有的书法思想格局和艺术表现形式已经有了很大的改变,在当代崇尚个人体验与自由创造的大环境下,各种书法思潮纷纷涌现。我们知道,艺术起源于实用,但艺术的自觉与独立始于脱离实用。绘画、雕塑、音乐、文学等在较早阶段就已完成这一脱离,成为自觉的艺术,但中国书法的艺术纯粹性与实用性的脱离在20世纪才得以实现,硬笔和电脑出现之后,毛笔的普遍适用性功能丧失之后,书法才脱离实用,这一过程是被动的,所以发生得较晚,但它毕竟还是在今天进入了审美自由的范畴,它的全新的纯粹性艺术特质的挖掘、发现和发展才刚刚开始,它的内在力量和外在空间到底有多大,确实令人遐想。

但是，正如近现代文明是西方冲击和影响中国一样，中国书法的现代性也是在外来文化影响下完成历史性突破，借助外力实现自我突破在中国是历史事实，这种情形通常也会带上后殖民色彩。我认为我们可以正视这个历史事实，不要留恋特定年代的观念，那只是历史完成自己的逻辑所出现的一个手段，它并不是我们的现在和将来，我们已经获得了自由。自由的概念是我们要重新创造，我们得到了新的空间。

从我自己的角度讲，书法是我安身立命的地方，临帖打地基打得越深，其艺术的高度就可能越高，坚持临帖半个世纪，这实际上就是一个行为，这也是书法在艺术中很独特、很独立的地方。我的创作，真正达到高境界的也许不是很多，《逍遥游》和我最近个展"书法道"的主要作品应该是到了忘我境界，这种情形，根本不是简单的书法概念了，它已经是中国的当代艺术。概念这个东西，固然是目前的潮流，但不可能凌空飞越我们的视觉，每个艺术家及其作品必有其来龙去脉。但仅就书法家而言，保持其书写性是我所坚持的，它是书法当代性的出发地。

身体书写也是途径，中国书法水墨容易纠结于传统，书法圈子总的是狭隘的、墨守成规的，创新往往被视为犯忌。纵观当代艺术，不管流行的观念如何主导艺术家、美术馆、画廊和学术，作为有独特东方文化底蕴的书法和水墨，不妨随时回头，看看并且重新把握东方传统的底蕴和基本的文化底线。

李：在我个人印象中，一个典型的中国当代知识分子，其学术历程一般是早期强烈西洋化，后来中西交融，再后来重新研究中国文化。这中间基本上是认识的变迁和自我定位的过程，其实也说明了中国当代前卫的知识分子、诗人、作家、艺术家们在强大的西方当代文化面前产生了某种程度的身份焦虑，鉴于水墨和书法是一个特殊的情况——它本身就要从中国文化出发，所以它寻找并确定自己身份的路径可能会是怎样的？你有这样的身份焦虑吗？

王：前面说过，我在国内和美国都曾经教过很多西方学生，我相信我是很善于教授这些学生书法的，一般人都知道一个常识：中国传统书法需要书卷气质、经史子集等底子，但我明白，问题不仅仅如此。一个现象很有趣：但凡是发达国家——文化先进国家的学生，学书法很容易掌握，笔画之类感觉很容易上手，他们汉字可能只有二三年级水平，我知道他们不仅仅是从线条、绘画角度入手，他们背后有西方哲学、艺术等强大的文化背景。所以，作为一个当代的中国书法家，不能仅有传统国学，应该要有很复杂的知识。

我没有身份焦虑，我比较善于自我肯定。我们的艺术没有必要自惭形秽，我们的艺术从来都不矮人一等。我认为，自信且立足于中国文化的艺术家，更有希望把中国传统艺术做出新境界，更有希望把中国艺术推向世界，如同我们中国人能欣然接受西方艺术一样，世界也将会接受东方的智慧和文化，我如今更有信心。

李：中国当代水墨这个说法是需要强大支撑的，和传统水墨比较，有了创新，也不能支撑"当代"这个概念，说白了，水墨比油画、装置、影像等艺术更难容纳我们当代生活中诸多情绪和气质，也就是说很难容纳当下文化中的很多元素。比如，中国水墨在它漫长而又辉煌的时间里，曾经天生丽质，天然就拥有现在西方理论中的某些后现代气质，也即：西方文化在"二战"后才养育出来的后现代文化，中国古代文化（比如竹林七贤的行为、比如崇尚自然等观念）在某些层面上看来天然就有。气质相同，已有的会排斥新来的，而且这种排斥是骨子里的。再比如，我认为，在街头写对联卖给别人，这个行为从理论上看非常的后现代——但作为当代中国艺术家，特别是水墨这一块的，艺术家在具体创作时，是否会明显地感到书法、汉字、墨汁等对当代生活、当代文化的拒绝？能谈谈你的感觉吗？

王：从文学史角度看，元明清几朝的诗人无法和唐宋相比。书法也不是一味地小桥流水和古琴，而且也不是有了新奇和风格就大功告成了。

"八五"之后，西方的表现主义等为中国书法界人士认识，一些西方观念被认为是可学习的。另，中国书法的学习方法主要是临摹，是否仅此？我认为，临摹之外别无他路，但将临摹作为目的又是不行的，其间我们要重视在当代世界这个大平台上进行创新，并融入当代智慧。目前，我感觉到较多书法家虽生活在当代，但与当代有距离。

中国在南北朝之后，尤其是唐代、元代、清代、民国和现在，都曾受到过各种文化的大规模冲击，甚至在某些时段这些外来文化对中国的文学艺术形成过压倒性的冲刷，看上去一时间都成了主流，但其实眼前的主流最容易时过境迁，中国是一个历史悠久的文化大国，任何文化在中国要成为主流，必须要和中国文化融合，冲刷之后留在中国大地上的新的结构才是真正的主流。也就是说我们现在所说的当代水墨必定是中国传统文化和西方当代文化融合之后的发展出来的一种东西。

书法的"法"，就是传统，它套牢了中国的书法家。老子说"自然无法"，很多人被"法"吓住了、框住了，如此，其结果就不是书法，是"法书"。很多书法家穿了皇帝的新衣（有时，也是被别人穿上的），自己完全不知道，此"法书"也，何曾可能思考当代艺术的概念？书法家突破自己最大的障碍，就是观念的问题，首先就是对"法"的看法，突破，本身应该是艺术家自己的智慧，需要很高的悟性，对哲学，对生活要有很高的感应，要用这些来把自己打通，然后，突破书法的空间，突破"法"，而又在"法"中。

李：你在创作作品时（有时还是当众表演），有没有迎合某种对象的冲动？比如在创作时是否想到我这一次是写给同行里最顶尖的几个看的，抑或我要让这几个傻瓜看看我多厉害？比如我这个作品要弄得很棒很高级要有前卫姿态等等。请你原谅我问你这样嗫嚅的问题，但这很重要。

王：就读者对象或书写对象而言，我认为迎合的冲动这一说法不准确。现场书写本身就是中国书法的传统之一，唐代的张旭、怀素在大庭广众之下的挥写在中国是书家雅事，是传说，放在西方当代艺术理论里面差不多可以视为很先锋的行为了，其实，中国古往今来的书法家都有过如此的行为和创作经历，很平常。有些情况下当众书写，眼前和心中均有对象，能提高创作要求、提高创作冲动。比如我在创作时，面对有修养的，面对本身对艺术有要求的对象——有的本身就是不错的艺术家，有时是成批的甚至包括欧美的艺术家，他们在我创作时可能对我起到潜在的调动作用。

　　现场书写，常与观众有互动过程产生。有人观看可能影响我的情绪，有时候甚至能直接影响我的创作状态。观众的气息可以微妙地进入笔墨的生发，我的创作在影响观众，观众的情绪又在推动我的创作，我在观众接受过程中创作我的作品，既不在接受之前，也不在接受之后。老子说："专气至柔，能婴儿乎？"以孩童游戏的心态，与围观的观众互动于书写行为之中，是一种很有意思的创作方式。观看人数如果很多，我拿起笔就能进入创作状态，有不错的观众观看，得气，容易进入书法。

醒墨·在黑与白之上

——李亚伟与王冬龄关于当代书法水墨的对话之二

李亚伟 VS 王冬龄

在生活和艺术之外

李：从文学史角度看，没有代表作的诗人或作家难以经受住时间的冲刷，艺术家也应该一样，优秀的艺术家都有代表他们艺术高度和艺术成就的作品。你认为自己的代表性作品是哪几件？当然，有时被公认的代表作并非艺术家自己最喜欢的作品，你有这种情况吗？请谈谈。

王：关于代表作，我可以骄傲地说，很多人没有，但我是有的。而且，我自己喜欢的代表作和非艺术家群体喜欢的作品，基本上比较一致。什么原因呢？因为我自己喜欢的，我会让它有更多的出版机会和更多的展示机会，所以会让人们有所认识和接受。

还有一个现象：书法家和画家还有点不一样，书法家往往容易缺乏代表作，其他的不讲，就讲我的老师们，像林散之、沙孟海等，包括我这样熟悉他们的人都很难讲出、很难明显地挑选出他们的代表作。但是他们确实是一代大家。

李：你的日常生活是否很规律？请谈谈你从早到晚比较标准的一天。还有，你的创作习惯，你创作时有什么特别的癖好？你每天都创作吗？你的创作是按计划进行还是有较强的随意性的?

王：我日常生活如果说规律也还规律，说不规律也不规律。一般来说，我八点左右起身，然后上午玩玩、教学，教学也是一种社交活动。我的创作习惯比较即兴，不是每天都创作，有时特别兴奋，创作的能量就很大。比如说我的"西湖十景"这一组作品，我决定在我自己拍的照片上进行创作，我晚上九点开始创作，工作到了深夜两点，然后休息，睡四个小时不到，又爬起来再干到第二天下午四点多就完成了。我的创作计划也是比较随性的，实际上有时候有一种客观事件的推动。比如说有个重要的展览邀请我参加，我一般是创作新的作品，不展旧的作品。我基本上是四五年做一次个展，这实际上也是自己给自己一个推动。

李：不同的年龄段有不同的生活样式，也有不同的文化诉求，首先你是一位书法家，你是因为什么原因要做书法家的? 我的一个朋友仅仅是因为 70 年代山上和堤坝上的巨大的宣传口号有一天刺激了他而热爱上书法的。从你出生，可以说就生活在中国最动荡的年代里，哪一段岁月和你的创作关系最大?

王：不同的年龄，不同的生活，会有不同的文化诉求。实际上我较早就觉得我这个人能够做一个好的书法家，其他的还不一定行。因为书法家很多时候是一种即兴的角色，书法创作也是一种即兴的事，只要你手巧，肯坚持，肯吃苦，那就可以。书法家也不需要特别大的智慧，但当然要有一定的智慧，我自己就把自己定位是一个中等智慧的人。我给自己的定位是"优秀书手"。

我跟书法结上因缘，大概是因为一个偶然原因：从小我就喜欢画画，临摹芥子园画谱、临摹齐白石，有一次我们老家的一个老先生告诉我说，你要画画就一定要写好书法，所以我就找了一个方砖练字，这是最初的阶段。

后来，我考上南京师范学院美术系学绘画，当时有一科是书法课，我做了书法课代表。我们的教授叫沈子善，他在抗战的时候在重庆很有名，在重庆的时候，他基本上是书法界的领导人物，他办过《书学杂志》，助教是尉天池。我既然是课代表，就觉得自己必须要写好字。大学第二年经沈子善的推荐，我参加了江苏省书协的第二届书法展览，这次展览上，我的年龄最小。接着就是"文化大革命"来了，全国流行写大字报，我们南师把安徽宣纸厂里面的存库的那种连史纸全部都拿来了。安徽的宣纸厂里面的库货，实际上叫连史纸，这个最适宜盖印章之类，我那个时候学校给的任务是抄大字报，作为一个学生，在当时自己买宣纸随便地写是不可能的，"文革"写大字报却能让你哗哗地写。结果就把胆子写大了，其间，我对宣纸的性能有了充分的掌握。当时尉天池也说我写的大字报有一种苍茫感，因为连史纸很薄，但是吸水性很强。后来，我被分配在一个县城，"最高指示"出来之后我被安排在县文化馆，当时革命需要的那种美术字我也能写，但说不上非常熟练，不过我书法不错，我就用书法来写。比如，一个大会堂要布置活动，如果要写美术字、大字，需要花三四个小时，我用书法一个小时不到就把它写掉了。

这也是我书法的一个重要的经验，也因为这些缘分，我后来到浙江美术学院读了书法研究生。

李：我的诗歌里就暗中藏着哥哥姐姐他们当知青时的一些场景，也许那是和性启蒙有关的某些场景，也许诗歌就是要把某些近处的、嘹亮的东西藏起来，而用远方的、模糊的东西表现出来。你的创作中有没有某些将你呼唤到远处的场景？你的书法或水墨下面有没有密藏着什么生活经验或性格秘密的可能？

王：可能和诗歌有点不一样，我从另外一个角度讲。

比如说像我的草书，三十年之前，我的一半的草书，在我看来就是"惨不忍睹"，其他书体没有这种情况，只有草书有这个情况。就是我十年之前写的篆书，我今天看看有可能感觉写得比现在还好，但是草书绝对不会有这样的情况。

有一点是很明显的，什么年龄写的字，有其时间痕迹，年轻写的字，至少有一个优点，充满了生命的激情，也就是有强烈的生命力色彩，像我现在身体还好，还算马马虎虎，所以书画家真正到了暮年，九十多岁，那个气都有点衰，这状态也会体现在作品里，这是没有办法的。

李：你梳理过自己的创作经历吗？从个人创作史角度，你认为自己的创作可以分成几个阶段？这之间有没有革命性的突破点？还有，哪些是一以贯之、一脉相承的？

王：我的创作经历很简单，1961年到南京师范学院美术系读书，做书法课代表，开始了书法创作；1979年到浙江美术学院，是首届书法硕士生。然后就是1989年去美国，有了四年的孤云野鹤一样的游学生涯，回国后，在北京中国书协研究部工作了一年半，然后还是回到了中国美院。

1987年我在中国美术馆的展览，实际上就有现代书法的东西在里面，但是仍以传统的为主。从美国回来之后，现代书法和抽象的这类东西加强了。2007年中国美术馆的展览，我觉得有一个突破的东西，就是把书法作为一个当代艺术在思考，认为它是跨界的，不是单纯的写字，这种突破，使命和野心都有所表达。当然，到了今年这次"书法道"展览，我有了更成熟的思考，我认为，"书法道"这次展览尤其体现了我一以贯之地对书法的痴迷，对书法的热爱，对书法的自信。

我觉得书法是非常了不起的。所以我是把书法作为一种艺术创作在不断实验的，而不是吃老本。

李：每一位有成就的艺术家，文化的积淀和修养均各有来路，也即，每一位有成就的艺术家都有自己的知识谱系，在你的精神成长期，对你影响较大的人或作品有哪些？有无什么重大的思索或觉悟过程？

王：你这个问得好，每一位有成就的艺术家都应该有自己的知识谱系。但我是没有知识谱系的。不过，我确实一直注意自己修养的提升，一直对读书还是热爱的，虽然我读得不是很好，古人讲的，读万卷书，行万里路。万卷书我读得并不那么好，但是行万里路我是做到了。

在美国的四年游历，去过很多地方，接触过完全不同的文化。也可以这样说，我阅人比较多，早几年我就讲了，作为一个优秀的艺术家，真正读透一两本经典，也就终身受用了，不是讲半部《论语》治天下吗？真正读通了就够了。当然，我这个人读书的能力不是那么强，既不能一目十行，又不能过目不忘，所以我的方式是广泛地阅读，实际上我觉得世界上有三种书，一种是文字的书；一种是图像的书，我比较多的是看画册，摄影。还有一种就是人生的书。

对我影响较大的人，应该来说是林散之先生。我第一次拜访他，是在林学院，1968 年，我把我裱的字给他看了，他鼓励了我一下，说，有才气。当然其实在我今天来看，这完全是老先生对一个小年轻的一种鼓励。

那一年，在扬州的时候我陪了他三个月，住在他旁边的宾馆，每天早上去上班，就是做他的书童，帮他磨墨、牵纸，最后帮他盖印，下午陪他去看病。

之后对我构成影响的可能就是在美国四年看到的世界当代艺术的那些作品，我从美国回来不久之后，到故宫去看八大山人的东西，我就不大有兴趣看了。当然了，我是搞书法的，对王羲之的《兰亭集序》，还有经文、汉碑等，这些东西我是喜欢的。但是，我觉得我的生活经历、艺术的审美经历了一次西方当代艺术的冲击，这对我很重要。其实，我应该是传统书法家里接触西方文化比较早的人，因为我在浙江美术学院教书，而我们学校又是最早接受欧美休假日来学书法的单位，这连中央美院等其他学校当时都没有资格接受西方留学生。这些学生有德国的、哥伦比亚的、法国的、英国的，他们对书法的认识实际上就是从抽象的或表现主义来的角度来认识的，他们把书法看得比中国画更崇高，而且他们是更容易接受的一门艺术。

这些外国学生从他们老师辈哪里知道，书法是东方艺术的一个高境界，简单讲，他们认为现代抽象表现主义对西方的艺术进行当代化变革的时候，书法是给他们启示的一门艺术。所以这些学生来了，不学版画，也不学国画，比较多的人选择学习书法。其中，有一个哥伦比亚大学的大胡子，叫路易斯，他当时跟我交谈一次之后，对我有所启发，我认识到，我必须要在书法方面进行一种反思和探索，我做了第一场现代艺术的作品，叫"天马行空"。其实，那还是写字，这张东西如果能够找到，它会显得很幼稚。但那时我已认为，传统书法，应该脱掉那种传统的"长衫"，穿上"休闲服"了。

李：你的巨幅作品《逍遥游》第一次书写用了30张八尺宣纸，你写到一半的时候，来了一个笔画最少的字："千"，这个"千"字的一竖被你写得很长，这一长竖在创作现场仿佛产生了一种完全放开的感觉，让人能看出你接下去的笔势更加轻松随意，后半部分产生了你和观者互相感染的场面，高潮迭起，这很像人生中某种浓缩的场景，或者政治、军事上的某种难得的场面——恍若有神帮助。观者觉得很爽，你也觉得很过瘾。后来你在文章中说，在展现现代书法的时候，你同时仍经历了传统书法的考验，我想你指的是传统功夫。偶然中有必然，然而你后来自己也说感谢恩师，能否说说你的几位恩师？书法艺术师承重要吗，我指的是传统的老师和弟子式的师承。其实写作上某个阶段也是如此，很多人学习对象错了，跟师跟错了，终其一生，不得要领。也请谈谈你的老师或者某种传统的功夫、底子。

王：这个作品也是我第一次写这么大，而且我没有想到我有这么旺盛的精神力量和这么娴熟的艺术技巧——我后来总结，我就是几十年如一日，基本上每天都写的，当然有时候特别忙了，或者出差时才不写。我在年轻的时候，出差都常常带着功课的。

另外，在实际的工作或生活中，人常常会感受到某种牵制和压抑，创作中有时也会迸发。

关于师承，沈子善、尉天池、沙孟海这些都是我老师，应该说他们使我走上了这条路，引上了不归路吧。然后就是林散之，实际上我是在到浙美之前认识他的，林散之真的是很喜欢我的一个老人，一个老师。所以他的八个字，我是一直作为座右铭的——"虚名易得，实学难求"。其实林散之出名很迟，但是一出名就出了大名。

林散之的书法功夫，和他不懈地临帖有较大关系，他临帖下的功夫是很深的，到晚年老先生都一直在临帖。还有他能写诗，他是一个有诗歌气质的人。我曾陪他看越剧《红楼梦》，走出剧场的时候，先生老泪纵横。他的绘画虽然没有黄宾虹那样的成就，但是他在画论各方面，都是有很深修养的人。

沙孟海先生的过人之处就是传统功夫非常深，他的深和林散之不一样，沙孟海篆书根基很好，碑也都吃得很透。他出身世家，很年轻的时候，就跑到了海上，沙老古文功夫很好，但不写诗。他接触过康有为，包括赵初儒，沙老本来是他的学生，后来又到了吴昌硕的门下，他交游比较广泛，属于人生比较丰富的艺术家。

陆维钊先生在很早的时候就打篮球了，属于接受新思想很早的人，曾经是王国维的助教。陆维钊既是一个性情的人，又是一个词学修养很好的人，文学方面他算是一位词家。但他兴趣太广泛，他是一个杂家，其实，简单地讲，他没有在某一方面去做点著作。

李：文化这一块需要作品说话，他自己没作品，作品不帮他说话呀，历史一过，原来的各种活动影响消逝，很多东西会成为烟云，一个人二十年后的文化贡献存不存在，全靠作品帮他讲话的。

王：是的。但实际上这种人有创新精神，他一直不得志，所以他的书法里面，你感觉得到一种强烈的冲动感，情感的冲动感，这种作品感人。一个养尊处优的艺术家，如果他不注意那个东西，是不行的。

李：有幸看过你的一次艺术展，规模不小，规格很高。你的大型的书法占据了最主要的位置，偏厢有一些很随意的小作品，材料很随意、形式很随便、内容很生活，我觉得很有趣，如果这是一个未出名的年轻艺术家干的，我会给他出馊主意，劝他可以搞一个流派，叫作"日常主义"之类，因为我相信他如果这样干会很快出名。你已经很有名望了，不需要折腾什么流派去闯名头了，但这一块真的很有意思。也许在你那里是小玩意儿，或者小尝试——因为我发现你没有用这种形式做出大作品，是不是你觉得这些玩意儿有点小不正经？不是大道？你有没有从这个角度做大作品的计划？干脆点说，有没有勇气在这个角度上做大块头作品？

王：我觉得可以出大作品，我做这两点，不是单纯的是为了展览的需要，我觉得可从两个方面来谈，第一，就是我希望让书法能够在今天以鲜活的形象涌入人们的生活中；第二，就是我自己很随意，在练字的时候，我想用那种有图像的画报来练字，不只是用原书纸。可能比较讲究的书法家一定要用宣纸来练字。

李：我现在想的就是你的很多书法，可能很多领导，官员尤其是水墨书法界的同行，都非常喜欢，但是你这个杂件——我称为杂件，可能我们那些年轻一辈的知识分子、艺术家更欣赏，甚至美女、小姑娘都会很喜欢的。

王：当然我写历史名篇，写《诗经》，写唐诗，也可以引起一些共鸣，但是这种流行歌曲似的东西就更贴近生活。今天的观赏群，应该看到这样的内容：新诗、流行歌曲等。一些书法家一本正经，觉得我们书法很神圣，不能写当代生活、写流行歌曲。而我写这些的时候，实际上给自己留下了最好的艺术发挥和驰骋的地方。不管怎么说，今天在中国书法界最早写流行歌曲的人就是我了。所以你问有没有勇气在这个角度上做大块头的作品，我觉得条件成熟当然是可以的。话又说回来了，其实我所选择的艺术方向，对我来说是比较辛苦、比较累的。为什么？因为我认为这个更适合一个比较年轻的优秀书法家来做。

李：我家里的书太多了，我北京、成都，两个屋子里面的书，拿出去就是一个图书馆。我这两年特别关心中国的、东方的东西。比如我读中国边疆的，考古的，还有就是阿拉伯的。你现在正在读什么书，最近的阅读兴趣在哪些方面？

王：我看三类东西，一类是西方的，包括小说、诗歌；一类是当代艺术方面的；还有就是我们传统经典的，比如说陶渊明，杜甫、白居易的。我接下去可能还要把传统的东西再加强一些，书法有一个问题：有人要请你写个题头啦，或是在后面跋一段啦，你用白话，人家感觉到不对头。

还有我喜欢看点摄影集，包括时尚一点的东西，也翻一翻。我读书现在跟年轻的时候不一样，年轻的时候为了做一个研究，围绕这个来读，现在我就是作为一个艺术家的知识面来选取阅读范围，作为一种修养来读书。

李："二战"以后，你最喜欢的西方艺术家有谁？我是指"二战"后成名的，能否举几个例子？中国诗歌由于新文化运动后变成了白话文写作，诗歌最重要的工具——语言工具发生了很大变化，传统的格律和押韵形式被彻底抛弃，所以在我的印象中，从五四以来到"文革"结束，中国诗歌价值不高，其中一些名诗人在诗歌之外的学术上造诣相当不错，但这个阶段的诗歌作品实在是乏善可陈，语言工具发生强烈变革是重要原因，还有就是，创新需要一定的时代做铺垫。

但水墨和书法一直生活在传统里面，这个阶段它们仅仅是经历了时代的变化，但没经历创作工具的巨大变革，水墨和书法有什么内在或外在的变化吗？"二战"以后成长起来的中国的水墨艺术家和书法家你喜欢谁？请给我们介绍几位。

王：毕加索有一种创造力，马提斯有一种优雅的东西，我更欣赏杜尚，其实杜尚智慧超人，作品不是很多，他没有做太多的作品，但我觉得从欣赏的角度讲，就是杜尚。博物馆，他是不去的，他就生活在自己的世界里面，很有创造力，这很了不起的。

李：中国文学艺术以前有一个官方的标准，区分现代和当代，以什么区分？以延安文艺座谈会讲话，以 1942 年。但我只能按西方的标准，问"二战"以后。

王：齐白石，我很喜欢，从小就喜欢，现在看，他这个人就是天赋极高的人。然后就是黄宾虹，黄宾虹的作品确实就是把整个的生命和情感全部融进去了。他其实不太在乎一般的新颖性和突破，他比较讲究内在的东西。黄宾虹人生的阅历比较丰富，文字的修养也特别深。

书法家我最喜欢的就是林散之、陆维钊、沙孟海，我最近编的一本书法艺术的教材，列了 20 世纪十大书家。我觉得我的评判今后会成为共识。

他们是：吴昌硕、康有为、于右任、弘一法师、沈伊默、黄宾虹、林散之、陆维钊、沙孟海。

李：我读过许江先生写你的文章，他的文笔非常棒，也很透彻，虽说几篇都是序，但我差不多是当成评论文章来读的。不过，有两个常识：其一是，同行写文章，常常会有偏颇，比如诗人写诗歌评论，其二是，同行的观点一般都比专业评论家高明。评论能影响你吗？你给别的艺术家包括你的学生写文章吗？你认为你的文章能否影响、帮助你所写的对象？有时候，你在评论别人时是否对自己也有影响或某种认识上的帮助？

王：评论是不能影响我的，但是很切实的、比较权威的、比较有影响的一些评论家、学者、艺术家，他们给我的评论，能给我更多的自信。我认为我最大的优势是我是创作型的，我不是一个喜欢写评论的人，难得写一两篇……

李：日本有位书法家叫井上有一，你喜欢吗？请谈谈你对他的看法，能否从他或从你自己身上谈一下在全球化这个大背景下，看西方当代主流文化与东方传统文化的某种关系，比如日本从明治维新开始对西方文化的进口、中国从五四新文化运动开始对西方文化的学习，日本的学习很务实，中国的学习很务虚。但近年来中国知识分子在文化这一块完全是西风压住了东风，在这种情形下，中国水墨要赋予自己什么样的新内涵而能做到自己仍然还是水墨？以你个人的观点，比如书法方面，在探索中你是重技术还是重内容？

王：井上有一我是喜欢的，他是 20 世纪日本书法的奇迹。他蔑视当时日本书坛权贵，不随流俗，不因袭传统，且不在乎同行们怎么看，非常纯粹，其作品具有鲜明的东方图式，具有明显的东方文化精神和明晰的国家色彩。尤其能打动我的就是他赤膊、铺天盖地地在工作室里面投入的状态，这个很打动我。作为 20 世纪最优秀的艺术家，他的状态和灵魂，他的热情，他的激情的表现都是让人尊敬的。他的作品我并不是非常喜欢，但是他作为书法家在打破传统观念这方面，是非常了不起的。另外，井上有一碰上了海上雅臣，后者在井上有一生前就力挺他，给他拍照，向西方宣传等，这也是佳话，同时很重要。

书法这块，我不知道对不对，我觉得它几乎就是一个技术性的东西，你说要让它去承载一些什么，要它装载一些东西进去很难。我的感觉是，当代生活，现在的书法家可能不太愿意涉猎，也可能是不在乎。书法要去装载什么另外的文化、思想，是很不容易装进去的。 书法是最顽固的艺术，派克笔来了，圆珠笔来了，现在键盘来了，但是书法这种艺术形式仍然是世界上独一无二的。你如果把它当字来写，那你缴械换笔得了，但是你如果是把它当艺术在做，它就是一种可以创新的东方的艺术。

醒墨·在黑与白之上

——李亚伟与王冬龄关于当代书法水墨的对话之三

李亚伟 VS 王冬龄

2012—06—05 23:04:12 结束

在黑与白之上

李：我想从中国古典文化与当代西方观念的矛盾上和你讨论，因为这在中国诗歌界也未曾有人专门讨论，好像是木已成舟或理所当然，这就埋下了很多误区。

比如现在就还有一帮文学专家将古典诗词美化为"国诗"，企图与国画并列，但汉语诗歌已经绝对地继承了五四新文化运动以来的现代诗歌形式和内容，在内容和形式上已经彻底地通过白话文（现代汉语）与世界现当代文化汇流。也即，目前中国的主流诗歌是与西方现当代文化完全合拍的，在中国当代诗人眼里，写押韵体、写格律诗的人只是自娱自乐而已，压根就算不上诗人。

但水墨这一块非常特殊和独立，与中国古典诗歌比起来好像非常扛冲击、扛压力。但西方前卫艺术来了，不用说，观念将决定谁是主流，很多有眼光的水墨艺术家肯定深深地感受到了冲击和压力，并为此做出了很多努力和探索，新水墨这一块肯定已经涌现出了一些有成就或探索意义的艺术家和作品，能否给我们介绍介绍，哪怕仅限你视野之内谈谈，也是很有意义的。

王：前面你说了一种文化上的"西风"压倒"东风"的现象。但我觉得中国书法在目前应该有所行动，在将来应该有所作为，不过，书法和水墨在表现方面，真正能够做好是非常了不起的，我觉得内容和技术——就好比书法里面的笔法和结构的关系，它好像能分开，其实又是分不开的，什么样的笔法就有什么样的结构，什么样的结构就决定什么样的笔法。所以我觉得如果从这方面来讲，还是可能要更重内容，内容，我指的是精神层面的东西。如果你这个艺术家很纯粹，精神境界、人生的境界真的达到了较高的层面，如果又有娴熟的技术，他一定是高的，是内外都统一得很好的。如果说他仅仅是技术娴熟，技巧不错，他这种技术也不可能非常高。

技术的训练有助于精神层面的提升，精神层面的提升最后才决定技巧的层面。林散之的书法最初开始盛行的时候，显得飘飘的，虚无缥缈的样子，有很多人不理解。其实林散之这个人精神很纯粹，他的理念也很单纯，由于他长期的、完全的在一种艺术的天地里生活，其神与韵已经很自然地和为一体了。

我的一个很深的体会是，我觉得 20 世纪末，特别是 21 世纪对中国社会来说，确实将有巨大的变化，文化上闭关自守，再追求很纯粹的中国传统已是不可能的了。我所说的"视觉营养"也发生了变化。但只要你不拒绝，当代社会这些图像将会给你内在的感受提供另外一种审美，你内在的评判标准也就会完全不一样。

所以，我觉得一味地强调传统，强调我们这个传统的东西是怎么样的独立、怎么样的美好，肯定是不行的。然而中国人确实是最智慧的民族之一，好的东西我们又必须要继承和发扬。但如果你是为了参加美国展览，或者你是为了迎合每个画廊老板的审美要求，你去做这样的作品，显然你就失去了自我了。我觉得东方也好，西方也好，只要是最精髓的文化和艺术，就属于人类共享的。

事实上，接受高端精深的文化和艺术，也是从经验再到普通人的，所以我们也不能以普通的标准来要求和发表看法。

李：中国诗歌具有当代意识的诗人和作品在 70 年代末 80 年代初开始出现，朦胧诗是代表，但朦胧诗主要是对"文革"和集权的反思，现代性在其中只是萌芽，虽然受到批评甚至批判，但仍能在主流媒体发表和出版。然而，之后出现的前卫诗人就开始被媒体和作家协会整体回避，80 年代和 90 年代几乎整整 20 年，前卫诗人与官方文学井水不犯河水，文艺刊物和作家协会视前卫诗歌为洪水猛兽，前卫诗人们则将官办文学刊物视为降低文学水准的地盘。

书法和水墨这一块与文学肯定有所差别，但多半也出现过不同阵营的情形，水墨这一块有没有主流和民间的区别？前卫的是否很快会被主流认可？或者前卫的有根本不屑主流的情况？或者，里面分歧从来都不大，只是一种温和的进化？

王：你讲的是一个诗歌的情况。书法和水墨，现在的评判取向和"文革"之前也是不一样的，原来就只有一种评判标准。现在已有三种评判标准，一种是官方的，实际上是领导和宣传部门的评判标准；一种是包括中外的艺术机构、专家的评判标准；还有一种是民间的普通生活中的评判标准。

目前标准可能不完全一致，但是任何东西它还是有一个终极一致的评判标准的。比如说八五新潮的这批艺术家，原来的官方角度，根本就是回避的，现在获得了中西各种专业艺术机构、博物馆、收藏机构的认可之后，很多人才认识到这些是有价值的。我认为今后的艺术发展可能更独立，它不是官方的，也不是民间的，其标准可能更偏重于真正的学术团体、真正的艺术评论家这类群体。

书法也是如此，目前大家所接受的就是传统书法。但是作为现代书法，如果真正地把它做好，在此时，在不久的将来，有真正意义上的探索、创造，无疑，评判标准会发生变化，新的评判标准的出现，对推进我们中国书法的存在和发展将是功不可没的。

其实有一个例子，我觉得很有意思，在美国，我发现，所有的州差不多都有一个容纳传统、历史、艺术品的一类博物馆，一般都有一个现代美术馆，如果这个州或者这个地方没有现代美术馆，那这个州就显得比较滞后了一点。所以，重视当下的东西，这是一个艺术潮流的问题。推陈出新说的就是要重视当代，重视前卫。当然，不同的艺术门类相对来说又是不一样的，比如书法，相对来说它"出新"的难度要大一点，绘画可以比较容易跳得出来，比如说我们现在的影像，观念艺术你不能忽视它，如果始终觉得毛笔画在宣纸上才是绘画，才是美术，这肯定是难以推陈出新的。

李：当代书法和水墨经过一些人的努力，目前是否有所分化？相对于传统水墨来说有何成果？它可能留下什么遗产？也即，你对当代水墨艺术的整体成果有无什么说法或评价？中国美院应该是当代水墨的大本营，有无什么比较显眼的流派或实验群体出现？

王：目前来讲实验水墨也好，抽象水墨也好，我觉得这一批艺术家中有很多人是敢吃螃蟹的人，不管他最后作品怎样，但是无疑的，他们对中国传统水墨的推进是有贡献的。没有他们这样的探索过程——如果我们始终还是在四王、八怪领域里，如果始终是这样，我们中国绘画、中国水墨就是僵化的东西。

中国人这么聪明，发明了毛笔，我在美国教学最大的体会就是，中国的书法为世界艺坛贡献了毛笔和宣纸，贡献了最富有变化并且细腻的线条，它既能表现大自然的神韵，又能承载人的情感和精神。它有着油画在油画布上永远捕捉不到的灵魂。蔡邕讲："笔软则奇怪生焉"，西方人是油画笔，方的，比较硬的笔，它画出来有力量，但是我们毛笔是圆锥形的，能写出立体，加上宣纸，水墨的细腻，它真的很丰富，它能把人的很微妙的情感含蓄地表达出来。

今天要对这一波水墨或者是现代书法进行评价，还为时过早。但是有一条是肯定的，中国的书法，中国的水墨，如果不能够有创新，老是没有新的突破，它肯定会就此萎缩。生命在于运动，艺术的发展规律也是这样。

大家都说中国美院是中国当代水墨的大本营。应该是这样的，中国美院确实在当代水墨方面出现过一些代表人物，作为水墨的人才也是很多的。其实，中国美院应该为当代水墨做出更好的成绩，因为中国美院有林风眠和潘天寿这两个文脉和不同的艺术理念，所以应该做得很好。

李：中国的诗歌创作在近百多年来可谓创新不断，其实简单说，就是不断地去掉杂质而追求纯粹的过程。比如传统叙事、言志、说教、激情、释义、晦涩、抽象等都被近几年的很多前卫诗人视为杂质，他们认为在这些实验过程中，他们从中获得了直接书写个人经历的可能，获得了植入抗议性主题或反抒情、冷叙事、明晰、透明、感性等技术指标。当代的水墨艺术家肯定也有过不少探索和尝试，能谈谈过程吗？

王：其实我骨子里面很重视传统，你现在讲叙事也好，言志也好，这种东西我是很在乎的，我觉得有这种东西表明你在有意识的放弃一些，夸张一些，这才有生命力，才有更强的感染力。如果说我们觉得当代水墨、现代书法，只需要凭自己的一种激情，一种聪明和灵感就可接近真理，我觉得可能还是难以站得住。

所以我对自己的评价，实际上，我只是想在中国传统的书法到21世纪这个文化转型过程中，在这个艺术大转型的情况下，我希望自己是能够作出努力的人，是能起到桥梁作用的人。这非常了不起了，至于我能不能做到，这倒不是一个最最要紧的问题。因为我觉得，中国传统书法到林散之、陆维钊等先生的这个位置，已经得到了很好的传承和很大的发展，这些老一辈的人，从小就是在传统文化里成长的，他们的知识结构大部分是国学，所以他们的成就也是从中生发出来的。不过，新的社会形态已经出现，知识结构已经不一样了，此时，如果一个书法家不知道马提斯、塞尚，他就太狭隘。知识结构的不同，生活习惯的变化，认知方式的变迁，艺术当然也要有所不同。

话再说回来，林、陆他们那个年代的人，从小习国学，从小练毛笔字，传统底子打得很扎实，今天的画家、书法家却不是这样的，是不是这样就可说我们永远超不过他们呢？某些方面超不过，但是作为艺术表现，我们应该要超过他们，因为今天有太多的优越的地方，比如我们很容易就可以接触到最好的艺术品，视野开阔了，过去古人要面对面亲眼见识一个真正的优秀的版本是不太可能的，皇家的、秘藏的，今天的摄影印刷，基本上就是接近于真迹了。

我想，现今有一些写新诗的人，可能觉得原来的东西完全不用管，就可以创新，但我觉得传统的东方的文化修养可能还是需要的。当然少数的天才不学而成，他的东西更有冲击力，这个也是有的，那只是少数。

李：中国当代艺术是否需要一个新的生命形态，也就是说要和西方现代艺术形态有所区别。因为在西方前卫艺术面前，中国的前卫艺术好像才刚刚开始起哄，让人感到还没有找到自己的语言，虽然在前进，但还没穿上适合自己的鞋。而西方的艺术家也仿佛一边在干活一边在抬眼四处张望，甚至多看了几眼东方文化：我们在学习，人家在困惑。你认为是否需要接地气，接上当代中国丰富的生活，接上中国传统文化精神，我的感觉是相当不好弄，哈！对吗？

王：你说得很对，当代艺术需要一种新的生命形态。这些年中国经济发展是很快的，但是提高全民的素质，尤其是文化的素质、艺术的素质，还比较慢，还需要大量的时间。

如果我们的社会有一个很开放的审美环境，社会的艺术判断能力、欣赏能力能像经济一样大步发展，我觉得有助于艺术创新，有助于艺术的自由创作。与西方相比，中国的艺术家相对比较累，也是比较辛苦的，这也是中国的特殊现象，中国的前卫艺术家，曾经像是艺术上的亡命之徒，但现在，他们有的应该说基本成功了，但西方人对中国的当代艺术仍然有一种复杂的心情，一方面是艺术机构，画廊厂家，它们觉得抓住了中国当代艺术发展的机遇；另一方面仍是怀疑的眼光。

我觉得中国的当代艺术，在八五新潮之后，不管怎么样，已经有了一定的国际影响，现在正是反思的好时机，以便我们再去深入的实践。我认为，应该把东方的智慧和当下中国文化转型的环境考虑进去，并体现在艺术创作当中。作为当代的水墨艺术、书法艺术，你必须是中国文化抚育出来的人。

李：中国现在水墨、书法这一块的收藏家可以分成两部分，其一是因投资收藏；其一是因喜欢而收藏，中间带是既喜欢也投资的，藏家这一块你是不缺的，你的影响和作品价值使你拥有不少喜欢你作品的人。藏家这一块对当代艺术是有贡献和影响的——我的意思是专指因喜欢、看好当代艺术前景的藏家大量涌现，他们文化修养普遍更高、更专业，也知道当代艺术少有赝品，这些人是今后最重要的市场生力军，你的作品现在这一块的藏家多吗？你意识到可能要更多的面对这一块观众或读者后，创作时有没有压力或动力？因为这些人才真正地是你的读者呢。

王：我的作品大抵包括传统书法、草书、现代书法、新水墨等，喜欢我作品的人还是很多，但我没有有意识地去做所谓的市场，传统书法不太花精力，没必要在乎那个什么市场，我不想做一个商业的艺术家。

前面说过，现代书法已经和传统书法有了很多差异，书法家们的修养变了，其作品的艺术取向也发生了很大变化。以前"书以人贵"，习惯以作者的职务、职称来评价其作品，比如院长比教授强，教授比讲师强等等，这种价值取向今后将不复存在。强调作品的创造性，强调作品的第一性将是必然规律。还有，书法创作与书家的现代生活体验、情感是否一致，也将会是书法作品价值取向的一个发展方向，古典诗词等创作内容与现代生活中人的真实感受、艺术理念有了很大差异，所以写有感而发的新诗、口语未尝不是一个新选择。书法创作在当代生活中艺术装饰的实用性也应该受到重视，可以允许书法创作与其他艺术门类跨界。而且，现代生活已经为我们提供了不同的纸张和材料，不必仅限于传统的墨汁、宣纸和绢类，我们完全可以将书法融入平面设计、雕塑、版画、建筑诸元素，丰富我们的审美和收藏界面。

当然，真正优秀的艺术家、有抱负的艺术家是不在乎市场的，而是应该要引领、影响市场的收藏品位。

我希望我的读者不仅仅是中国的，希望包括欧美的艺术界人士都能欣赏我的作品。书法要得到汉字文化圈之外的认识和欣赏难度大，我希望中国书法之美在世界范围内有更好更多的认可度。

关于当代诗歌的访谈

马铃薯兄弟 VS 李亚伟

马铃薯兄弟（以下简称马）：亚伟，我已经不记得初次见面的确切时间了，我使劲回忆了一下，甚至年份也不能确定了，是我记忆衰退还是什么原因？但肯定是在某一次全国书市期间，肯定是通过张小波的介绍。是福州？长沙？还是桂林？以后每一次书市，都会相逢，那时的你是一个忙碌的图书出版人，我也去过你的订货现场，你忙于向客户推销你的产品，包挂在胸前，这是你给我留下的挥之不去的印象。图书商人，在中国是不好弄的营生，但你和一批诗人朋友竟干得风生水起。通过书业，我还认识了马松、杨黎、宋炜、赵野、郭力家、陈琛、安琪、梁小斌……这是一长串优秀诗人的名字的集合。这种相见，大多是和张小波的组织有关。如果你不做书，而我又不是恰好在图书行当，可能我们没有机会见那么多的面，并成为朋友。在你做书的这个时间里，每一次聚会，我不记得有过谈诗歌的经历，大家都沉浸于单纯的喝酒与海侃的快乐。因此我也几乎不再把你当诗人看待。但当看到你再写的新作时，尤其当我看到你总结性的诗集《豪猪的诗篇》后，我有如梦方醒的感觉，感觉你以往驰骋商场，纵情酒桌，那只是你的一个方面，其实我感觉你在骨子里的诗人气质，你的诗人天性，不过是暂时休眠，在适当的时机，它就会伸出利爪。我把你的重操诗歌称作"李亚伟归来"。我首先想问一下，你90年代中断诗歌写作的具体时间？重归写作的第一首诗是什么？

李亚伟（以下简称李）：我经常弃笔不写。不写作是我的常态，写作是我的特殊状态。比如在 1993 年下半年我停笔之前，在 1990—1992 年我就有整整两年时间没有写作。1993 年我打算写 100 首抒情短诗来囊括辛亥革命以来中国的乱局，主题是革命，包括武昌起义、新文化运动、新学堂、留洋、北伐、西安事变、游击战、延安整风、清匪反霸、反右、"文革"、上山下乡等系列事件，苦写三个月，只写出了 18 首。这就是《革命的诗》，出诗集前叫过《旗语》或《红色岁月》。由于天天痛写，物极必反，生出了厌倦，就像和一个美丽的女人长年待在一起，日子久了也想离家出走，因为自由才是人的最源头的天性，若为自由故，二者皆可抛，如果某天你想看看出家人里面有无这样的人，你仔细瞧瞧，看里面有没有我。

现在看来，如果那 100 首写完了，我有可能永远不会再写了。

这一搁笔，生活迎面而来，我真的将近十年未写。从 1993 到 2001 年，真的快十年。离开美丽的女人之后，我在天涯晃荡，心中肯定会常常想起她。2001 年我又开始写作，写的是《我非得更高》《新月勾住了寂寞的北窗》《时光的歌榭》《我在双鱼座上给你写信》那一系列，在我的诗集里统归于叫作《寂寞的诗》。我是一个一玩就要玩几年，一写就拉开架势写的那种人，如果我是民工，我会是猛干几年，然后拿着钱到处旅游、走遍天涯、吃香喝辣的那种民工，如果我是农民，别人每年要种两季、三季稻子，而我可能是只种一季，然后穿着新衣服进县城去吃喝嫖赌的那种农民。

马：1992 年前后到 2001 年，这中间你的诗歌活动似乎空白了十年。这十年里，你的文学活动是完全的停止了么？我记得在桂林书市，你曾深更半夜搭车去阳朔，参加西街一场诗歌的活动，听说你在那里玩得十分尽兴。在中断写作的那十年里，诗歌对于你来说，具有什么样的意义？

李：这十年我确实完全停止了写作，和所有文学活动没了一点关系，其实写作时我也没参加过什么文学活动。但我的朋友中主要的一拨仍然还是以前写诗的那拨人，我的书商朋友中最主要的还是万夏、陈琛、洪小东、张小波、杨黎、、野夫、马松、梁乐、宋炜、石光华、郭力家等诗人作家，这拨人也都像是只种一季稻子的那些农民，都穿着新衣服到城里来了。那次桂林图书会也是这样的，全是以前写诗的书商在一起狂喝。郭力家把这叫作白天开书会，晚上开诗会。

中断写作的十年，我基本没有要写作的念头，连诗歌都读不进去，国内国外的都一样，一句都读不进，我当时的感觉是没读到好诗，到手的东西一开读就想扔。我成了一个诗歌的异乡人。如同离开那个美丽的女人后，我肯定没嫖，我成了一个爱情的放逐者。我常常被生活打动，但此时我绝对只是一个普通的人被生活的某些感觉所打动，此时诗歌对我来说，是天外的事，如同美丽女人的眼光。我知道我今后会回去找它，那时候，物是人非，真的如同天外。但此时我肯定不想回去。我老有一种荒诞的时间感，感觉人不会死，时间会等我，等我回去写那首最好的诗，等我去找那道眼光。它真的很远，不知道在时光中的哪一段。

马：第三代诗人走到今天，分化十分严重，经商，写小说，沉寂，死亡……当然，还有归来。你现在回过头来，对朦胧诗之后的那代诗人的写作有怎么的评价或重新反思？那批诗人的艺术成就与艺术缺憾如何看，或者说，你认为第三代诗歌运动对中国诗歌的贡献在于哪里？可能留下的文学遗产是什么？

李：朦胧诗我读得实在不多，在我们写第三代诗歌的时候，朦胧诗已经读不进去了，这有个即时阅读（或当下阅读）的兴趣取向的问题。这使我想到我们后来的诗人比如"80后"这会儿极可能读不进我们的诗歌，因为时间太近，写作观念反差又那么大。我认为诗歌的阅读和评价需要时间上的距离，要像老花眼那样远视。我对第三代人的评价也是如此，我还不是老花眼，我只会用近视的眼光来看，近视眼在观察上含有猜测的成分，我的猜测是：第三代诗歌运动给中国文学史贡献了群星璀璨的诗人群，其可能留下的遗产是很多大诗人和式样繁多的经典诗歌。是唐诗、宋词之后的中国文学史又一次历史性的繁花似锦。

马："莽汉"诗歌在当时具有开创性，那这种写作和当时的诗歌生态之间有没有某种相互的关联？

李：莽汉诗歌流派成立是在 1984 年的 1 月，是当时最早的诗歌流派之一。其实，在此时，全国各地已经出现了无数的具有先锋意义的写作团体，出现了很多在文本上有实质性创新的诗人，我们那时常常把这些叫地下诗歌，把这些诗人叫地下诗人，当时的地下诗人通过信件的方式，相互之间能随时读到让人眼前一亮的新鲜的作品。毫无疑问，莽汉诗歌是在与这些诗歌的相互影响中出现和发展的。

马：公认的代表作是诗人成就被认可的一种重要标志，是一种幸福，有时也是一种无奈。许多写作者是缺少代表作，也就是缺少一种公认的标志性符号。但所谓代表作，有时也是对诗人整个写作的遮蔽物，仿佛除了代表作，其他写作都没有什么意义，这是一层意思，还有一层意思是，所谓代表作，并不代表诗人的创作最高成就。说起你的代表作，《中文系》肯定是人们首先想到的。而我认为，《中文系》其实在你的作品里并不是最优秀最成熟的。你是否同意这一观点？如果它不是，你自己最偏爱的作品是什么？理由呢？

李：《中文系》是一首典型意义上的莽汉诗歌，我们当时希望把诗歌写得谁都能读懂、谁都能喜欢，要"献给打铁匠和大脚农妇"，要把爱情诗献给软娘儿们，把打架和醉酒的诗献给闷哼哼的卡车司机和餐馆老板，《中文系》就是献给中文系的学生和老师的，老师和学生都读懂了，所以它成了一个典型。其实，在我的心目中，它只是口语诗歌中一个早期样本，如果今后中文系不是这个样子了，或者没有中文系了，那别人就又读不懂了，它就没有意思了。我对真正好诗的理解很简单，就是那些往命里去的情景和字词，我对后现代那些观念一点兴趣都没有，以前很有过，现在觉得腻透了，一个诗人老折腾观念，我会觉得他是小资或中产阶级里的一个文化爱好者和不倦的跟风者，我说过，老跟着后现代观念的所谓诗人、艺术家，其实是文化盲流。

我自己的作品我偏爱《航海志》《野马与尘埃》《红色岁月》《寂寞的诗》中的一点点。

马：你有一个观点，"诗不是知识分子写出来的"，这个概念所指为何？早几年，诗坛曾有"知识分子写作"与"民间写作"之争，你如何看待那场争论？你认为其争论的实质是什么？这种争论的诗学意义是什么？

李：那场争论我在局外，还一心扑在折扣和利润上，不太清楚具体内容。我说过"诗歌不是知识分子写出来的"，那是因为我认为单独提出这个写作概念很可笑，他干吗不提他的爱情是知识分子爱情？他做爱是知识分子做爱？在人们眼里，那也是搞破鞋哪。他走路是知识分子走路？就像生意场有人非得想当儒商把人逗得浑身痒痒，单独提出知识分子写作就是在自由知识分子概念下赶紧贴牌加工自己，隔岸加工，把自己往流行品牌上挂靠，在经济和文化的殖民风气中就地销售自己。其目的一看就明，把自己当西方文化品牌来销往殖民地，而且绝对是流行货。这是对自己没底儿，害怕别人看不起，或者干脆就是想蒙人，老子是知识分子写作，你看我不是小诗人吧？我是不是有点大？

"诗歌不是知识分子写出来的"是我当初在听到此说之后的随口反对语，我这张嘴也是张口乱说的，常常见人说人话，见鬼说鬼话，认不得真。其实我读万卷书，人都读得不太灵光了，你看我像不像一个知识分子。

马：问一个轻松的话题，你觉得诗人理想的生活是什么样的？

李：当皇帝，皇帝不成当将军，将军不成当地主，当医生也行，当老师也行，干个小商小贩也行，写诗从来都不是一个谋生的职业，很多人没弄清楚。其实没有理想的诗人生活，你得先干活，再写诗。干完后你可以自由自在，想些不着调的问题就行。想不着调的问题就是我们的理想。

马："莽汉"诗派是当代诗歌史上受关注的诗派之一，请你回顾一下当初成立和解散的情况，你们公认的中坚人物是谁？"莽汉"这个名称是谁提出来的？当初在这个诗派的活跃期，诗人之间的写作是什么样的一种关系？你当时似乎刻印不少自己的诗歌？其他人呢？这是不是从事出版的最早萌芽？

李：莽汉诗歌是 1984 年 1 月提出的，1986 年解散，主要人物有万夏、马松、胡冬、二毛、梁乐、胡玉、北回归线（蔡利华）、李亚伟。万夏提出的这个名字，我和二毛、梁乐是中学同学，万夏和胡冬也是在中学就搞在一起的，我和马松、万夏、胡玉又是大学同学，在大学是一诗歌团伙，梁乐是重庆医科大学写诗的，二毛是一个师专诗社的，胡冬在四川大学又和赵野、胡晓波是一个诗歌团伙。这帮人是当时一个典型的校园诗社互相勾结的结果。而刻印自己的诗歌是当时地下诗人们的主要交流方式，和后来当书商没关系。

马：请你回顾一下，除了你所说的天赋，还有没有什么具体的机缘使你成了诗人？对你的诗歌写作影响最大的人或事是什么？

李：成天想着偷鸡摸狗的也有可能成诗人，成天想着当处长、局长、部长的也可能成诗人，只要他有这心思，通常没什么明显的东西会影响写作，应该是生活本身往诗意这一块潜移默化。

马：第三代诗人的写作是将大量的日常生活带入诗歌写作，很多诗的灵感来自很真实具体的日常生活。可你归来之后，却似乎对当初带给你成功的这种写作进行了重估，你认为"诗歌的真谛就是务虚"，而你以前追求的却是务实。这种今是而昨非的背后意涵是什么？究竟哪个才是真谛，务实？务虚？或二者都是？

李：写作有两种类型的人，一种是终生写一种风格，还有一种就是不断创新。我属后者，我会不断地想写出连我自己都觉得新鲜的东西。如果是重复前面，我会觉得索然寡味。但是，我认为作品中的务实和务虚不仅仅是诗歌风格发生了变化，它应该是境界发生了变化，是诗人对生命的理解重新选择了去向。

马：你对中国现当代诗歌的整体艺术成就有没有个人的比较与评价？如果我们尽量与现场拉开一些距离，再回头看，一百年的中国新诗，哪个阶段的成就最高？对这个问题有不同的评价，我个人认为，中国新诗的成就，当代部分要略高于现代部分，当代部分当然是指新时期以后的诗歌，我认为朦胧诗以前的当代诗歌，在艺术上是可以忽略不计的，虽然这样说显得太残酷。当然，对当代诗歌的否定之音也一直存在，甚至有人因此对新诗的前途深表忧虑，对新时期以来的诗歌创作持否定态度。不同观点形同水火。你对此有何评估？

李：中国新诗当代部分绝对高于现代部分。对当代诗歌否定的人，你仔细看一下都是些什么人就明白了，他们基本是当代诗歌的局外人，是和文学这个概念沾点边又敢说话的那种外行，这些人中最明白的人也就读到朦胧诗为止，更多的恐怕他的诗歌知识还是徐志摩、郭沫若。他们以为自己也从事文学，比如大学老教授，就是我《中文系》里的那种辫子将军，比如年轻小说家或写时尚小品的，都以为自己也写东西呢，肯定是文学这一块的人，其实他们是外行。只不过是老辫子和小辫子的差别。有关新诗前途或否定新诗这样的命题，那种对文学略知一二的人是不能来拍板的，到自己略知一二或仅仅是喜爱的行业去评论顶级的命题，常常是一些聪明人丢人现眼的一个普遍行为。

我们可以就从赵丽华的梨花体风波展开一下这个问题。去年赵丽华的梨花体冷不丁推出来，激怒了多少人，甚至惹翻了很多写诗的人，（诗人里面有的是不喜欢这种风格和做派，这类咱们不论）但也有不懂诗歌的诗人啊，诗人里面也有不少外行，写了一辈子诗不知诗是什么的人多得很，赵丽华在读者的口水和自己的口水诗中名声越来越大，成了众矢之的。总之，大家都以为她光用敲回车就可写出来的梨花诗把诗歌恶搞了，把诗歌的神圣性糟蹋了。赵丽华也好玩，在前不久全国普降大雪的时候，不失时机地推出了她写雪的诗歌，在情人节推出了她的情诗，很多媒体也立马在最显著位置转载，这些诗比前面的纯梨花体像诗多了，基本上就是比较标准的抒情诗，很多想接着骂的人看了之后可能只有闭嘴。赵丽华诗歌的优劣这会儿咱们不讨论，她其实是在后面推出那些像诗的前期作品时，巧妙地告诉那些原来骂她的人你们是外行，你们要会读当代新诗才有资格来起哄啊，你们这辈子上不了别的地儿学了，你们得从我这开始学习当代诗歌，这是你们不多的机会。赵丽华其实是在干当代诗歌的普及工作，这等于在干基层。她现在的条件比较符合当三八红旗手。河北省真的应该选她做劳模。

其实，诗歌的阅读和认可从来都有滞后的特性，人们只读前朝诗歌，只了解和认可定性了的前朝诗歌。所以，不管你多聪明，你只要不是当朝诗歌中的作者，你就只是一个普通大众，你对诗歌的了解也只比普通大众的程度高不了哪儿去，你最多只能读懂部分当代诗歌。比如，唐初的文人雅士对魏晋南北朝的以四言为主的诗歌了然于心，而对正在形成的新鲜的唐诗大多数人是视而不见的，唐初四杰的意义就在于最终他们以较短的时间让当朝人认可了这种新诗，盛唐李杜他们，也不是盛唐文人都知道他们厉害，那些翰林院的、那些进士和各地官员都写诗，但他们主要感兴趣的还是陶渊明、王粲、三曹等前贤，李白、杜甫、孟浩然等一帮桃花体、秋风体、自然派等唐朝口语诗人更多的是互相欣赏，知道他们厉害的也就是那个时代庞大诗歌圈子中不多的小圈子，更多的文人还在欣赏建安文风或者还在模仿大业、贞观年间那些宰相诗人的写法。尽管李、杜、孟等的诗有时也变成了当时歌坊的卡拉 OK 在流传，但当朝大多数文人主要还是只会欣赏上辈和更上一辈的作品。宋朝也是一样，明清就更不用说，能欣赏王世祯的人是当时前卫的那些诗人，清朝普通知识分子大多感兴趣的和能够讨论的还是唐诗宋词。胡适他们干新诗的时候不知气坏了多少写球评、时尚小品、鸳鸯奇幻小说的，不知让多少老辫子小辫子相信诗歌的末日到了。

中国和西方历史上也出现过洛阳纸贵的现象，一首诗突然叫醒了大片麻痹的心灵，那是不多的事件，属于奇迹。二十多年前，朦胧诗一夜之间唤醒了全国沉睡的心灵，无数识点字的青年都争相阅读，那是地球历史上最特殊的一段历史造成的文化饥渴的绝地反弹，和欧洲中世纪禁欲主义刚被打破时欧洲汉子们狂吃海喝的盛况一样。那是文艺史上仅有的现世报。但通常的情况，最先进的文化需要一段小小的时间与生活磨合才能引领生活，最前卫的诗歌、艺术也需要一段小小的时间与社会审美挑衅才能被审美。最标准的现象是，一个诗人在被大量阅读时，他要么早消逝了，他要么还幸运地活着，却不再能创新。而如果被老辫子和小辫子们奉为经典欣赏着，那他肯定早死得不知到那个朝代当古人去了。

马：你的诗歌是以自身顽强的生命力支撑下来的，体制没对你的写作有过什么帮助。同时你对体制的评价也不高。你认为研究者、评论者、文学刊物管理者对文学是麻木的。你觉得对诗人来说，比较合理和理想的文学生存空间是怎样的？

李：干一份活，养活自己，干好了，有的是自由。然后想写就写，不想写就玩，这是最理想的生存空间。干不好接着干，边干边写。

马：不乏怀念 80 年代诗歌盛景的言论。但从诗歌本身而言，80 年代也是泥沙俱下，像任何一个时代一样，垃圾永远多于黄金。怎么评价那个时代的诗歌繁荣与诗人地位的明星化？那种诗人的荣耀你是否享有过？

李：我没有过诗人的荣耀，那东西也不好玩，我在那个时代一直做地下诗人。那时和诗人哥们喝酒是很幸福的。我一直认为诗人不是一个特殊的玩意儿，画家、政治家也不是特殊的玩意儿，他们都是普通人，只不过爱折腾他喜爱的东西，他在折腾的时候觉得相当过瘾，那叫有理想。

马：你似乎喜欢把读者摆在你写作一个很醒目的位置，你说过为读者写作，而另一种观点是为自己写作。你的"读者"具体是指什么人（群）？这种"为"谁写作的目的性，是否真的构成你写作的内在动因？它在多大程度上影响你的写作？或者你所说的读者，其实只是一种特指，比如，为一个人，或气味相投的几个人？你真的在写作时很明确地心系大众？

李：每个诗人肯定有自己心目中的特定读者对象。

马：人民究竟需不需要诗歌，这个问题可以不去考虑。但是，这个问题还是存在。你觉得诗歌有通向大众的需要么？有一种方式可以通向大众么？

李：人民需不需要诗歌、人们需不需要艺术？我觉得不是问题，有的人民需要诗歌需要艺术，有的人民不需要，不需要的那拨人民在生活中绝对还是需要诗意需要艺术。如果全体人民都不需要，连生活中都不需要，那这一批全体人民是别的星球上的人民。

目前，在咱们这个星球，能让诗歌通向大众的诗人肯定不是一般的诗人。我非常敬重这样的诗人。

马：全球化对世界利弊参半，全球化对写作的意义，究竟怎么看？你说过，中国是一个不需要全球化的国家，请你从写作的角度，阐述一下你的观点？对中国这样一个文化传统深厚的国度，也许不存在一种彻底的全球化？我也注意到，在全球化这个背景下，中国诗人也开始受到其强大诗歌的影响。有一些诗人的写作仿佛是欧美诗歌的移译品，从作品里可以看出很高的修养，遣词造句的能力，却看不到诗歌让人感动的魅力，这种自觉的被殖民化的写作，我将其命名为"伪汉诗"，你是否意识到这种问题？或者我所提出的根本就是个伪问题？

李：全球化其实是最骗人的一个说法，它只是美国在新时期盘剥世界的一套最新的霸术，是一个新帝国主义的新经济实践论。全球化其实就是全球美国化，明白了这点就知道全球化很多地方不需要。作为一个新帝国主义，美国现在不仅仅当世界警察，当世界警察只是假装的，世界警察只是美国的一个小业务，它的总业务是当实惠的全球老大。在目前看上去挺文明的这个世界上，光干警察是做不了老大的，做全球老大要有捂得住全球的理由，美国把世界细分后，现在对付大国（它做不了警察的那些国家）的三板斧大概可概括为：1. 美国文化；2. 知识产权；3. 虚拟经济。就中国而言，美国会先用美国文化来影响中国的所有层面的人，搞得部分有文化的中国青年直把美国当祖国，把可乐当奶妈，把麦当劳当厨房，然后会用各种手段让你签各种知识产权协议，签完之后你得永远给它交钱，在此条件下，它还会把各种不环保的、粗笨活，像生产耐克鞋，加工各种食品饮料，隔岸外包文字翻译、编游戏程序等让你挣钱，其实是让你干低收入的民工活，它还会让你加入或参与各种经济组织、外贸协议，让你弄股市、期货，迫使你的本币升值，在你的本币升值之前，它的钱已经进来换成了你的本币，当你的本币升值时它已经赚了钱，而且进入了你的楼市和股市，并往高处使劲炒，又赚了之后它会抽走换成已变得便宜的美元又赚一次，然后你的楼市和股市开始垮塌，本币掉头贬值，它会周而复始地成为你这个国家经济和文化的抽水机，总之，你只得把它当老大供着，它对印度甚至欧洲都是用全球化这一招，我把它叫作后现代的三板斧；后现代对阿拉伯、非洲这些文化认同上还有老远距离的地区就不管用，美国就大概只用传统的三板斧：1. 军队；2. 民主；3. 石油。全球化是后现代主义，美国是新帝国主义，但是，这个新帝国主义骨子里却又是很民族的、很国家的、很利益的。所以，我说全球化就是全球美国化。

　　我认为全球化在欧洲都不能最终全面实现，欧洲文化都会抵制或消解全球化（美国化），中国、印度、阿拉伯各国就压根不可能文化经济都全面全球化（美国化）。我相信全球化是一个流行概念，在全球化的过程中会很快被民族底蕴消解，民族是最长久最顽固的一个物种，因为只有它才包含了生命的最多秘密。其实，全球化是马克思关于共产主义预言的重要一步，到遥远的将来，民族还扛不扛得住、民族文化还还有没有那个民族的生命秘密不是我们现在可谈清楚的，共产主义实现的那会儿再写全球化诗歌也行，用不着现在就写。

　　模仿是全球化初期最管用的一种手段，当然我更认为模仿是文学创作的一个过程，可以提高写作者的写作水平，是学习的范畴。但也有不少人只会模仿，如果把模仿出来的东西真当了自己的创作，那其作品其实就是赝品，那些"很高的修养和遣词造句的能力"都不是自己的，又以为自己成事了，关于这类人，诗人郭力家的说法是：叼着别人刚用完的避孕套在后面跑，还以为自己过了性生活。

复制是全球化的一个大秘密，我们国家的产业、经济都在这么干，复制和模仿能快速做大做强。有些诗人也是这么做大做强的。

当然，学习是很重要的，尤其是向西方学习。我个人考证，唐诗，尤其是其中的绝句和律诗基本就是得力于南北朝时向当时的西方——波斯等国音乐和诗歌的学习引进，中国永远都在向别人学习，而且学了之后就成了特别中国的。

马：请你写几个你认为最重要的第三代诗人的名字，并简短地说明列举的理由。

李：这个最少得有100人以上，就不写了，而且懒得去按姓氏笔画排名，这帮浑蛋现在太在乎排名先后。

马：由于种种原因，诗人自身和非自身的原因，现在诗人在公众中的形象尴尬甚至狼狈，诗人二字出现在公众和传媒中，似乎总是嘲讽、狎弄的意味居多。其实，严肃的诗人们一直在追求，但诗歌的公众观感的沉落已非一朝一夕，诗歌有没有一个重塑形象和尊严的问题？一个国家诗人和诗歌的合适地位，你理解是什么？

李：这个太正常，哪个行当玩得不好你都可能丢人。读书人里面有范进，劳动人民里面有阿Q，难道就不能在诗人里出些怪里吧唧的社会复合型人才？各色人物都有，正好反映出咱们诗歌生态的丰富和合理，这是咱们诗歌生态绝对丰富的标志之一。就那么几拨像一个妈生出来的诗人——也太没劲。

马：关注一下诗歌语言问题。第三代诗歌的口语化写作，出了一批精品。但现在的口语写作有泛滥之势。不仅是新的诗人，而且在一批有声望的诗人那里，口语的泛滥也已经成为伤害诗歌本身的问题了。你如何看口语化写作？对它的贡献与它造成的流弊如何评价？

李：好诗都诞生于生动的口语，唐诗是那个朝代的口语，宋词，有那么多的规则限定，只要是有心人，读过一些宋代话本散文的脑袋灵光的人绝对能看清，在字数、平仄韵脚的限制之中，别人仍然写的是宋朝的口语。明清诗人致力于写得像唐诗，大都装成李白、杜甫在挥毫，忽略了他们生活的口语现实，把李杜当祖先供着其成就也不高，那些诗人基本上白混了几百年日子，明清的小说家和戏剧家由于前面没什么小说和戏剧成规，完全钻进了口语的裤裆里去写作，相反成就很大。现在写古体诗的人，我们基本上认为这种诗人可以押到旧社会去劳改，但其实，咱们想一下就明白，咱们生活中难道不是用口语在思考吗？我们爱一个女人难道不是在用生活中的语言在爱吗？如果用格律去思考，或者用某种书面语去爱一个女人，这个女人可能都不觉得舒服吧，她会感到这社会谈恋爱怎么越来越难？最终只得变成了老处女或者破鞋。

如今，刻意用某种像诗的语言模式去写诗，和现在专专心心写七律一样，我看到二者的差别也就是五十步和一百步。

诗歌肯定只能用口语去写，当然，是写一种叫诗的东西。

马：你的诗歌中，无论是前期还是近期，都有一种鲜活的想象力，机智，狡黠。你对自己诗歌的想象力能不能进行一些技术上的归纳？80 年代的诗歌中，有一种语体，我曾称为"曹剑式的想象"，其特征在曹剑那里被发挥得淋漓尽致，想象力恣肆、张扬，时常给人以意想不到的新鲜快感。最近我重新回头看那个时期的诗歌，我发现这种让人感到愉悦的想象，在当时实际是一时之风尚，在一些诗人中是被自觉地操练着的，我在你的《中文系》等一批诗作中也发现了这种一致性，当然，《中文系》是最典型的。你是否也曾意识到这种现象？你诗歌中的想象力除了天赋，是否也曾受到其他诗人的激发？

李：80 年代我受很多同龄的优秀诗人的激发，最多的主要来自当时经常交流写作的朋友，比如万夏、马松、二毛、宋渠、宋炜、石光华、何小竹、蔡利华、胡玉、胡冬、杨黎、吉木郎格、郭力家、邵春光、张锋等。

马：你写作以来，大概一共写了有多少首诗？

李：也就二三百首吧。

马：世纪之初，网络曾给诗人带来一场大兴奋，原先我认为网络不能改变诗歌，也不能改变诗歌的评价标准，但现在我发现，网络的无门槛，它的自由，却对写作者的诗歌意识带来影响，也对一批活跃在网络上的诗人的写作带来影响。口语的泛滥，写作难度的一再降低，垃圾化泛滥，以至好诗也有被淹没的趋势。这固然不能全部归咎于网络，但这毕竟都是在网络写作时代发生的。你对网络之于诗歌的意义作何评价？

李：网络好，像古代，有诗性的人到处题诗，没杂志发表的概念下，你会写得更自在。

马：你能不能为我们回忆一下你的《中文系》《苏东坡和他的朋友们》《莽汉》写作时的背景及状态，具体的写作时间和作品产生的具体经过，包括修改情况？顺便也请你说说你的写作习惯？你一般在什么情况下写作？有没有什么特别的癖好或恶习？一首好诗的诞生是一气呵成，还是经过反复修改？

李：一气呵成和反复修改的情况都有。

马：诗人居住的地域和诗歌的关系，对你来说影响明显吗？

李：会有的，环境会影响人。

马：你在诗歌构思和写作过程中，你是否意识到自己用什么方言写作？四川话？北京话？

李：我用四川方言写作，也可能用普通话写作，但肯定会用普通话修改。

马：为什么要写诗？推动你写作的动力是什么？

李：只是喜欢，诗歌是世上最珍贵的一种文明。

《南方都市报》访谈

欧亚 VS 李亚伟

一个诗人最终会返回历史

《豪猪的诗篇》是李亚伟的第一本诗集。书中收录了李亚伟从1984年到2005年的135首（篇）诗歌和文论。诗集的名字"豪猪的诗篇"，取自于1984年他创作的莽汉诗《硬汉》中的一句"我们本来就是/腰间挂着诗篇的豪猪"。身为20世纪80年代著名的"莽汉"诗派的创始人和代表诗人，李亚伟的诗风既豪迈奔放又细腻妖娆；既有日常口语的通俗运用，又有古典意象的巧妙嫁接。他贯于打碎和重组传统的词语和句式，造成极强的外在冲击力和心灵震撼；其作品表面看似粗放，实质文字考究，具有严肃机智的思想内核。可以说，他以20多年的诗歌探索与实践捍卫了汉语本身的品质和荣耀。

朦胧诗应称为后"文革"诗歌

欧亚：2005年出版的《豪猪的诗篇》是你的第一本诗集。据说在80年代，你和朋友们的作品传播方式最主要是在酒桌上，其次就是自印刊物。如今出了诗集，有什么感受？

李亚伟：这是第三代诗人的一个共同的状况，在当时发表基本上是不可能的。正规出版的文学刊物基本上是拒绝的：一是我们年龄小；二是我们的写作确实太新了。当时朦胧诗已经全国普及，但我们意识到我们跟朦胧诗是完全不一样的。对自己相当自信，但是基本上是发表不了的。因此我们就形成了诗歌圈子，圈子和圈子交叉的地方，就可以进行交流。那个时候对我们来说，印刊物成本算是高的。而在1984、1985年，我的作品出得最多。

我一直做的就是一个"不发表"的诗人，或者说"地下诗人"。不仅是我，中国有很大一批这样的诗人，基本上写作不是为了发表，也不向刊物投稿。我有一个"骄傲"——我从来没有主动给中国最著名的文学刊物《诗刊》和《星星》等寄过诗稿，虽然它们发表过我的作品。

欧亚：李亚伟的名字总是和莽汉联系在一起。莽汉强调写作和生活的合一，似乎带有很强的表演性。

李亚伟：莽汉这个东西确实是我们有意制造出来的，确实带有表演性。它有两个层面，就外在而言，成立流派本身就有表演的意思，要出头露面，因此在写作上也是求新求异。在生活中，我们追求怪异时髦的打扮。在80年代，我不知道四川还有谁的头发比我更长。这些表演性有一个意图，就是和传统诗人相区别，就是说自己已经不是文学青年，而自认为是比朦胧诗更先锋的一拨人。

欧亚：莽汉们承认自己没文化，并以此作为创作的新起点。

李亚伟：事实上80年代诗人的文化教育背景，比之前的诗人都要丰富。第三代诗人们在大学校园就开始写诗，大学社团成为流派的雏形。为什么要强调没文化呢？当时全国的文学读者还是很幼稚的。"文革"间，人们离文化非常远，朦胧诗第一个把这个枯燥死板的门槛去掉，形成了一个全国人民热爱文学的潮流。我们也是从中熏陶出来的，但我们发现：读者、作者和刊物正处在一个虚假的文学热情当中，谈文化成了一个时尚。弗洛伊德的《梦的解析》，当时在武汉大学就卖了 2 万本。我们当时就不喜欢这种类似于癫痫的、对文化歇斯底里的热情。

欧亚：这种过度的热情让人想起政治运动。人们似乎把对政治的热情转移到文化上来了。

李亚伟：对，对，对。

欧亚：为什么说这种对文化的热情是虚假的呢？

李亚伟：朦胧诗的思想和写法都是比较简单的。按照那走下去，中国的现代诗歌就走不了多远，无法完成现代诗歌的革命。

欧亚：那诗歌它本身是什么呢？怎样才能回到诗歌本身呢？

李亚伟：这与当时的情况是有关系的。所谓的朦胧诗，其实就是"今天"派这么一个诗歌团体肇始的，后来被理论界有意或者无知地朦胧化，由此将新的诗歌推向庸俗和虚假。你随便打开一个文学刊物，都是眼泪、蒲公英。

欧亚：你所说的虚假是指朦胧诗已经成为一种模式化的写作，而于当时的社会生活和心理状态日益脱节吗？

李亚伟：它和当时的社会心态并未脱节，它写生活，也写爱情，可这诗歌里面的爱情比较幼稚，我称之为简易。

我认为，朦胧诗更应该被称为"后文革"诗歌。从它的内容和创作而言，应该划归为"文革"那块。"文革"期间没有诗歌，没有文学，政治就是一切。朦胧诗的出现，宣告那一切的结束。我们出来是一个新的开始，进入一个比较成熟的，现代汉语诗歌的创作。朦胧诗是不成熟的。

欧亚：它哪些方面不成熟？

李亚伟：它的内容和语言都是不成熟的。内容方面大都表达对"文革"生活和政治的反思。现在有人谈论诗歌边缘化，我认为这是针对二十年多前朦胧诗热潮一种狭隘的比较，众所周知，朦胧诗出现之前，中国处于有史以来最特殊的一个时期，中国人，我们一辈一辈的祖先，都曾有着丰富的诗意、有爱情、有细致温馨的生活，而刚好那个时期突然什么都没有了，那个时期的中国人没有温暖、没有美景、没有来世，没有对永恒的企盼，所以没有诗意，朦胧诗唱出了简易的政治情结和初恋式的简易的爱情，哪怕从诗艺和内容上来说都不够丰富和成熟，但已经足够让缺失爱和自由的一代人眼泪哗哗地往下流。

朦胧诗和当时的小说——伤痕文学使文化饥饿得前胸贴后背的一代人大吃大喝了一顿集体精神伙食。迄今，我更愿意称朦胧诗为"后文革"诗歌或 70 年代诗歌。朦胧诗时代是全世界有史以来读者最多的时代，它有着全国遍布着文学青年的奇异景观，那些人是干渴和稀缺的年代即将结束时的暴饮暴食精神食粮的人民代表。全国的青年都写诗、读诗的时代在古代没有过，今后也不会再有。

莽汉和第三代诗歌

欧亚：莽汉经常跟他们、非非等诗歌流派相提并论，你怎么看彼此之间的比较和莽汉在第三代诗歌中的面貌？

李亚伟：当时几个流派基本上是互相认可、互相欣赏的，互相并没有敌意和轻视，当时不认可的是朦胧诗。我们都受到了西方后现代文学的影响，大家都在"拿来"。非非比较热衷于玩语言，莽汉和他们的追求确实有一些类似之处，但似乎莽汉更加热爱生活。莽汉特别强调诗歌的想象力。我曾经说过一个大话，这二十年的诗歌，莽汉最大的贡献是它的想象力。有诗评家跟我讲，莽汉的想象力是其他诗歌流派所没有的。我通过自己的阅读，认可了这个想法。

欧亚：在中国文学中，有一类人物形象比较缺乏，就是流浪汉。似乎比较少有流浪汉小说，莽汉诗歌却旗帜鲜明地追求这么一种形象、一种在路上的状态。

李亚伟：这是性格使然，物以类聚。但也不是莽汉独有的现象，那是一个时代的文学风气，大家都在外面，在路上。许多人热衷于在大学的讲台上朗诵、开讲座。莽汉们那时非常年轻，只有20岁、21岁，最大的二毛23岁。他们被生活所吸引，一直追求新鲜的东西。胡冬后来干脆一走了之，出国去了，再也不回中国诗歌界。

欧亚：包括莽汉在内的第三代诗歌，在写作题材方面，就是远离所谓的宏大主题，而热衷于抒写日常生活。

李亚伟：主要的一块是这样的，写个人、写生活。

欧亚：这与90年代以后的"个人化写作"有何不同？

李亚伟：截然不同。80年代的莽汉以及非非中的杨黎，撒娇派的默默，还有他们中的于坚等诗人，与现实生活、社会生活的联系还是很紧密的。而所谓的个人化写作，与社会群体是隔膜的，抵达不了社会生活的层面。我听说还有一种"坚持写作"的说法，"挺住意味着一切"，我感觉这是对自己的诗歌写作缺乏信心。而在80年代，我们自高自大，从来不需要这种强制性的自我鼓励。

欧亚：你写过一个评论，里面有一句话——"俏皮的悲伤欲绝的爱情诗"，这似乎能体现了莽汉的某种趣味。当时是否有一些让你印象深刻的莽汉行为？比如万夏行渡长江。

李亚伟：我觉得这是当时大学毕业生真实生活的写照。这是一群调皮的学生，一群走在生活前沿的人。生活本身还是很保守的，爱情本身还是很保守的，这群年轻人四肢发达，情感丰富，却不太适合当时的爱情生活，所以出现这种黑色幽默的爱情喜剧。

欧亚：莽汉诗歌被认为是反知识、反社会、反文化的，你认同这样的观点吗？

李亚伟：这是理论家的说法。当时我们是披着反文化的外衣，做先锋的事。这要联系到当时的具体环境，陈旧的文学思维成为人们的常识，而我们没有任何话语权。这是没有话语权的条件下，表现和突出自我的方式。

欧亚：有人认为莽汉属于某个时代的诗歌形象，属于80年代，而放在今天这个场合，放在周星驰和吴宗宪盛行的时代，似乎有点尴尬。你怎么看这个观点？

李亚伟：莽汉是1984年出现的，到1986年就宣布解散了。但是莽汉这个词跟着我们几个作者走，这是没办法的事情。它曾经展现的个性太鲜明了。

欧亚：但你同时认为，莽汉的精神是不会过时的。

李亚伟：古今中外都有这种热爱生活、豪气冲天的人。不但有男莽汉，还有女莽汉、老莽汉、洋莽汉，他们不一定要写诗，他们的举手投足都让你感受到，生活是一件充满乐趣、生机勃勃、无法无天的事。

停止写作十年

欧亚：如果说莽汉这个形象在80年代是时髦的、前卫的、激进的，到了90年代以后，却有着某种类似于堂吉诃德的无奈和不合时宜。

李亚伟：莽汉不是都没有了吗？莽汉们都做生意去了，都将近做了十年生意，基本上都在做书商。

欧亚：这些做了书商的莽汉们还写诗吗？

李亚伟：许多人都停止写作十年。就我个人而言，90年代忽然对诗歌写作失去兴趣。不仅仅是因为经济的原因，那时养家糊口还没问题。我发现生意里面有更加浓烈的生活的气息。我认为这段时期的做生意对于写作还是有好处的，因为彻底投入了生活，更加了解生活。

欧亚：在经过商业浪潮的洗礼之后，在90年代末新世纪初，活跃在80年代的诗人们重新写诗，你怎么看这个现象，包括你自己？

　　李亚伟：我也是突然发现这个现象。很多80年代的老不要脸的都出来了，一个个膀宽腰圆、笑嘻嘻地又出来张罗诗歌活动，一会儿电子邮件、一会儿传真，重操起80年代"地下诗人"那副德行到处交流诗歌。物质始终不能满足一个人的全部需求；物质不能满足精神的需要。只要是个眼睛会动、会说话的人，思想、艺术之类精神上的东西迟早会来收他的魂。

写作并不需要"圈地"

　　欧亚：不少人提起你的写作，启发了一些后来者，比如口语写作，比如下半身。

　　李亚伟：莽汉和下半身确实有许多类似之处：一个是文学取向的近似；一个是都源自大学社团；一个就是造反精神。

　　欧亚：有的评论者认为，与下半身相比，你的写作更加"严肃而高贵"，你怎么看这个观点？你认为莽汉和下半身的区别在哪里？

　　李亚伟：这个问题我没想过。我觉得诗歌里面没有高贵一说。可能他指的是我的写作时间更长，写作面更宽一些，更传统一些。

　　我认识的下半身们都很聪明、很有才华，与我们当时的状态非常像。他们条件比我们还要好，他们一出来几乎就有话语权，我们那个时候是没有的。他们的这种反叛和我们那会儿是一样的，一个优秀的诗人总是具有叛逆精神。

　　欧亚：莽汉和下半身出来的时候，都是备受争议，尽管中间相隔了20年时间。

　　李亚伟：当时不少人把莽汉看作痞子，而下半身则让他们联想起腰带以下。这是因为诗歌观念在发展，而读者和评论家却没有发展。我觉得下半身这个提法没有什么不合适，它依然是一个新东西。

　　欧亚：当下诗歌发表和传播一个很重要的阵地就是网络。你上网吗？

李亚伟：我上网，但几乎不贴作品，没时间。

欧亚：有人认为诗歌是一门慢的艺术，与网络不兼容，你怎么看？

李亚伟：网络就是把话语权还给了每一个人。它可能是一种更高层次上的回到古代——作品并不需要刊物的发表，而靠流传。古代有的诗就贴在庙宇的墙壁上、酒店的柱子上、甚至青楼的罗帐上，却口口相传至今，就跟现在在网络论坛上发帖子差不多。我希望能像古人一样诗歌帖子贴在大自然和生活中，不要去瞎投稿。

"好好活着，天天像样"

欧亚：在《豪猪的诗篇》中，有一章专门写革命，为什么对革命情有独钟？你是如何看待革命的？

李亚伟：我觉得一个诗人到了一定的时候，从自己内心回到社会，他跟一个被流放的政治家回到社会不一样。他会走得更远、更不确定。一个政治家会想返回自己想象的社会位置。一个诗人则想返回到想象中的时间。革命毕竟是影响人类生活的最醒目的一部分。

欧亚：《航海志》似乎是你写的最长的一首诗。

李亚伟：写《航海志》的时候，我意图不是很明显，想从很远的地方来看社会、看生活。想用历史和地理对人生交叉扫描。

欧亚：评论家李震有一个评语，李亚伟是以喜剧的方式来玩命，海子是以悲剧的方式来玩命。

李亚伟：诗人我觉得都有悲剧的成分，也有喜剧的成分，当然我可能更热爱生活。我不能说海子就不热爱生活。海子的诗歌有很多是很漂亮的，可能性格不一样，我肯定不会选择悬梁卧轨，我会选择诗人郭立家的一句口头禅：好好活着，天天像样。海子如果有一些痞性他还会自杀吗？

做一个"小诗人"

欧亚：你说"我不愿在社会上做一个大诗人，我愿意在心理、在东北、在云南、在陕西的山里做一个小诗人"，为什么萌生这样的想法，豪气凌云的莽汉为什么甘于做"小诗人"？

李亚伟：这是我最近在思考的一个问题。我主要是想把诗歌和物质利益、社会地位等等分离开来。我宁愿寂寂无闻，也不愿意用诗歌换取什么。自由和诗歌何等重要，重要的东西应该把它放在语法的外边。

欧亚：听说你要关掉公司，离开北京，去丽江办宾馆。为什么想离开北京？

李亚伟：它不是一个宾馆。我们接待的是背包客，一些艺术家、作家在这里待下来创作。

在北京，我待了十多年。有一天我突然发现：待在这里干什么？我就自嘲说，李白在长安也待了十年。十年够了。也许我这十年都在等着一个神秘的电话，电话没来我就走了。(笑)我和张小波一说，他说你的这个问题问得对。

其实我是一个非常懒惰的人，被金钱套了这么多年，我突然醒过来了。一个人真正需要的是对生活的热爱。在北京，生活和自由是虚假的，整天都在饭局上打滚，每天都有很多扯淡的事要谈，这不是我要过的生活。很多人可能会由此干到死。这次去云南香格里拉，是和默默、赵野一起做一个叫作上游俱乐部的旅店和工作室，是作家、诗人、艺术家待的地方，又好玩，又能养人，还有更多的时间写作和读书。

欧亚：那些正在做书商的莽汉听到你的决定，他们是什么反应呢？

李亚伟：他们都能理解，很多人都很赞同，但没有我这么大的决心。我认为他们也会像我这样的。现在有些朋友互相发邮件、发传真，交流诗歌，似乎又回到了80年代。诗歌又在召唤这一群人。

《经济观察报》专访

http://www.sina.com.cn

2009 年 4 月 24 日 21:59《经济观察报》

刘溜 VS 李亚伟

　　采访李亚伟之前不先跟他喝顿酒肯定是不成的，我到的时候，他和诗人赵野已经将一瓶山寨版茅台喝到快要见底，他俩正对着酒瓶赞不绝口，虽是"山寨"货，但味道跟正版茅台相差无几。李亚伟好酒是有名的，号称两天一小醉，三天一大醉，无酒不成欢，只要参加饭局，没有哪次不喝多的。

　　"来，喝嘛喝嘛。"李亚伟喜欢劝酒，但并不强人喝酒，想喝多少就喝多少。他的好脾气也是有名的，喝多了也温和知礼，是酒桌上息事宁人的和事佬。

　　刚夸他好脾气，李亚伟便低下头去，亮出了脑门上短发茬之中明目张胆的几块疤痕，还有一脸暗疮，这都是他当年喝酒打架生涯留下的印记。

　　第一次见李亚伟是七八年前一个大型诗歌朗诵会上，当主持者宣布接下来是李亚伟朗诵后，却迟迟不见人上台，众人的起哄、嘘声，也丝毫不能撼动台下的李亚伟，他昂着头端坐不动，一副心高气傲的样子。

　　李亚伟总是行踪不定，在北京当书商，在成都开了家名为"香积橱"的饭馆，在香格里拉有家客栈，而老婆孩子在重庆。他总在东走西走，行遍大江南北，一会儿去了西北的小镇，一会儿开车被困在云南深山里的路上。据他自己统计，90 年代以来，他平均每年要坐三十次飞机。"我飞得更高，俯临了亚洲的夜空，我心高气傲"，在诗里他这样写道。

从小他便是四川小县城里的坏小子。酉阳县城被分成一村、二村和三村，他是一村的。街道记忆于他很重要，一条街的男孩跟另一条街的男孩常打群架，因为打架厉害，他觉得自己很牛，从未有过自卑感。祖上是军阀，父亲是县里第一个右派分子。家里四个孩子，一个姐姐，两个弟弟。

1974 年，十一岁的李亚伟因为偷东西，加上家庭成分不好，上不了初中，只好到姐姐当知青的乡下中学就读，知青们借各种书给他看，某种程度上，这给了他青少年时期最好的教育。他高中开始写诗，研究过格律诗，后来转向写现代诗。

高考时他数学只考了 3 分，被南充师范学院录取。十六岁上大学，李亚伟觉得老师看的书还没自己多。刚进大学不久，胡钰便来找他，第二年万夏入学，三人一起旷课、喝酒、滋事。南充师院里有好几个诗歌"流派"，李亚伟和胡钰弄了个"刹那"，万夏弄了个"彩虹"，后来合并为"金盾"——这是著名的"莽汉"的前身。"金盾"是当时一种笔记本的牌子。

李亚伟说，他上大学那会儿写诗并不时髦，要成为时髦人物，必须要练就一身肌肉，碰到人就要掰手腕，还要留三七开的长发，花衬衫的领子要从外套里翻出来，最好还会弹点吉他。他们几个都是合格的时髦人物，但是并不受女生欢迎，受欢迎的是学生干部和党员。对此他们毫不在乎，因为班上女生的平均年龄要比他们大四五岁。

大学毕业后，李亚伟到一所镇上的中学当了三年教师，尽管他认为自己这样的人不应该教书育人。1984 年 1 月，刚教了半年书的李亚伟回母校碰到万夏，欢天喜地，进了一家酒馆，"像所有写诗级别不高的人一样，见面就谈诗"。万夏说他正在跟胡冬讨论成立一个诗歌流派，名字最后定为"莽汉"，发起人还有被大学开除在家的马松，加入者有二毛、梁乐、胡钰、蔡利华等人。

回到中学的单身教师宿舍里，作为"生活的雇佣军"和"爱情的贫民"，两三年里李亚伟炮制了一百多首"莽汉"诗，其中包括《中文系》《苏东坡和他的朋友们》《硬汉》《给女朋友的一封信》。

什么是莽汉？在当年的一篇文章里，李亚伟这样解释道："要抛弃风雅，诗人起码要五年忘掉花草梦歌，忘掉《诗刊》《星星》，少读古文"，"不要再写黄山、黄河、长江、长城，不要肤浅"，"乡土诗人应该大大减员"。评论家们说，"莽汉"是一种以追求生命原生态为特征的诗歌流派。被公认为"莽汉"代表作的是李亚伟的《中文系》和胡冬的《乘一艘船去巴黎》。

两年后，1986 年的诗歌大展将"莽汉""非非""他们"等诗歌流派隆重推出，这是所谓"第三代诗人"的首次整体亮相。然而正在这时，"莽汉"们却宣告解散，缘由是莽汉诗的可复制性太强，彼此的诗都太相像了，"普遍炮制出一种名词密集、节奏起伏的长句式诗歌"。胡冬首先回归保守，李亚伟和万夏、马松也纷纷弃"莽汉"式诗歌而各觅出路。

教了三年书后，李亚伟辞去教职，和二毛开起了火锅店，算是下海比较早的诗人。"你是天上的人，用才气把自己牢牢地拴在人间"，李亚伟这样写。他把自己的生活分为"天上"和"人间"两块，"我通常只在初夏和初冬写诗，其余时间是人间的"。

"90 年代我完全生活在人间"，他说。1990 年到 1992 年，李亚伟消失了两年。1993 年，他怀揣着替书商当枪手挣来的 3 万元"巨款"闯荡北京，成为一位小有名气的书商。由诗人而成为书商的，还有万夏、马松及张小波等人。

90 年代后，李亚伟开始写有关历史和地理的长诗，一首是 1992 年的《革命之诗》——"我心比天高，文章比表妹漂亮 / 骑马站在赴试的文途上，一边眺望着革命 / 一边又眺望一颗心被皮肤包围后成为人民中的美色"，另一首是关于河西走廊的《河西抒情》，写于 2003 年——"祖先常在一个亲戚的血液里往外弹烟灰，我因此感到 / 在生之外的夜空里，有一只眼睛在伊斯兰堡、一只眼睛在额尔古纳 / 那人一直在天上读着巨大的亚洲"。

对李亚伟来说，诗歌之眼是在天上，他试图用诗中的眼睛"看穿生命的本质"。他曾写道："我喜欢诗歌，仅仅是因为写诗愉快，写诗的过瘾程度，世间少有。我不愿在社会上做一个大诗人，我愿意在心里、在东北、在云南、在陕西的山里做一个小诗人，每当初冬时分，看着漫天雪花纷飞而下，在我推开黑暗中的窗户、眺望他乡和来世时，还能听到人世中最寂寞处的轻轻响动。"

访谈

经济观察报：从童年谈起吧。

李亚伟：我从小学毕业讲起，我们是五个班，一个班将近 60 人，县里就那个小学最大，就我一个人没进初中。因为偷东西，偷西红柿，偷水果，在地里头。我们那条街的小孩全部去偷，都逮住了。我们家的成分是军阀。

经济观察报：你们家谁是军阀？

李亚伟：我爷爷。上不了初中，我去哪儿上学了呢？我去了我姐姐那儿，就是一个农村中学。在我姐姐的知青点，读了很多书，知青给的。我姐姐那个知青点很出名的，有拉小提琴的，拉手风琴的，那时候我就知道尼采。知青点教育了我。

经济观察报：你父母对你有什么影响吗？

李亚伟：我妈妈六十岁退休以后才会做饭，还做不好，以前是国家干部。父母都在外地，我从小基本上没怎么见到他们，就跟奶奶。小学四年级的时候，我们学校活动，去县城最大的广场开大会。我一看是我爸在上面，讲的什么我也不知道。后来我知道了，那时候他是去摘掉他的右派帽子，1974 年。

经济观察报：最早写东西是什么时候？

李亚伟：高中，那会儿研究格律什么的。接着就高考了，那会儿就在写现代诗，现在看是顺口溜。我觉得我的诗歌没有什么传承，没有中国的传承，肯定是西方的传承。我大学以前任何一个东西都没有留下来。

经济观察报：在大学时你们写诗是怎么交流的？写在笔记本上然后互相看？

李亚伟：我们写在纸上，贴到食堂墙上，整个一墙报。

经济观察报：那时候跟其他地方的诗人有联系吗？

李亚伟：有，联络工作是万夏负责。那时候"第三代诗人"在西南师大开第一次会议，有万夏、赵野，成都的廖西，重庆的柏桦，都是大学生，那是 1982 年底。

经济观察报：谁发起的？

李亚伟：现在争论很大，当时确切的核心人物是万夏、赵野，还有廖西。这帮人中，柏桦是最早读了很多外国现代派诗歌的。后来有很多人问过我一个问题，就是朦胧诗对我的影响，其实朦胧诗对我一点影响都没有，我那时候可能在官方诗刊上读过一两首北岛或顾城的诗，其他的我根本就没读过。我们那一批人，很早就读了欧美的现代派的很多东西。

经济观察报：那时候哪些诗人对你的影响比较大？

李亚伟：我刚跟万夏、胡钰认识不久，我们在图书馆就找到了一本繁体字的艾略特诗集，还有法国的艾吕雅的诗。那时候我写读书笔记，大学第一年读的法国书就有五十多本。马松的爷爷在台湾，回来带了一本台湾诗选，就是余光中、纪弦、痖弦这帮人的。那是 1981 年，我们读了，觉得他们的诗比朦胧诗强多了。

经济观察报：你在"莽汉"时期的诗，嘲讽的意味都很强。在《中文系》这首诗里，你显摆了很多知识，同时又嘲弄它们。我以前看到"厕所里奔出一神色慌张的讲师／他大声喊：同学们／快撤，里面有现代派"这段时，就忍不住乐。

李亚伟：那是 1984 年写的，那会儿我就有现代派的概念。朦胧诗那些人，是没有这些观念的，观念上肯定没有我们先进，只不过我们那时候是小孩，没有话语权。

其实应该出名的是马松，他有很多这样的诗，《流浪汉》《咖啡馆》，全是这样的。马松的诗里全是西方文化的东西。

经济观察报："莽汉"是什么时候成立的？

李亚伟：1984 年 1 月，当代最早的诗歌流派应该就是"莽汉"，杨黎他们的"非非"是到 1986 年才干的。

经济观察报："莽汉"诗人估计全是男的了？

李亚伟：对。这个名字是万夏、胡冬取的，他们俩当时都在成都。他们俩觉得这一帮人应该取一个名字。因为烦朦胧诗，就称它们为"妈妈的诗"，就是温柔的抒情、朦胧的爱，那我们就叫"男人的诗"。又觉得"男人的诗"太直白了，没有水平，所以就变成了"莽汉"。

经济观察报：如果有女诗人要加入"莽汉"怎么办？

李亚伟：我们叫"女莽汉"。川剧团的一个女的加入过，年龄比我们大。作家协会专门找她，说你不能跟李亚伟他们来往，然后她就写了一封告别的信，不再跟我们来往。

经济观察报："莽汉"都有些什么主张？

李亚伟：当时的主张是很简单的，不是理论式的说教，全是"不要怎样不要怎样"，又瞎搞又幽默的。大概有几条，肯定不能有文化，一定要反文化，不能用书面语。这主要是针对所谓朦胧诗的，他们那种梦啊眼泪啊爱啊，就是糖开水。还有，坚决不能向《诗刊》《星星诗刊》这些官方杂志投稿，不能让它们发表，要坚持我们的民间性。

经济观察报：你们不像"非非"，没有一个理论家。

李亚伟：这本身就是我们"莽汉"的一个特点，就是反理论。"非非"是有理论垫底的,"非非"的理论跟当时出的一套"走向未来"丛书很有关系,这套书是介绍西方思想的。那会儿搞诗歌流派,都是要排座次的,杨黎就被封为"非非第一诗人"。

经济观察报:你们排了吗?

李亚伟:不,我们"莽汉"没有排,都反对。所以"莽汉"是很彻底的那种,它是一支最纯粹的游击队。

经济观察报:你们那会儿知道"垮掉派"吗?你们跟"垮掉派"还是有点像的。

李亚伟:知道,但是没有读过,不过很快,1985年1月就读到了。读了以后觉得很相像。后来马松还专门找了很多柯索的诗。

经济观察报:你们当时反文化是种什么样的冲动呢?你说是针对朦胧诗,但是朦胧诗也不见得怎么有文化吧?

李亚伟:对,我们是强调我们的硬,流行的诗我们觉得就是软、没有文化,我们觉得我们太有文化了,然后我们又要反文化,这是一个矛盾体。为什么反文化呢?当时我们国家整个都是寻根文化,崇尚思想知识,我们觉得这太好玩儿了,都戴上了黑眼镜,这个肯定是我们要反对的。

经济观察报:那时你参加过青春诗会之类的活动吗?

李亚伟:这个不可能的,青春诗会、作家协会跟我们永远没份,我们也是明确地拒绝的,这种明确的拒绝是很少的。其他每个流派,不管现在是什么人,那会儿都想着加入作家协会的。你要加入作家协会,没准儿就能把你变为国家干部,级别和工资都不一样了。我们"莽汉"都是上大学出来的,收入比一般人高,我去那个学校,别人工作了几十年的,工资还只拿三十几块,我一去就拿五十几块。加入作家协会的,其实是为了这种好处,"莽汉"当时每个人都没有这个压力。

经济观察报:"莽汉"1986年就解散了,大家都不写那样的诗了,为什么呢?

李亚伟：因为这种创作是有很大的可复制性的。几个哥们儿可能会写得差不多，真是差不多的。把万夏的诗署上胡冬的名字，完全是一回事。一个新的革命性的东西，绝对是有很大的可复制性的。"非非"也是如此，互相之间的差异只有他们自己知道，外人看不出来。

那个时候我们就觉得不行了，所以我们在1986年，在"非非"还没有的时候，就宣布解散了"莽汉"。最后你必须进入你自己的创作，这不是从理论上要求的，实际上每个人到那时候他就要写自己的东西，而且你发现了自己的路，那是非常愉快的。最早变的是胡冬。

经济观察报：你后来的诗，嘲讽性没那么强了。

李亚伟：嘲讽性其实就是一种风格，风格是一种在小的格局里面才有的东西，如果格局大了，它会消灭风格的。

经济观察报：你后来写了好些历史诗，你如何看待杨炼?

李亚伟：这一块他是带头人。其实宋渠、宋炜、石光华，包括海子，还有杨炼，全是属于"整体主义"。杨炼的底蕴肯定强。在写历史、写土地、写古代、写王写帝、写坟墓这一块，杨炼肯定是个开创者，多少人现在不承认还要骂他，但是谁都逃不开他。

经济观察报：你怎么会对这种史诗这么感兴趣呢?

李亚伟：我返回去看历史，简直太入迷了。最近这几年，我读的全是我们国家偏远的、地方的或者是少数民族的历史，还有家族史。它能以小见大，使你看到一个国家、一个民族的过程，使你非常清晰地明白生命的东西。

经济观察报：你有中年危机吗?

李亚伟：我现在就是觉得，我好多事干不过来，我要去干好多事，麻烦的是我喝酒把身体喝坏了，往往喝得第二天没精神，没劲。我现在尽量少喝酒。中年危机到底是什么，我可能不是很清楚。

经济观察报：可能是那种疲乏感、空虚感、焦虑感什么的。

李亚伟：身体疲乏肯定是很严重的。我很多朋友，眼睛看东西要拉很远了，这个我完全没有，还有他们头发白了要染，我也完全没有。有个朋友建议到乡村买房子养老，叫什么夕阳工程，对于我来说完全是扯淡，我肯定不去。

经济观察报：你在《河西抒情》中有一句，"我最不明白的是生，我最不明白的是死"。

李亚伟：写诗对我最大的吸引力，就是在里面我能挽留生命的东西，来思考生和死的问题。完全是过精神上的瘾，而且它不花钱。你赚钱，你花钱，你当很大的官，都解决不了另外一个东西，诗歌也解决不了，但是你可以在里面探讨。

附：李亚伟的诗

苏东坡和他的朋友们

古人宽大的衣袖里

藏着纸、笔和他们的手

他们咳嗽和七律一样整齐

他们鞠躬

有时著书立说，或者在江上向后人推出排比句

他们随时都有打拱的可能

古人老是回忆更古的人

常常动手写历史

因为毛笔太软而不能入木三分

他们就用衣袖捂着嘴笑自己

这些古人很少谈恋爱

娶个叫老婆的东西就行了

爱情从不发生三国鼎立的不幸事件

多数时候去看看山看看遥远的天

坐一叶扁舟去看短暂的人生

他们这些骑着马在古代彷徨的知识分子

偶尔也把笔扛到皇帝面前去玩

提成千韵脚的意见

有时采纳了，天下太平

多数时候成了右派的光荣先驱

这些乘坐毛笔大字兜风的学者

这些看风水的老手

提着赋去赤壁把酒

挽着比、兴在杨柳岸徘徊

喝酒或不喝酒时都容易想到沦陷的边塞

他们慷慨悲歌

唉，这些进士们

喝了酒便开始写诗

他们的长衫也像毛笔从人生之旅上缓缓涂过

朝廷里他们硬撑着瘦弱的身子骨做人

偶尔也当当县令

多数时候被贬到遥远的地方写些伤感的宋词

酒中的窗户

正当酒与瞌睡连成一大片
又下起了雨，夹杂着不好的风声
朝代又变，一个好汉从山外打完架回来
久久敲着我的窗户

在林中生起柴火
等等酒友踏雪而来
四时如晦，兰梅交替
年年如斯

山外的酒杯已经变小
我看到大雁裁剪了天空
酒与瞌睡又连成一片
上面有人行驶着白帆

来源：经济观察网

李亚伟：不会在一个地方花落生根的人物

《新京报》专访

"心比天高，文章比表妹漂亮"，诗人李亚伟近日出版新诗集《豪猪的诗篇》，书中收录李亚伟 1984 年到 2005 年的 135 篇诗歌和文选，以及多帧诗人的照片。诗集的名字之所以为《豪猪的诗篇》是取自于莽汉诗歌《硬汉》中的一句"我们本来就是，腰间挂着诗篇的豪猪。"李亚伟解释说，这仅仅是一种姿态。李亚伟强调这本诗集的自由意义，说自由意义是指不哲学、不文化、不小圈子。

李亚伟还在随兴而遇地写作诗歌，他说，我喜欢漂泊不定的生活，在一个地方待两天就想走。我的八字里有两颗马星，这是走遍天涯、四海为家的命运。我就是这样，不会在一个地方花落生根。

关于诗作：死亡是我诗歌的母题

新京报：你的作品总给人一种气势磅礴的感觉，特别是近年来的《河西走廊》等组诗都有很大的气象，在你的写作过程中，是否有对大的偏爱和对小的忽略？

李亚伟：最近可能有这种情况，也是因为写得少，早期写关于小的事物多一些。我这几年几乎不怎么读文学书，对历史书、民族文化、宗教之类作品比较感兴趣。这样的阅读习惯影响了我的关注对象，我现在更多地喜欢用诗的方式，或者汉语的内在情绪对一个国家或一个民族进行想象性的思考，想用诗之心探究生和死带给人的迷茫。

新京报：你曾说过，你是生而知之，旁人是后而知之，而于坚也说过，我的每一个毛孔都有天赋，但我根本不相信天赋，我只相信勤奋。你怎么看待天才？

李亚伟：这是当时开玩笑的。知识分子在一起就爱争论这些问题。当时是因为我回家要经过一条路，叫学知路，而我家门口的天桥叫天生桥，所以我就开了这个玩笑。但是说回来，天分对写诗是非常重要的。勤奋努力可以参加科举、可以成功地从事很多与养家活口有关的活计，但却难以创造新奇的世界。有人一生写了四十多本诗集，你看看作品，好吗？对他自己来说感觉可能很好，对人民来说，烧吧！写诗和科学发明绝对一样。

新京报：听说常常能碰到一些人能连篇累牍地背你的诗，他们中有记者、司机、官员、商人。在一段时间里，你的诗经常在一些文学社团和大学生里被传抄，这大大满足过你的虚荣吧。

李亚伟：是的。我发表诗歌很少。有一次去海南，碰到一个会背我的诗的人，他能一口气背二十来首我的诗。我高兴，但并不感动。真正让我感动的是和朋友在一起朗诵诗歌。20 世纪 80 年代，我们的作品都是用复写纸手抄本的形式在朋友圈子里传播的。那时候我们活动的场所就是小饭馆，因为那里苍蝇极多，所以被称为"苍蝇馆"。我们发表新作，一般都是在"苍蝇馆"里，喝着散装的"跟斗酒"，带来自己的最新诗作，为哥们儿大声朗读。在这种氛围里，我能深切地感受到我的诗打动了朋友。我不喜欢什么诗歌朗诵会，就像现在很多歌星在台上的表现一样，为人读诗和台上表演，这两种交流完全不一样。

新京报：你的诗歌似乎贯彻着醉酒、爱情的情结，"死亡"是你创作中一个重要的母题吗？

李亚伟：我小时候经常睡不着，躺在床上想着死亡，觉得很害怕。在一段诗的结尾，我经常会回到"死亡"的主题上来。我相信死亡是生命最原始的地方，人都会回到那儿去。我从小就喜欢思考生和死。在我诗歌的主题中，死亡是母题，衍生出来的题材是醉酒和爱情。

新京报：《中文系》是你的代表作，这是你大学时光的真实写照吗？

李亚伟：《中文系》这首诗表现的是我对大学生活的留恋，对大学教育的讽刺。一提到《中文系》我就想起我的大学时光。我在学校是最叛逆的学生，我有个女朋友，她却是最正派的一个人，她是我们学校学生会干部。我是大三才谈的恋爱，女朋友规定每周只见一次面，就是周六晚上。每个周六晚上 12 点我约会回来，我们宿舍的老光棍们齐刷刷从床上坐起来，问我："怎么样了？"我说："没怎么样。"话音刚落，他们就失望地躺下去了。第 n 次约会之后的某次，我就想要做出个什么举动，好对他们有个交代。我心里数完"一、二、三"，手就从女朋友的脖子插进去胡乱扫了一把。回去宿舍人问我什么感觉，我说不出来，因为当时太紧张，没什么感觉了，人生也是如此，不知是谁在天上数了那个"一、二、三"，我们就来到尘世匆匆涮了一把，结果往往是那么的仓皇和茫然。

关于莽汉："莽汉"支撑了诗歌的想象力

新京报：1986 年，莽汉诗歌群体解散，但"莽汉"一词却在你们诗人之间被留下来了，"莽汉"后来被用作老顽童们相互间的昵称，揶揄时也互称"莽汉"。比如叫谁喝酒，有躲酒的或赖在女人身边不肯走的，你打电话叫他"z 莽汉"或"d 莽汉"，他准定一溜烟赶来？

李亚伟：是啊！现在我们还是这样开玩笑。我经常深夜给马松打电话约他喝酒："马莽汉，出来哟！"他迷迷糊糊地说"出来干啥子嘛！""出来报复人生啊！"他立刻就从家出来了。像翟永明之类美女在我们口里会被称作女莽汉，漂亮、敢胡说八道的女孩也会被当成女莽汉。

新京报：杨黎说，你们那个时代的诗人以前聚会的时候曾经偷偷摸摸拿着暖壶打啤酒喝，你也曾说莽汉的行为大于诗歌，今天你再回头看看，莽汉对于诗歌界的价值有新的认识吗？

李亚伟：从文学史的角度我不好评判"莽汉"的价值，因为文学史都是大学者说了算，学生们的统一教材都是由学者们编纂的。我只能说二十年来，"莽汉"支撑了中国诗歌的想象力。有一次，我偶尔看到了一本诗集，上面选了七八个中国最有名的获奖诗人的诗歌，我蹲在厕所里乱翻，差不多全是废话，突然有一首诗打动了我："蓝色的房子每年需要粉刷一次，由死者自己刷，从里面向外面刷。"我正奇怪呢，一看名字，这首诗却是瑞典诗人特朗斯特拉姆写的，只有这一首入了本人的法眼，我不由得大笑。

关于现象：伟大的诗人不可能层出不穷

新京报：近几年诗人们通过网络进行频繁的交流，比起以前你们"第三代诗人"一起写诗的状态，已经发生了很大的变化，事实上，好像呈现的结果是诗歌活动更多了，但标志性的好诗却很少了。

李亚伟：诗歌再多都不能淹没好诗。我觉得并不是每年都能出现好诗，伟大的诗人在历史上也不可能层出不穷，真的，如同政治和科学，有些时代没有英雄，有些时代却英雄辈出。因为那是历史，历史多牛，有时候又根本不需要很牛的人物

新京报：今年正好中国新诗发展一百年，你作为一个当代诗歌的参与者，对中国新诗百年来的历程有什么感受？

李亚伟：中国诗歌的发展是从古诗到白话诗，我刚写诗的时候就是喜欢读现代诗，现代诗吸收了很多西方诗歌的优点，增添了传统诗歌不具有的景象。像张枣从国外回来就喜欢和别人交流诗歌，怀揣这东西方两极激

烈的意象。张枣、赵野、翟永明、杨黎、于坚、吉木郎格、欧阳江河等不少诗人对中西方诗歌都颇具修养，他们通过对各国诗歌的比较，吸取国外诗歌的长处，在他们身上能看到中国现代诗的发展的日渐成熟。

新京报：在你看来所谓的知识分子诗人与民间诗人的分野意义何在？

李亚伟：这种分野很不科学。诗歌是什么？诗歌不是知识分子写出来的，和画画、唱歌一样，诗歌是生活的。没有知识分子诗歌，只有人的诗歌。把知识和诗歌链接在一起而形成一种新的诗人身份，这种搞法很酸、很不"知识"，是前几年西学潮中的潮流泡沫之一。你读到好诗的时候就会发现，是它人性的东西正在感动你，而不是知识和学问在感动你。

《信息日报》专访

牧斯 VS 李亚伟

不哲学，不文化，不小圈子

牧斯：如果让你向读者介绍你的诗集，你会如何介绍呢？因为，如果读者读的是一本小说的话，还有故事梗概可谈。诗歌读什么呢？语言？还是其他？

李亚伟：如果要向人介绍我的诗集，我会强调我的诗集的自由意义，同时也会强调这是一本好读的书。

我所谓的自由意义，是指不哲学、不文化、不小圈子，仅此而已。说到好读，我们会想，这不是小说，没有故事，好读吗？

我们不要以为中国的普通读者只会读故事，真正好的文学在普通读者心里反而会产生强烈的共鸣，比较专业人士而言，普通读者不麻木，他们更有情感、更有味觉、更加多情善感，也就是说，在我的文学标准里，普通人比专家更敏锐。中国现在的文学专家（主要指文学刊物的管理者、文学的研究者、评论者、作者）十有八九非常麻木，其程度有多深谁也说不清楚，总之，很多这方面的人士基本上只会乱说，分不清好坏，不知是眼光、情感和责任心都在体制里折腾得疲软了，还是这个职业容易使人出毛病，虽然他们时时会强调自身智商很高。不说他们吧，我的诗歌不是写给专家的，他们不会像人一样读诗歌，也基本不说人话。我的诗是写给普通读者的，这是我出版这本诗集的基本理由，否则我不会出诗集。我如果只写给自己或某个小圈子，我会向他们朗读，然后随手扔掉。

我常常能碰到一些人能连篇累牍地背我的诗，他们中有记者、司机、官员、商人。在一段时间里，我的诗在一些文学社团和大学生里被传抄，这些都印证了我自己的心思：我在写作时心中是有读者的，而且不是文化小圈子里的读者。记得有一位女记者采访我时问过我写作时内心有的读者对象是谁？我随口回答：智慧的人、多情的人、英雄好汉和美丽的女人，有头脑的敌人和没头没脑的爱人。

我不知道我是否做得很成功，所以我出诗集（这又是一个理由），想看看是否对得起上述人士。刚好，知名出版人张小波和花城出版社的朱燕玲酝酿的"九星文库"打算正式亮相，并决定我的诗集作为第一批出版。"九心文库"的主题是"召唤伟大的汉语文学"，目标是"为这个时代遴选最优秀的文本"，首批十本书有九本是当代最优秀的小说家的长篇小说，唯一一本诗集就是我的《豪猪的诗篇》。可见张、朱二位对我的诗歌评价很高，认为我做得很成功，

牧斯：新作《河西走廊抒情》看来肩负了你的很多梦想，为什么会写这么一首诗？中间有一句"我只活在自己部分命里，我最不明白的是生，我最不明白的是死！"现在读你的诗沉重多了，是否因为思考、年龄、阅历的增多，更关注国家和民族的整体命运？

李亚伟：我的诗集里确实有一些沉重的东西，不是现在啊，从一开始写诗，我的内心就着迷于一些深沉的问题，比如寻找自由、爱情的老家、探索甚至纠缠生与死的密码，关注国家和民族的来龙去脉。比如我的阅读范围主要是关于生命和民族方面的东西，具体说就是历史、生物和玄学范围较多，还有一些小民族的考古。尤其近几年，我返回去重新热读以前认为稀奇古怪的东西。西方的主流思路，哲学、神学、道德、科学和商业正

在统一全世界，我在阅读或写作时常想，像中国、印度和中东地区的一些国家，绝对不需要全球化，尤其，中国是一个不需要全球化的国家。

牧斯：在年青一代的诗歌阅读记忆里，《中文系》几乎是你的"附身符"，几十年过去了，现在你自己如何看这首脍炙人口的作品？或者能否说说那激动的岁月？

李亚伟：关于《中文系》，你说是我的"附身符"，评论家沈奇先生说是我的"铁帽子"，这都对，很准确。这首诗成了我早期诗歌的代表作，它使我在二十来岁一夜成名，我为我曾经写出这样的作品而骄傲。但我并不认为《中文系》是我的好诗，甚至在我的诗歌标准里，这样的作品不是我喜欢的好诗。我对自己的作品，最喜欢的是那些写醉酒和爱情的。

牧斯：1984 年你和万夏待人发起"莽汉主义"诗歌运动，在诗坛产生巨大反响，但是 2004 年，几乎在懵然间你由"莽汉主义"老将转到了"撒娇诗歌"，为什么有会这样？两者在诗学上粗看上去是水火不容的概念，能否谈谈这两个概念和你个人的心路历程？

李亚伟：1984 年的初春，在中国，一个叫作"莽汉"的诗歌流派出现了，这帮人热衷于饮酒狂欢和浪迹天涯，浪迹天涯的目的不外乎有三个：一，找远方；二，找酒；三，找爱情。这些都是很快活但很累人的事，1986 年，大伙决定歇下来，一致同意解散"莽汉"，分头去活、分头去死、分头去发疯都行。因为除了名利，人人都煞有介事，好像还有离社会很远的梦想。

虽然作为"莽汉"的诗歌群体解散了，但"莽汉"一词却在我们作者之间被剩下来了，有时像壳有时像核，"莽汉"后来被用作老顽童们相互间的昵称，揶揄时也互称"莽汉"。直到如今，如果你叫谁喝酒，有躲酒的或赖在女人身边不肯走的，你打电话叫他"z 莽汉"或"d 莽汉"，他准定一溜烟赶来。这说明"莽汉"诗歌对其作者自身的影响是非常大的。关于我和"撒娇诗歌"的关系是这样的：2003 年，我和"撒娇"的默默在额尔古纳河边（那儿是中俄边境线）合了一张影，当时看着很有意思，两个曾经的顽童互相认识了多少年，此次是第一次见面，两人脸皮厚怪话多，互相激赏之余决定合出诗集。《天涯》杂志主编李少君先生的一篇文章《从莽汉到撒娇》写的其实是当代诗歌的一种现象，但有些人误认为"莽汉"和"撒娇"合并了，其实不是这样，"莽汉"早已解散，默默如今也没把"撒娇"当成一个流派，而是一个活动场所。在默默看来，他喜欢的诗人都可以去"撒娇"玩。

牧斯：今年正好中国新诗发展一百年，你作为一个当代诗歌的参与者，对中国新诗百年来的历程有什么感受？

李亚伟：今年是中国新诗发展一百年，在这一百年的时间里出现了很多不乏才气且不懈努力的探索者，其实，对新诗而言，这一百年整个就是一个探索的过程。从古文到白话是第一层难度，从西方诗歌回到汉语诗歌是第二层难度。我认为中国新诗这一百年的历程，其主线是西方化。但我更认为中国的诗歌最终要回到中国文化自身来修炼。我们这一代正逢上应该思考这个问题的时候。因为这一百年来，我国的诗人、作家、政治家和人民在文化、政治方面已经作了几乎是不惜一切代价的探索，很多问题实际上已很明晰。新的探索者绝对不是继续移植西方文化的诗人，现在张口先锋闭口后现代的艺术家在我眼里绝对不先锋，他只是一个喜欢露脸的普通人。

牧斯：现在一般大众普遍有个疑惑，那就是"在当今的时代，诗歌到底怎么啦"？我知道，其实诗人是有自己的想法的，感觉诗歌找回了自己的位置，且出现了新的繁，可是，这两个层面基本上是隔膜、错位的，为什么会出现这种情况？你能否借此再"澄清"一下诗歌与读者、诗歌与市场的关系

李亚伟：我赞同诗歌找回了自己的位子的说法。诗歌曾经很"热"过，但那不是诗歌的真正情况。"大跃进"时诗歌最"热"，但那时恐怕是

诗歌和人的关系最扯淡的时候，唐代和宋代在很多人的印象里诗歌很主流、很"热"，其实是误解，那时诗人和百姓比较起来根本谈不上多。只不过因为当时的科举制度使得所有读书人都要写诗，诗歌成了所有读书人的生存要件，皇帝写诗，所有官员写诗，在官本位的环境里，一个读书人不写诗是基本上做不上官的。所以诗歌很主流，幸好，很多官当得小的写了无数的好诗，很多官当得大的也写了无数的好诗，很多热衷政治的人写了很多好诗，很多漠视政治的人也写了很多好诗，这些诗歌构成了我们诗歌深厚传统，（当然，近一百年的新诗探索也加入了这一传统），这就是中国诗歌的遗传基因，是中国人的主要文化和情感基因。在特定的时候他会在它的诗人和人民心中激荡，更多的时候，它在内心里，很平静。这就是我们的诗歌和我们的生活的关系。如果有人感叹当今诗歌"边沿化"，那他应反省自己诗歌"主流化"的内心基础是什么。

我不敢蔑视当下，不敢不热爱现在

吕露 VS 李亚伟

（2010—10—17 01:06:38）

我较早熟，这个可能影响了我

吕露：喜欢大男子主义吗？感觉你身上有。

李亚伟：我不喜欢大男子主义。尤其日常生活中的大男子主义，这是一种好笑的主义。所以不知你从哪儿感觉到的。

吕露：正在听罗大佑《恋曲 1980》，讲一个关于和初恋女友的故事给我听吧。

李亚伟：我较早熟，这个可能影响了我。初中时我读了很多苏俄小说和诗歌，但里面的爱情没有历史和革命让我觉得有劲。我 13 岁上高中，突然变成了班上最小的一个，女同学都比我大两岁以上，完全没有恋爱的可能。大学更惨，进校时我 16 岁，我们班上平均年龄好像是 22 岁。大四时才追上了低我两级的一个中文系女生，那算是第一次恋爱。但这位女生很正派，规定每星期六在学院党委办公室后面树林里约会大约一小时。我那首《中文系》里的人物万夏、胡玉、扬洋、小绵阳等都是在那里约会，每次约完会家属们回到有围墙和门卫的女生院睡觉，我们几个夜猫则常常出去喝夜酒。有时候深夜回到我们中文系男生的六楼上，总有几个老光棍探出头来打听结果，问"今天怎么样？"意思就是把人家脱了没有，甚至干了没有。一直到毕业和我工作后书信及分手，她还是正派的处女我还是流里流气的童子。

吕露：什么人才是诗人？

李亚伟：应该说所有的人都是诗人，诗歌和每个人都有关系，同样，每个人都是有诗意的，内心都有各种美妙的诗歌。但如果你这里问的是会写作诗歌的这一块，那我就回答你，我认为生活和他的作品有意思的人都是诗人。不过，并不是所有写诗的人都是诗人，我真的眼睁睁地看着一些写了 N 多年诗歌的人，不知道什么是诗歌，这对于写诗的人来说，等于他没明白他应该写什么样的诗歌。我们常听见或读到一些人谈自己在写某种理论背景下的诗歌，这等于他们在写别人认为那种叫诗歌的东西，感觉是在与人合伙干着诗歌里面的某个工种。

吕露：排斥什么？

李亚伟：以前很反叛，排斥东方文化，热爱西方所有一切。现在快反过来了。

吕露：你爱过的女人说你是什么样子的人？有没有安全感？

李亚伟：真没注意女人怎么评价我，好像女人也不太会用几句话来定义男人吧。安全问题也不知你问的什么，不被女人爱的安全感？我还没认真想过，天性上我不会去考虑这样的问题。

吕露：喜欢国内哪位长篇小说作家？

李亚伟：我读当代中国作家不多，在我读过的人中，苏童、阿来、余华都很棒，诗人中张小波、万夏的小说实验很特别。

吕露：最近在干吗？

李亚伟：一直在各地晃荡，玩得很厉害。

你和时间要比谁强吗？

吕露：你是过气诗人吗？

李亚伟：这个问题很娱乐，是不是把诗歌和不断需要人气的娱乐业等同了，这不能等同的，人家娱乐业需要不断刷新排行榜，才能给公司和自己赚钱。我更愿意相信你这是代表模仿商业搞竞争的一些诗歌写作者提的问题。有人认为他天天写诗并且天天和一些诗歌团队在一起，就不过气，可出纳们还天天和钱在一起呢。我知道有人天天在干诗歌，天天写诗、天天谈诗显得像诗歌宴会上的刺生，这样的话，其他乌龟王八、海参鲍鱼当然都是过气的。我很尊重不写就害怕过气的诗人，这是诗歌劳模、活雷锋，这些朋友是不敢生锈的一颗颗螺丝钉，坚强地钉在电脑前，有时候散落在回车的后面还滚来滚去发出文学零件的叮当声。对这样的诗歌突击手来说，他视野之外的人肯定天天都在过气嘛，我也过气得都不想缓过劲儿来了。还有，你说呢，天天都要挣人气的诗人，最后能挣到什么呢？能把唐诗宋词里的那些好玩意挣给女朋友买花吗？能把韵脚挣到自己的文件夹里去吗？能把自己挣成语言富婆吗？能把自己挣成诗歌的董事长吗？好多诗歌敢死队和劳模看着很有气质，但肯定很辛苦，天天在工地上啊，还要摇着尾巴紧跟着各种时兴观念。我曾经有过言论，说的是诗歌要大气，读诗也要大气，写诗要镇住人，要镇住时间，不要被短短的一段寂寞给镇住了。世界文学史上出真正的好诗就那么几下子，你看看咱们中国，宋以后是元明清民国，七八百年没出过一个像样的好诗人，时间是不是很牛逼？时间是不是很大气，大几百年不出好诗歌都能容忍，我们难道不能容忍自己，你要和时间比谁强吗？

吕露：太牛逼了，基本上是个思想家。诗歌劳模们差不多被你拍死了，你对那帮所谓知识分子诗人怎么看？

李亚伟：诗人也有各自的学习和写作路数，我认为是取向而已，但我反对一边写作一边强调自己的写作理由，我认为这是多余的。

吕露：有人说真正的英雄没于草莽，而你一直在草莽中，你告诉我自由到底有多可贵？

李亚伟：都知道自由是无价的，一般我们会讨论人对自由的态度，他的态度会决定自由对他的贵重程度，而说穿了这取决于一个人的天性。

吕露：艳遇过？

李亚伟：你如果问的是不管认不认识、有无感觉、喜不喜欢就搞一把，这还真没有过。

吕露：喜欢谁写的诗？

李亚伟：喜欢很多当代诗人的诗，但我读得较全面的是马松、万夏和宋炜。你可能都不知道吧？如果有人认为我很强，我认为这几个比我强，读他们的诗一直是我最愉快最高级的享受之一，聚会喝酒时，我经常侧身站着，为这几个伟大的诗人让路。

吕露：我知道马松，在某处和朋友一起曾见过他醉酒的样子，我去的时候好像他已醉得差不多了，张小波也在。

李亚伟：马松、张小波都很好玩，现在这个年龄的哥们儿大都太忙，不知道要急急忙忙要从哪个方向去救国救民还是折腾人生。要挣钱才有酒喝啊，我们做生意，也被生意做了。

吕露：很多人说你像李白？

李亚伟：喝酒、游荡、写诗这些有相似之处，但这不过是看起来像，可能还有好多诗人也像。进出庙堂治国齐家，隐现江湖诗酒山水，中国文化这个遗传看来很深哦。

幸福得要死，折腾得要命

吕露：此刻想念谁？

李亚伟：谁会一天到晚去想什么人呢？

吕露：有什么癖好？

李亚伟：我恶习很多，但基本上没什么达到了变态级的。

吕露：还知道初恋女友的情况吗？她现在在哪儿？在干吗？如果现在出现了一个像她一样的女孩，你还会爱上吗？

李亚伟：不知道了，有同学给过电话，但从没联系过，这样的怀旧没什么劲吧？

吕露：什么是爱？

李亚伟：和生命有关，或者是生命一个最重要的密码，有时候近在眼前，有时候远在天边。我想这是说不出来的，这是用来感受和记住的。

吕露：写诗时哭吗？

李亚伟：没有过，但会很兴奋，很过瘾的很愉快的那种感觉倒经常有。

吕露：心中有英雄吗？

李亚伟：心中的英雄很多啦，我觉得在某些关键事情上能干得很爽的都是英雄。

吕露：你的生活坎坷吗？

李亚伟：坎坷这个词有不幸色彩的，我经历过很多事，但我没有坎坷感，所以我认为坎坷一词在这里换成折腾一词要真实一些。我在想，一个人的生活经历也是会被遗传的，我最近写作也老是思考这个问题。基因太神奇了，我认为基因不但会把祖先的身体硬件和性格传给你，它还会遗传生活经历，甚至会遗传感受，比如幸福和不幸的感受。说某人天生乐观，我相信这就是基因的原因。

吕露：现在生活幸福吗？

李亚伟：生活一会儿幸福得要死，一会儿又折腾得要命。这就是生活，回过头看都很美，所以我不敢蔑视当下，不敢不热爱现在。

吕露：遇到误解会解释吗？我会不自由自主的解释，反倒情况更糟糕。

李亚伟：怕伤害好人时会解释。其他时候不会。

很多遥远的梦想

吕露：一天抽多少烟？喝多少酒？身体健康吗？

李亚伟：大概两盒，酒不计其数。最近老是喝醉，身体感觉到处都是毛病而又热爱生活，酒这一块也打算往过气方向靠。

吕露：你的酒友有谁？最好的酒友是谁？

李亚伟：酒友太多，最好的酒友也太多，经常惦记着要喝酒的朋友和爬上酒桌就相互笑嘻嘻喝得一塌糊涂的朋友至少三五十个。好的酒友各有风采，难以在此详述，一个个写出来能干成长篇小说，能写成史诗呢。

吕露：母亲是怎样的女人？

李亚伟：我母亲曾是一位比较标准的国家工作人员，新中国成立前上过女子中学，1949 年就参加了工作，和那一代人一样，一生坎坷，很坚强。但我母亲不是一个标准的家庭妇女，我记得她是退休后才学习做家务活的。我受过她的不少教育，我很小的时候给我讲勾践和西施、吕布和貂蝉的故事等，还教过我珠算和劳动，她的字写得很好，对我颇有影响。

吕露：父亲是怎样的男人？

李亚伟：我父亲走过的路比我母亲还坎坷，因为祖父辈成分不好，轮到他时不断被打倒，我记得小学一年级时，我们被组织去接受一个再教育，上千名中小学生坐在下面，台上是我父亲在代表一拨右派读检讨。我父亲写诗，热爱书法，他那一手王羲之的铁竖银钩让我觉得望尘莫及。

吕露：你是怎样的男人？

李亚伟：我有很多遥远的梦想，但又贪图眼前的享受。有时我觉得这很矛盾，有时又觉得是不矛盾的。

吕露：说说你 5 个遥远的梦想？让我们看看它是否能够实现？

李亚伟：1. 想在北朝十六国时期生活一次，做职业军人。2. 想在初唐生活一次，当官。3.想在南宋生活一次，做知识分子。4.想在现在中国的江南和西北各活一次，做农民和小市民都行。5.想在古代阿拉伯的一些地方生活一次，研究天文或经商。算起来这辈子不够，可能会要八百年才行。你看能不能实现？

时间看起来无涯

吕露：你最爱谁？

李亚伟：这点我有点大男人（针对所谓小男人），对所爱的人我不能择其一，亲人朋友我全爱，这也许能反映出我不能关起门来和某一个女人过小日子。

吕露：博爱呢就是耍流氓，没有流氓的世界又不可想象。害怕女流氓吗？

李亚伟：对女人我真的博爱，我觉得女人都值得我们去爱，不害怕女流氓，也不喜欢女流氓。

吕露：读你的诗歌，有时候觉得你是坐在天上写诗的人，如果任你选择，你会到哪里去定居？

李亚伟：上面其实已经回答了定居的问题，想请示你批准我去在不同的时期去那些地儿。正是因为我有以上愿望，所以我现在正生活在我热爱的几个地方。

吕露：什么事情会让你崩溃？

李亚伟：人有极限，人生有极限，而时间看起来无涯。我主要的诗歌几乎全都想要写这个。

吕露：这一生自己最满意的诗歌是哪一首？背给我听听？

李亚伟：我没有最满意的诗，比较满意的又不止一首，像《岛》《野马与尘埃》《空虚的诗》《好色的诗》《革命的诗》和还没写完的《河西走廊抒情》算是我都很满意的诗歌，但还没有哪一首能把我自己都镇住，而且能全文背下来的诗歌。我不少朋友能背我的诗歌，就是我自己背不了，奇了怪了。

吕露：这看起来很忧伤，但奇怪的是，你的诗歌可一点不忧伤。你喜欢那个叫庄子的人吗？

李亚伟：喜欢的，但我知道的庄子只有虚的那一块，缺了生活一块，所以我只能拿一部分我去喜欢庄子。要是把我在加进庄子里面。就实在很喜欢了。

殊途同归吗?

李亚伟 VS 李放

2012—6—22

李放:今天是 2012 年的夏至日,据说冬至那天我们都要完蛋。

李亚伟:人迟早都要完蛋,但是,人有不见棺材不掉泪的特点,只要活着,就要折腾。你相信末日这个东西?

李放:绝对相信,闹了好多次了。

李亚伟:这个末日知道的人太多了,肯定不是神谕,是人造。

李放:我就是觉得那个船票太贵,一亿欧元,虽然最近欧元跌得跟落水狗似的,也不是小数目啊,哈。

李亚伟:好莱坞版本的末日,还是钱说了算,当然,首先还是权,人类大灾难时,钱也得交给权力的爪子。资本主义的终极买卖也不过如此。

李放:其实生活和电影没多大区别,有时候比电影更电影。有时,个人的灾难,也看得见权、钱的脸色。

李亚伟:那你赶紧想办法弄钱,好上船,不过这个钱钱有点大,比方,你弄了 20 个亿的欧元,可你的亲人、朋友啊不止这个数,所以,大钱也救不了你的全部。或者,大钱救了一部分人,却救不了这部分人的灵魂和内心。

李放:是啊,权和钱救不了人,更救不了人类。但地球人死前,地球上的主流社会死前好像都一直爱折腾这个。但也有很多人,更多的时候,爱折腾精神方面，比如艺术家，这也救不了人全部，甚至一个人的全部。

李亚伟：不过那个电影挺好看，效果非常棒。

李放：对，而且他们很敏感，把造神舟的地方设计在藏区，直接把奥运和抗震救灾也装了进来，不得不承认好莱坞会码盘子的高手很多。

李亚伟：你很喜欢看电影？看大片？

李放：小片文艺片也看。在北京经常和一帮搞独立电影的人玩，但更喜欢看拍得好的大片。

李亚伟：娱乐啊，人为什么进棺材前都在折腾，就是要娱乐、要快活。

李放：更喜欢简单通俗的方式，在放松的感觉下发现比较本质的东西。过于沉闷，我看不下去。

李亚伟：你贪玩，不太想思考宏大的东西？不想刨刨深刻有多深？

李放：你也贪玩，要不你写不出《中文系》。艺术不是搞深刻，娱乐更不是搞深刻，这很重要。你的诗，写得很轻松，但很本质。现在搞艺术写诗拍电影的人很多，但太"深刻"看不懂，多了过了就有点装神弄鬼的味道。你的"中文系是一条洒满钓饵的大河，浅滩边，一个教授和一群讲师正在撒网"。第一句就很直接，看起来很简单，但有很多内容在里面。

李亚伟：是的，我基本认为，看不懂的作品都需要装神弄鬼。为什么要装神弄鬼呢？因为那个可怜的作者某些方面到不了位，有的一身虚荣劲儿，有的正犯着文化神经病，他能弄出通透的东西来？你好像也写过诗？

李放：算是写过，但没给人看过。好像我们那个时候，人人都要写几句，就像现在画画一样。不过我们那时写诗纯属个人心理生理需要，现在很多孩子学画画是为了谋生赚钱奔前途。"画画改变命运"，这是北京一个美术考前班的广告词，很好笑，但很中国特色。

李亚伟：对，这些都是在中国这个现实中被逼出来的谋生野路子。

李放：虽然现在大伙都在打中国特色牌，但还是不如好莱坞做得好，至少目前是。你看拍武侠的，那么多，真不如一部《功夫熊猫》，又是熊猫又是功夫，把中国牌打得淋漓尽致。以前觉得《卧虎藏龙》拍武侠最到位，但现在感觉《功夫熊猫》更好。

李亚伟：熊猫加功夫就很中国吗？

李放：当然不是，主要是意境。乌龟大师仙去的那一段，就很有意境，比章子怡和发哥在竹子上飘来飘去要高好几个段位。熊猫得知他家祖传秘方就是什么都没有什么都不放，突然顿悟成为绝世高手，这很东方很禅。周星驰的《功夫》也很写意，也在说一个小人物如何成为绝世高手，也想很禅，但比《功夫熊猫》逊色不少。

李亚伟：你好像在说一个艺术问题？

李放：我真的不想谈艺术，不知道怎么说到了这里。熊猫、功夫、竹子、如来神掌等等，这些都是符号。中国的艺术，一搞东方，就是一大堆传统符号：假山、园林、黄包车、马桶、旗袍、龙、凤凰、京剧、孔子、佛像，等等。

李亚伟：搞东方，不搞这些，搞什么？

李放：这些当然可以搞，但更高级的是东方的味道和意境。《卧虎藏龙》和《功夫》更符号，《功夫熊猫》更意境，这个区别很大。

李亚伟：你的作品好像一直比较写意？你早期的《憨痴的幸福》那批画，就是意象的东西。

李放：意境是一种可意会不可言传的东西。当时，我感觉到这个时代对个体的压迫感，就画了那些东西。我自己觉得，这样画比直接画一些抽烟吸毒嫖娼夜总会的相片要高级一些。我的画面里有许多性的符号，但我更看重更喜欢画面带来的视觉和心理刺激，就是那种很矛盾的张力。

李亚伟：对，张力很重要，张力是什么，张力是才气的草原，是内在在外面游荡。

李放：在张力这方面，方力钧做得非常棒，他的作品力度很大。那个大脑袋很吓人，但说明了很多问题，很像你的《中文系》。写意这方面，张晓刚后来的作品非常好，他那些雕塑，充满回忆的忧伤。外界对张晓刚的评价过于注重他作品的符号，其实是很严重的误读，关键是他在符号里注入了非常写意的东西。

李亚伟：非常同意，很多艺术家、批评家真的不知道方力钧、张晓刚棒在何处。所以这些年，流行表层的符号，符号成了投机的浮筹。你的《憨痴的幸福》好像是在90年代后期完成的，这批画在那个时代创作出来，很不错啊，但好像没有在外面去展览过。

李放：在成都展示过两次。第一次是在2000年，查常平组织的，主要是给朋友们汇报一下工作。第二次是在一个博物馆，小范围的。2005年，给长征空间的卢杰看，他觉得很有意思，说可以做一个展览，后来我忙一些事，就放下了。对于这些，我比较随意。

李亚伟：你这批画好像受众性比较小，挂在家里似乎会吓着良家妇女。

李放：可能吧。当时画这些东西基本没考虑给别人看，但也有人喜欢。2000年，钟鸣钟大师买了一些，你的诗人朋友、现在也做艺术策展的赵野买了一些，后来上海一位藏家每年买我一两幅。钟鸣把一张大画挂在他的书房里，还给我写了评论文章，当时我的生活状况不太好，这对我帮助很大。台湾的吴炫三对这批画评价很高，专门从法国打电话过来告诉我已经把我的作品推荐给了几位欧洲有名的批评家和策展人。吴炫三是法兰西文化骑士勋章的获得者，也是前辈，这对我是不小的鼓励。

李亚伟：你的一幅作品我也挂在我的1号包房里，看起很讲究啊。你很喜欢女人，你的画在告诉大伙你的这个爱好。

李放：太喜欢。我经常盯着一个女人看，特别是陌生的或者刚认识的，看得很仔细，把别人看诧，好像在调戏妇女耍流氓。

李亚伟：有点变态吧？

李放：对。但是，无论哪个行业，艺术、经商、从政等，如果没有一点点变态，基本可以肯定大事难成。变态，我的理解就是非常态。太正常，往往缺乏力量和执着，注定平庸。

李亚伟：你的这个看女人的爱好，对画女人的你来说，是匹配的，一定获益匪浅，看女人等于是搞享受，你至少可以搞完享受回去凭记忆画画。

李放：当然。我画画基本不用相片不用模特，不参考任何图像资料，省了很多银子，又快活又省钱钱。

李亚伟：对女人过目不忘，嗯，色鬼画家，你的记忆力真的这么好？

李放：当然不是。我只是记住了某种感觉，再加上内心里的感觉，画画的时候自然而然就出现了图像，满意的就留下，不满意的就扔掉。我其实画了很多画，但留下的不多，扔了不少。

李亚伟：这很像写书法画国画。

李放：这和我莫名其妙学了四年国画有关。当初是想上油画专业，刚好碰见那年川美没有油画招生，就随便填了国画志愿，考上了，就只好读了。这相当于你想学小提琴却学了二胡。当时很郁闷，但现在觉得是好事。

李亚伟：你还是喜欢油画，所以你现在放弃国画，画油画，其实，我认为东方文化非常深厚和强大，东方文化和欧洲文化是地球上两种类型不同的智慧，谁能跳出其老套，谁就可以和其他大师殊途同归。

李放：当时确实很喜欢西方，但现在想一想，当时之所以迷恋油画，根本上也不光是喜欢油画这个材料，而是喜欢现代艺术，那时候很崇拜高更、梵高，看了很多西方现代主义的书，尼采、萨特、叔本华等等。当时还没有当代艺术这个说法。这不是材料和技术的问题，是观念上的问题。读国画系的几年，唐允明先生对我帮助很大，他的现代山水非常棒。还有就是彭逸林的文学课，他讲川端康成的《石榴》很精彩。我在很多方面都受川端康成影响。

李亚伟：你的《诱惑的意象》和《飞天》那个系列，在画布上以油画的方式呈现，但国画的味道就比较重。

李放：对，在绘画的方法上，很国画，从局部开始，有时候从一个指头或一缕头发开始，顺着线条和节奏，不知不觉就画完了，很过瘾。《飞天》这一批，在构图上更有国画的感觉。但我更看重画面里那种轻飘飘的感觉，失重。

李亚伟：张万新评论你的画"在作品的角落，使用了传统美术中的红色印章。这是一种隐秘的对西方艺术思维的冒犯，这样的红色印章是对平面的确认，等于明确宣布了对透视法的轻视"。

李放：我加那个印章，当时主要是为了好看。张万新说出了我在无意识中做出的东西，他的小说一流，艺术评论也一流。

李亚伟：那种飞翔的感觉很有意思。

李放：很像你的那首诗。

李亚伟：《风中的美人》。

李放：

> 活在世上，你身轻如燕
> 要闭着眼睛去飞一座大山
> 而又飞不出自己的内心
> 迫使遥远的海上
> 一头大鱼撞不破水面
>
> 你张开黑发飞来飞去，一个危险的想法
> 正把你想到另一个地方
> 你太轻啦，飞到岛上
> 轻得无法肯定下来
>
> 有另一个轻浮的人，在梦中一心想死
> 这就是我，从山上飘下平原
> 轻得拿不定主意

李亚伟：你居然能背下来。

李放：好诗歌应该背诵传唱，荷马就是在传唱中一不小心成了大师。而且，轻，正是我现在想要的感觉。

李亚伟：你有学过国画这个底子，怎么不画一些东方表现或者水墨的东西，现在好像有点流行。

李放：去年赵野在推叫作"中国表现主义"的东西，挺好，但那不是我想做的。至于水墨，我肯定会做，但只会利用它材料上的特性，不会把它当成符号来用。早在2000年的时候，周春芽也给过我这个建议。但比较难。现在外面很多水墨的玩法，我们上学的时候都玩过，所以，我还要想想。当代水墨这一块，李华生做得很成功，有智慧，他人很幽默，好玩。周春芽画画很跨界，没有油画国画这个概念，画得很放松，用笔有黄宾虹的味道。

李亚伟：《诱惑的意象》和《飞天》好像是你两个个展的标题。

李放：都是2007年做的。一个在杭州，一个在上海。杭州的那个展览和多多的诗歌朗诵会一起，很好玩，作品也基本被收藏。

李亚伟：你刚才提到了川端康成，你现在的作品有这种倾向，唯美，伤感，自恋。

李放：应该是吧。2007年，环铁那边有个展览，朋友要我拿几张画去。布展那天，我一看，吓了一跳，展场巨大，肯定有好几千平方米。保安打开两扇巨大的门，那一瞬间，一大群人扛着自己的作品，有油画也有雕塑，就像70年代赶火车那样冲了进去。不是上火车，是抢展位，很恐怖。后来我做了一个展览叫《反向运动》，写了一篇文章，大致是说中国人太疯狂，干什么都一窝蜂，下海炒股做装修考会计养兰花养海狸鼠就算了，连干艺术都可以成为潮流，大家应该停下来好好反省一下。后来我发现事态越来越猛，我一个人呼吁起不到任何作用，就干脆躲了起来。

李亚伟：记得当时我劝你回成都，躲起来创作，其实那个时候这个泡沫已经开始破了。

李放：你对艺术运动很了解，对市场很敏感。但我想留在北京继续看下去，毕竟是第一现场。由于我的目的是旁观，所以后来也就没有搞什么活动。整个极端疯狂的 2008 年，我都在离 798 不远的一个艺术区待着，和舒非苏他们那帮人整天喝酒吹牛。王艾说我是在体验生活。奥运完后，艺术大撤退，我留了下来。有一次去国贸，那里高楼林立，央视那个有名的大楼在不远处叉开腿站着，我感觉，不来这里，你不知道什么是当下的中国。2009 年，我开始画《荷－花》这个系列，主要考虑的是中国传统文化在当代语境中的处境，呈现的东西很靠近唯美，伤感，自恋，在语言图示上更加靠近东方意味。有一幅组合的，我取了个装怪的名字叫《Once Upon a Time in China》（中国往事），在北京一个叫"唤醒未来——后艺术"的展览上展出，有很多人喜欢。现在的作品越来越倾向安静。

李亚伟：舒非苏去终南山隐居也有好几年了吧。

李放：三年了。他的这个举动也是一种艺术方式，是他的生活态度。其实舒非苏的行为做得很好，2008 年，一个诗歌朗诵会，纪念汶川地震的，他上去点了一盘蚊香，很尖锐，比很多职业做行为的要好很多。

李亚伟：你也做过行为。

李放：我基本是抱着好玩的态度，大多是半装置半行为的东西，和长征空间合作的几个作品我比较喜欢。但装置费钱行为费体力，这两样我都差了一点，所以现在不怎么做了。

李亚伟：你的酒量越来越不行了。

李放：其实我压根就没什么酒量，马松知道，我喝酒是喝哥们儿，对路了，就使劲喝。马松不喜欢不喝酒的人，他有理论，不敢暴露自己的不是好哥们儿，有点偏激，但有道理。最近，他忙着和张小波万夏他们做书，喝的就少了。我很喜欢郭力家，一次在北京，大伙都不想喝，他一个人喝，把自己灌醉了。有一次黄燎原喝翻了石光华，他说这么多年我终于把他喝趴下了，神情很得意，这一点我比较喜欢。

酒量，还是你李亚伟大，我从来没见你喝醉过，还有就是徐一晖，厉害得紧。有时候感到奇怪，我这么一个酒量如此小的人怎么会一直有酒友相伴，你和马松这帮哥儿们就不说了，见面必须喝。在望京的时候和旺望忘喝，离开望京和舒非苏喝，舒非苏上山后和王宏伟喝，刘力国搬到我这边，经常拉着我喝。最近这几年，常常和海波喝。

李亚伟：海波，哈，那次我喝醉了。还想去宋庄找他喝，看看他的新作品，老作品也想重新看，特别是那张酒鬼的照片，感觉是拍着了我的某一部分。我的朋友、南京艺事后艺术馆馆长也叫海波，极推北京这个海波，海波看海波，好玩。你对海波评价很高。

李放：海波的作品我很喜欢，人也很低调。他今年的新作品非常厉害，很东方，感觉不亚于杉本博斯，我常说他的作品是一种具有历史意味的伤感，很高级。《醒墨》那个展览的发言，你和张颂仁说得有道理，你说的更好。"一个中国当代水墨画家，一会儿是西方知识分子，一会儿是东方文人，内心似乎也在传教士、道家之间转换不已，他的灵魂也常常要在人文精神和老庄境界里面轮流值班，比中国其他的前卫艺术家工作量、知识量都要大。因为以前的前卫艺术家好像只需要用美国或者纽约的知识和方式就可以动手了，而当代水墨更需要东西方各种知识的集合，当代水墨艺术家要在东西方那些不同的智慧里面抓团结、促和谐、搞维稳。"你说的这些话，其实不光指向当代水墨，你把当代水墨换成当代艺术，就足以说明其他的许多问题。这些在海波的作品里体现得非常好，也是中国当代艺术未来的方向。海波喜欢电影，但他更喜欢实验性比较强的，我连续好几天说服他看《盗梦空间》，为此喝了不少酒。

李亚伟：看来，你确实喜欢好莱坞。

李放：对，《盗梦空间》结尾的那个陀螺有很多意味，不停地转，还摇摆了一下，最后停了还是没停，谁也不知道，这就像我们的人生。

李亚伟：说到人生，你有什么想法或者愿望？说完喝酒去。

李放：就是你的那句话："我的心比天高，文章比表妹漂亮。"

行走和书写

《重庆旅游》采访

记者：你微博上有一首很有意思的诗，是写给二毛的，叫《酒醉心明白》，里面有一句是诗人是历史的下酒菜。你作为一个诗人，觉得做"历史的下酒菜"的感觉怎么样？

李亚伟：我有一个朋友叫马松，他一直在做书商，也是一个很棒的诗人，他老是说自己是朋友的下酒菜，朋友也是他的下酒菜，我觉得很好玩。在给二毛的美食新书写序的时候，就想起了这种生活中的趣事，二毛是著名的诗人厨子，玩下酒菜是他的拿手戏，我们老百姓都不是历史的主角，我们只不过是小菜一碟。中国传统的历史，其主角是政治，这是一个错误的历史观，正确的历史观应该是：文明是历史的主角，而文明并不主要是政治和战争干出来的。做历史的下酒菜好玩啊，每个人都逃避不了，历史正在吃我们，用我们下它手中岁月的大酒。

记者：但是在你的诗歌中，历史反而有时候成了你的"下酒菜"。

李亚伟：在人类出现文字之前，诗歌已经出现了，人身上最重要的东西是记忆和情感，没有文字的时候，我们的先人拿什么记住他们的先人？拿什么记住他们不能忘记的事件？拿什么抒发他们的情感？光是刻骨和铭心不行，要把这些重要的人、事编成便于记忆的话语形式——精练优美、朗朗上口的话语形式——这就是诗歌。我们看看世界诗歌的几个主要起源：古希腊和印度的史诗，看看中国诗歌的起源，中国诗歌有两个起源，一个是诗经，一个是楚辞，都不是史诗，但诗经里面也是记载事件和抒发情感，楚辞就更不用说了，人神关系、族群的来历、祖先和我等等，传诵久远，方才落在文字上。总之，记忆和抒发是诗歌最永久的基因，世界各地的诗歌皆莫如此。历史对我们个体而言，落在我们身上，能彻底罩住我们的，就是光阴和生命。

记者：你说过："穷困潦倒的很少有好诗人。生活都料理不了，怎么会有时间和心情去料理诗歌？中国优秀的诗人，大多出现在唐、宋这样富足开放的朝代。"好诗歌从来都是产生于好生活么？

李亚伟：这显然不是我的原话。但我确实认为诗人不是职业，光写诗不能养活自己，何况养家糊口。诗人应该有职业，不要学李白、杜甫、孟浩然、柳永等大明星，李白没有职业是因为他是富二代；杜甫是官二代官三代，一直在追梦他做官的家传职业；孟浩然家是地主；柳永曾经也是地市级干部，下海后是很牛的音乐家，当时全国最牛的女明星都给他附稿费，不要只看他死时没钱，他太贪玩，生前他快活得不得了。很多人的诗歌成就和人生结局是性格肇的。事实上，贫穷从来不是诗歌创作的要件，也不是成就和传递人类文明的要件。

记者：有评论家说，你是一个最有可能把当代汉语诗歌带向新的高度的诗人。你自己怎么看？

李亚伟：中国诗歌的两个源头——《诗经》和《楚辞》在汉代交汇后开始经历和接受西方文化的大量渗入，尤其是波斯文化和印度文化的全面影响，终于在唐朝出现了璀璨的诗歌群星，之后，以唐诗宋词为代表的中国第二波诗歌传统又在五四时期经历了西方文化的全面进入。这是第二次西方文化对东方文化的全面渗透，迄今百年了，中国当代诗歌也已经形成了巨大的开放的文化平台，这个平台也已经具备了进入新的诗歌高度的很多条件，不过，这需要一代人的努力。我个人行吗？个人怎么行？肯定不行。这只能理解为是朋友的溢美之词，反正吹牛不上税，吹捧朋友喝酒还免费。

记者：诗人在他的不同年岁，会有不同的眼光、思考和趣味。你也在不知不觉在转向，越来越必须写宏大的史诗，对人生，历史，社会，国家和人类命运的存在状况关切。这会不会让你的诗歌变得沉重起来？这种结果是你追求的吗？

李亚伟：其实，不光每个人性格会影响他的行为，一个人在不同的时间段也会有不同的行为方式，星座上面也讲得很清楚。写轻巧的或重大的，对一个诗人来讲有时候是性格，有时候却是一个时期的兴趣，有必然也有随意。大的不一定玩起来沉重，小的不一定玩起来轻巧，但玩好了都很爽。就像诗人宋炜所说，掏耳朵舒服；做爱，当然，也舒服。

记者：行走和书写是你生命的主题，它支撑着你在凡俗的社会生活中，能感知诗歌的美妙，而在世界越来越物质化的背景下，能获得精神境界的提升。你自己对"读万卷书，行万里路"是怎么理解的？

李亚伟：其实，行万里路就是一个诗人要好好生活，不一定非得去旅行，去和徐霞客竞争，他需要的是热爱生活，向生活学习，热爱大自然，向大自然学习；读万卷书也是要向前人学习，向历史学习。但有些人只读一类书，比如，他只读文学书，那我觉得他只读了一本书，这种人很容易成文学傻子。还有一些作家或诗人，我还见过不少，只读国内作家诗人在杂志报纸上发表的东西，这类货也基本能变成文学二傻。

莽汉诗派

记者："莽汉"派听上去就有一股生猛、不顾一切的原始冲劲在里面，当初你们成立这个诗派的初衷是什么？

李亚伟：在 1983 年，胡冬提出要写"浑蛋诗""阿 Q 诗""妈妈的诗""好汉诗"等，1984 年 1 月，万夏将其综合为"莽汉诗"。表示和那个时代的所谓中国诗歌界的彻底决裂，其实一点原始冲动都没有，还真的是有文化上的深度思考。那会儿，我们认为主流诗歌现场（作协的诗人、常在文学刊物发表诗歌的所谓著名诗人等）是不会写诗的，旧的诗歌已死，新的诗歌正面临被我们创作出来。

记者：莽汉派的创作比以往任何时候的新诗都更注重写普通人的衣食住行、生老病死、七情六欲，试图让诗的内涵和外观更贴近生活本来的样子。"关心的是人的存在状况。"这么说莽汉是非常深入生活的？

李亚伟：通常，一个物件的基本要素不外乎三个：设计、材料和功能。从"浑蛋"诗到"莽汉"诗是设计，材料是口语，是平时我们说话时最基本的口语，这三要素决定了这样的诗歌是属于生活的，既能深入，又能浅出。这是非常成功的设计。

记者："莽汉主义宣言"开篇即说："掏乱、破坏以至炸毁封闭式或假开放的文化心理结构！""莽汉们如今也不喜欢那些精密得使人头昏的内部结构或晦涩的象征体系"，莽汉派对"知识分子写作"是不是持批判态度的？

李亚伟：80 年代，我和我的朋友们怀疑自己写出了全新的诗歌，一开始将信将疑，不久就深信不疑，大概不到半年，出现了很多特受周围朋友们喜爱的作品，我所说的朋友，是指各地的朋友以及各地朋友的朋友，所以，那会儿虽然没有发表渠道，但影响其实也挺广的。那个时代，我们仅凭油印和邮寄方式就达到了诗歌的传播，所以印象最深的，应该是诗人、艺术家、作家及其他行业有理想的人与人之间天真、热情的交往，还有这些人对知识和创新的渴望，那时还没有知识分子写作这个说法，但是，有很多朋友在写一种比较文化的诗，看上去很有来历，主要分为两类，一类从中国古代经典衍生；一类从西方现代诗歌脱胎，但其实前者像注释体，后者像翻译体，特殊时代，有实验的意义，但不是创新。

记者：诗歌大多数是优美含蓄的，但你的作品里有一股强烈的"暴力的抒情"。这是有意为之、与"莽汉""男人"这些意象相呼应，还是性格使然，反应自己最真实的内心？

李亚伟：再次强调，这和是人的性格有关，而且只和性格有关。

记者：《中文系》已经成为经典，内容癫狂而又充满黑色幽默的力量。虽然他有不成熟的一面，但是也正是这种不成熟才更加有力。你怎么看这个作品？

李亚伟：其实，我写出这类作品时，还很年轻，那时，胡冬已写出了《我要乘一艘慢船去巴黎》、于坚也写出了《罗家生》《尚义街六号》等，现在看，你不能说它们不成熟。我相信，我们当时都认为自己找到了一套新的诗歌方式，找到了非常新奇的诗歌语言，现在看来，那时的感觉和实验是成立的，但它不能代表我们后来，尤其是现在的创作水平。当年我们二十来岁，肯定不会炉火纯青。但今天谈到这些作品，我仍然有赞同这些诗歌的无数理由。比如我自己的《中文系》，它是写大学中文系学生们生活的，几乎可以说它不留余地地讽刺和批判了我国的大学教育。并且以一个较为完整的文本形式，大大地挑战了当时人们对诗歌形式的陈旧认识。80 年代，很多诗人都具有文本上的开创意义，这里不一一列举。

记者：90 年代后，您开始写有关历史和地理的长诗，题材涉及"厚重"，追求生命原生态的方式也有了变化，看似姿态"回归"传统，骨子里仍带着一股"莽汉"余息，您如何评自己"后莽汉"时期的创作？

李亚伟：有朋友这样问过我："在《河西走廊抒情》这组诗中，读者不仅能读到一贯的李亚伟式的诗句，还能读到很多新的李亚伟式的诗句。在你的新诗句中还突然出现了一些哲学或生命的思考，当然，你用'玩'的姿态把他们写出来的，不过，看得出来，你准备很充分，比如关于哲学的、关于生命的，你都用的是直笔，虽然用了比喻——仍然是直接说出来的，这在诗歌写作中是很冒险的，但你干成了，我想知道在写作过程中，这些情况是意象的自然深入还是刻意的方向转换？而且，你在诗中直接提东西方哲学，还冒着出现败笔的风险抒写大的、高的东西。"我想，这可以回答你关于"气息"和"风格"的问题，那就是个人风格仍然在延续。其实，每个诗人各有其风格，但均来自于他的个性和自信，个性会不自觉地延续风格，自信才会使他能够坚守，当然，最重要的，如你所说，还要在变迁中注意自己的升华。

语言打手

记者：冉云飞说，中国自古以来有不少人写自己嗜酒之狂态，但像李亚伟这样直接想想把自己装进酒坛子的人，却并不多。你到底有多爱喝酒？有评论把你跟李白比较，你觉得你跟他之间最大的共同点是什么？除了爱喝酒。

李亚伟：我这么敢和太白比？如同我上面说到的，这也是一些朋友的赞美。吹牛不上税，朋友互赞喝不醉。

记者：冉云飞还评价说你是个自负的诗人，是"一个从天上掉下来的语言打手"，是"语气的帝王"你认同吗？诗人在某种程度上是不是需要具备这种自负？

李亚伟：冉云飞是舍得赞美我的人之一，中国很多诗人心里佩服但不赞美。哈。但是，每一个成熟的诗人都应该是自负的，也有很多差劲儿的诗人特别自负。真的，这得去看作品，可是你有很多时间去看垃圾吗？那就让每一个诗人都自负吧，这样，都很快活。诗歌本来就是一种用来过干瘾的东西，不需要投资，没有成本也不会亏钱。

记者：你既是"从天上掉下来的语言打手"，又不无悲怆地说"汉字是我自杀的高级旅馆"，因为这个旅馆无处不在，你只要写诗就得住在汉字这样的高级旅馆里，而且是时日有限的过客？

李亚伟：诗歌的社会意义这里不讲，对个人来说，他起码有两个非常重大的意义，一个是写诗很过瘾，过干瘾，干瘾也是瘾啊，瘾是什么，是快活啊，写诗又不需要你出钱，喝酒是要花钱的吧；另外一个就是它能延长你的干瘾，人总是要消逝掉的。比如，现今很多书法家，各省书法家协会主席那一类，他们的字因为他在任上，都各有价码，离任价就下来了，人死之后，他的书法就没价值了，变垃圾了，因为写得一手好字的人实在太多，只有极少数有创新的书法家的作品有留存于世的空间。诗歌创作也是一样，但它对创新特质要求更强——它给了你一个可能——你死后，你的诗歌还可能存在，如果它足够牛的话，那你这个人还有一部分活着，这多么过瘾啊。

记者："语言越用越窄，看看谁能坚守到最后一个词。"对你来说，会不会遇到词语匮乏的情况？

李亚伟：一个成熟的诗人，一个训练有素的诗人，不会碰到词语匮乏的情况，他读过那么多书，走过那么多人生之路，见过那么多的社会的功过是非，他是和语言打交道的行家，他的语词一直整装待发，然而，又因为他是诗人，他毕竟而且常常有语无伦次或理屈词穷的时候，因为诗意，诗意并不每时都能关顾诗人，而且，社会、生活常常使人诗意顿失。

诗歌顽童

记者：你把 1984 年至 1987 年的部分作品别为"好汉的诗""醉酒的诗""好色的诗"，你的划分依据是什么？能感觉到你更像个诗歌老顽童。

李亚伟：我还有"空虚的诗""寂寞的诗""革命的诗"等。基本走的是时间顺序。一个男人从青涩到成熟到老练、从冲动到勇敢到妥协到思考到责任到无聊等等过程，很清晰，和别的诗人不同。

记者：80 年代的很多诗人都有当书商的经历，为什么会出现这么一种普遍现象？

李亚伟：80年代给了中国很多二十多岁的青年一个寻找职业和重新选择职业的机会，诗人中去干别的比如做电子、做地产、做广告等也多了去，全民下海，是一个普遍现象，没什么特殊的。

记者："我感谢这些语言的先烈／他们在词汇中奋战／最后倒在意义的上面。"你反感意义的东西吗？

李亚伟：不反感，只要还有社会和人类，"意义"是存在的，要和它好好相处，不要过分。

记者：现在的诗歌节，诗歌活动较之以前多了不少，比如前不久上海还以诗人的名字命名了船的航班。这对诗歌的推广有什么意义？

李亚伟：这是商业活动，现在这类活动很多，太多太多，诗歌忙不过来，比唐朝和宋朝还忙，好玩就去，不好玩就不去。至于推广意义，得看什么人在干，是什么水准，说实话，绝大多数活动都没什么水准，这也是正常的，没有那么多好东西啊，诗歌又不是科技产品，可以复制，像iPhone 5、iPhone 6那样可以批量生产。

记者：诗歌给你带来什么样的力量？来自哪里？最终又会走向哪里？

李亚伟：诗歌可以让你进入现实，也可以让你穿越现实，"诗言志"的"志"其实最早是记录、记载的意思，诗歌最早的功能也是用于记忆的，孔子的"不学诗，无以言"至今仍然有道理，人类文明最重要的一部分是用记忆和情感建立的。诗歌可以说是人类最珍贵最伟大的发明之一，它对整个人类和个人人生既可以近观也可以远眺，它可以和神和祖先交流，也可以和永恒联系，我们社会应该珍惜和敬畏人类的这个伟大发明。

李亚伟：像豪猪一样生活

《华西生活周刊》专访

　　我不愿在社会上做一个大诗人，我愿意在心里，在东北，在陕西的山里做一个小诗人，每当初冬，在心里看着漫天雪花纷飞而下，推开黑暗中的窗户，眺望他乡和来世，哦，还能听到人世中最寂寞处的轻轻响动。

　　　　　　　　　　——选自李亚伟畅销新作《豪猪的诗篇》

　　李亚伟，著名诗人。1963 年生于重庆市酉阳县。1982 年开始现代诗创作。1984 年与万夏、胡冬、马松、二毛、胡钰、蔡利华等人创立了"莽汉"诗歌流派。有《中文系》《毕业分配》《苏东坡和他的朋友们》《美女和宝马》等作品。1987 年因《峡谷酒店》获得《作家》杂志社"作家奖"。现居北京，刚刚推出个人畅销诗集《豪猪的诗篇》，在网络及出版界引起震动。

　　此李亚伟，非彼李亚伟是也。

　　这个"彼"，自然指的是李亚鹏的哥哥——那个向媒体宣布"透露鹏菲婚期将近"并且永远也不可能说出"我们就是腰间挂着诗篇的豪猪"这样的句子的家伙。

　　这样的句子，只有诗人李亚伟才讲得出来。

李亚伟，男，1963年出生于重庆市酉阳县。

创作过《男人的诗》《醉酒的诗》《好色的诗》《空虚的诗》《航海志》《野马与尘埃》《红色岁月》《寂寞的诗》《河西走廊抒情》等长诗和组诗，出版有诗集《莽汉－撒娇》（时代文艺）、《豪猪的诗篇》（花城）、《红色岁月》（台湾秀威）。

获过第四届华语传媒诗歌奖、第二届鲁迅文化奖、第一届原诗歌金奖等奖项。

少年愤青迸发的青春和诗

李亚伟说现在回过头去看小时候的自己，并不是什么"问题儿童"，那只不过是一个"刺激小孩"。十一岁的他因为捣蛋不能升初中，进了一个农村中学，这是李亚伟人生中一个很重要的经历，他在那里认识了一个叫蔡利华的诗人，知道了拿破仑、黑格尔、贝多芬、普希金等大东西，碰到了年幼的农民和年长的美女，认识了反叛，爱情与阴谋。他的同学和当地老百姓都叫他"小知青"，他读《青春之歌》《没有地址的信》，大都不懂但依旧读，如同那年读世界。

这样的"刺激儿童"进高中是"问题少年"，上大学则是"愤青"。大四时（1983 年 6 月中旬）他因与另一个"问题青年"马松外出打架被刑拘，那是毕业前夕，幸运的是学校并未开除他的学籍。一个星期后，当他从拘留所出来之后，有了文凭也有了女朋友。"所以，虽然我写了《中文系》一诗，讽刺大学的中文教育，我其实是受惠于改革开放后大学教育的一个捣蛋鬼。"

1984 年 2 月（即大学毕业后半年多），他和万夏、胡东、马松、胡玉、二毛等人创立了"莽汉"诗歌流派。李亚伟坚持认为这是一个重要事件，几个刚过二十岁的人凭着热血和厚脸皮提出粗暴的主张，写出粗暴的诗歌，开始了现代汉语里面一种最快乐的写作。

"我的《中文系》《硬汉们》《苏东坡和他们的朋友们》《毕业分配》等作品也是在那时写出的，并很快通过不发表的渠道（主要指民刊，朗诵，书信，传抄）流行开来……一种新的写法并未经过报刊和广大诗人们的同意就生米煮成了熟饭，口语，荒诞，多情和想象力极其丰富的一种诗歌。在人民还没有看到它们的时候就木已成舟，并且划向了远方。"

以上这一切，统统发生在李亚伟热血沸腾的年龄。

莽汉，或者懒汉

到了二十二三岁的时候，从事诗歌创作的同代人都几乎知道李亚伟的作品和他的"莽汉"了。当时喜爱郭沫若、艾青、徐志摩等现代诗的人已经很多。"按当时我们的观念，读北岛，舒婷就算是经过新诗洗礼的人了。这样的人多半有着与众不同的生活经历或者生活观念。"

对于如今名震江湖的"莽汉"这个词的解释，李亚伟认为这仅是针对当时全国一片伪诗和伪诗人提出的，并无特别含意，那就是绝不写"酸不拉叽"的诗。"在生活中一样，要喝烈酒，要打架，要热爱生活，要有很多坏习惯；不抛弃女朋友，不欺骗女性，不吓唬小朋友。但是到了后来，马松着迷于雕琢想象；二毛好吃，写烹饪诗；我则大笔大笔地写着对爱恨生死的无边茫然。风格各自发生了极大的变化，我认为这和性格，思考有关。真的，世事繁芜，人生如梦，将士象车马炮各奔其所。"

同时，在另一方面，李亚伟又是一个不折不扣的懒汉。"好吃懒做"的他承认自己确实是"天生的懒"。"我常会想：人一生到底什么是正事呢？生意人谈业务，打工者加班干活，如果这是养家糊口，那赶紧干去，这是正事。但如果是一生每天都在这么干，这样的正事真没干头，立马停下。世界上还有好多事可以干，干起来后也都是正事。"

李亚伟说自己热爱劳动，但反对人一生无休止的耗在挣钱和挣官上。他豪气干云地宣称"饿死事小，失节事大"，并把这个"节"字理解为某种理念，比如"自由"等东西。对他来说，穷点事小，不自由就是终身憾事。

侠骨柔肠？不

"几千年形成的汉语传统被他撕裂、蹂躏、又用小心翼翼的爱去梦见——这种才华与生俱来，无须觉醒。但仅有这些是不够的，一种'稀有

的、罕见的'才华并不能天定地转换成令人激赏的诗歌成就；只有痛苦地
觉醒着，背负奥斯维辛去寻找耶路撒冷……"张小波对李亚伟的评价，很
容易让人不由试图窥探现实中的李亚伟到底是怎样侠骨柔肠的一个人

可是，他说："可能我的诗中呈现过这样的景象。而作为现代人，在
现实中是极其复杂的，不好用一个词来概括。""这个词跟我本人不合适，
因为我觉得这个词的赞美方式太完美，把人往绝路上赶。只有故事中的人
物可以匹配。"

或许在李亚伟的心目中，做一只幸福的豪猪比诗人中的侠客要重要得
多。所以他说，我要卖掉房子，遣散人员；他说，我要快点离开北京，转
到哪里是哪里，看到美女就停下来，看到美食就停下来，看到美景就停下
来。最近因《豪猪的诗篇》走红而备受骚扰的他，去了香格里拉盘下一处
据说面积颇大的旅馆，准备装修迎客，开门揖盗——这样的生意应该是
颇适合他的，客人无须太多，挣个酒足饱满就行。

这种生活，快乐得令人绝望地艳羡。

访谈录

记者：假如有一天你死了，最希望墓碑上刻什么字句？

李亚伟：死亡是诗人最关心的问题，更是很多颓废诗人不停纠缠的
问题，我的诗歌中的终极诗意可能也是死亡，但我不纠缠它，我希望我不
会死，我会去到另一个地方，但是一个人终究要离开这个世界（不要理解
为那就是死），那一天我不希望像我诗里所写的那样"埋葬在泥土下写博
客"。我希望身体被扔进海里，没有墓碑，因为我的灵魂到别的地方玩去
了，这样的灵魂需要墓碑吗？

记者：那么你觉得这辈子有没有白活？

李亚伟："生死有命，富贵在天。"每一个人来到世上都没白活。

记者：还有什么最大或者不算大的愿望没有实现？

李亚伟：我的最大愿望实际上是最普通的愿望，但是按现在这个世上的情形开看，它很难实现，比如说，我在某地吃到非常好吃的东西，我就会想一百年后我还能吃到它吗？我在书里或者在我的旅程中发现一些美丽的地方，我就会分门别类的想这个地方应该来生活十年，那个地方应该去活一辈子，就我现在看到的地方我大概算了一下，怎么着也得活八百岁才够，这愿望能实现吗？试试看吧。

记者：你在诗里最想表达的是什么？它们受什么影响最大——是你的性格，人生遭遇，还是其他？

李亚伟：这个问题现在提出来那就是真问题。如同你在码头上去问一个旅人他的目的。我们曾经习惯于"不表达什么"等业余"先锋"们的回答。试想，你问一个乘船旅客，他答："我什么地方也不去"，在一段时间里代表"现代派"的行为，其实这是一个暂时的回答，很多傻瓜把他当了真。他实际上是要去哪儿的，如同一首诗。

记者：你觉得"当代汉语'源头性'诗人"这样的称谓适合自己吗？

李亚伟：这个称谓如果准确的话，应该是一群人，比如说默默、赵野、万夏、杨黎、宋炜、翟永明、张枣，我是其中的一个。

《羊城晚报》访谈

何晶 VS 李亚伟

壹

· 我们要吓唬一下文青"好孩子"

· 诗人相互认可对方为"地下诗人"是一种殊荣

· 1986 年，我们认为文学造反的任务已告一段落

羊城晚报："莽汉"诗派是当代诗歌史上备受关注的诗派之一，当初成立的情况是怎样的？为什么 1986 年又会解散呢？

李亚伟："莽汉"诗派成立于 1984 年 1 月，算是"今天派"之后最早有点流派样的诗歌团体。主要成员有万夏、胡冬、马松、二毛、梁乐、蔡利华和我，这些人中，一半大学刚毕业，一半还在上大四，成立诗派的主要目的是我们非常想要和传统诗人相区别。

胡冬最先提出要写"混蛋诗""阿 Q 诗""妈妈的诗""好汉诗"等，万夏将其综合为"莽汉诗"。这种团队式的写作方式有很强的针对性，主要是反对主流文艺刊物上常见的"假写作"。我们并不反对"今天派"诗人们的写作，但我们认为"今天"被文艺刊物和大众阅读添加进了"伤痕"和文青的调料，所以"今天"被朦胧了。

我们认为那会儿的主流诗人是不会写诗的，我们要吓唬一下他们。"朦胧诗"的写作被文青们学习成了"梦""小花小草""眼泪"等好孩子的玩意儿，我们要吓唬一下这些孩子。那时，所有的文学作者都好像知道什么是诗歌，我们要捉弄一下这些自信的文学工作者和文艺爱好者。

"莽汉诗派"在成立两年后的 1986 年解散。原因很简单，继续玩流派觉得枯燥乏味，随着"86 诗歌大展"的发生，我们认为我们文学造反的任务已告一段落。且我们每个人的写作都很独特，虽然我们当时都只有二十三四岁，但每个人都很勇猛不羁，不可能写成一个模样的诗歌，而独特才是诗歌创作最可靠的路径。

贰

· 诗歌可以被享用，但不能被消费
· 刚放下计算器就谋篇布局笔走龙蛇我绝对做不到
· 诗人得到了一个很爽的精神玩具，还不用花钱

羊城晚报：从 80 年代开始写诗至今，你的诗作数量并不太多，整个 90 年代基本没有写诗。那十多年，诗歌完全离开了你的世界吗？

李亚伟：90 年代我在北京做图书出版，由于生意有一个艰难的学习过程，其间要写作诗歌是很困难的。一个人对自己各种能力的了解，在年轻时是不怎么清楚的，我中途也写过诗，但当时感觉很难楔入。

2001 年，我专门用一个整块时间写了《东北短歌》试笔。后来才明白，我在写作上并不具备放下折扣、码洋就可以押韵、抒情的禀赋，刚算完成本、放下计算器，就谋篇布局、笔走龙蛇我绝对做不到。我的创作很缓慢，要整块的时间和清净的空间，真的像种庄稼一样，需要时间和气候。

羊城晚报：读您的诗歌，完全想象不到您还当书商、开饭店，一点痕

迹没有。您把诗歌看作是"在天上飞",挣钱糊口是"在地上走"?

李亚伟:没办法呀,这是所有诗人和艺术家一生都不能回避的问题,他必须养家活口。艺术家成名后,他的作品还可以被消费,变成很多钱,但诗人想通过诗歌赚钱,基本上就很惨。诗歌从来都与钱无关,因为诗歌历史以来就不是商品,不是消费品,它可以被享用,但不能被消费。

我们知道的中外大诗人都有升官发财或是养家糊口的社会职业。王维、苏轼、白居易等大多数诗人,都以当干部来养家。杜甫等人失业后,生活就有点问题。李白、孟浩然等不干活,那是因为他们是富二代。国外的诗人也一样,很有名的诗人退休前都在大学里教书挣工资,或者有的是医生,有的是工程师,有的做官员。

诗人绝对都是很普通的人,是教师、职员、军人、工人、医生、商人等,是这些人中多了一份爱好的人。而且,从另外一个意义上讲,诗人很划算,因为诗歌是一种很奢侈的享受,诗人得到了一个很爽的精神玩具,还不用花钱。

羊城晚报:我好奇的是,一边是繁乱而浮躁的生意,如何还能在内心保持写诗的灵感和源泉?

李亚伟:我想起在宋朝,从范仲淹、欧阳修等开始,到诸如苏东坡、王安石等,很多诗人一生都在动荡的政局中折腾,有的是军事专家,有的熟谙经济、税收,有的进行教育改革。他们各有所长、精于业务,并且在职业上各执己见,与对手死磕,生命不息,战斗不止,还写下了那么多的佳作。我认为,诗歌那一块是人生命中的特殊空间,浮躁是人的暂时状态,美好是人内心的恒久方向。

叁

· 写作范式不断改变,我属于"游牧民族式"

·《中文系》并不能代表我后来和现在的创作水平

·强扭的瓜不甜，强迫写作是诗歌犯罪

羊城晚报：看了您其他诗作后，发现《中文系》其实并不能代表您的写作水准。您自己对这首诗的态度是怎样的？私下最喜欢的作品是？

李亚伟：《中文系》是我大学毕业的第二年写的，基本上是写实的。那会儿各大学的中文系差不多就是这首诗里的样子，诗中出现的人物甚至全是我中文系的同学。当然，大部分都是用的这些同学的绰号。

确实，它压根不能代表我后来和现在的创作水平。当年 20 来岁，肯定不会炉火纯青。但今天谈到它，我仍然有赞同这首诗的理由。比如，它是真心献给大学中文系师生们的，它在 80 年代上半场就不留余地地讽刺和批判了我国的大学教育。还有，它以一个较为完整的文本形式，大大地挑战了当时人们对诗歌形式的陈旧认识。

我目前不管私下还是公开，最喜欢的还是去年完成的《河西走廊抒情》，所有关注我诗歌的朋友无一例外都喜欢它。

羊城晚报：您后来写了不少关于历史的诗歌，跟您早期的诗歌相比有比较明显的转变，为什么？

李亚伟：写作肯定和生活有关，也肯定和阅读有关，更和这个人的思考习惯有关。我写作《中文系》《硬汉们》等作品时，基本上还属于初生牛犊那一类，生活上生猛狂妄，知识储备上对西方现代文化痴迷，文化思考上不骂别人是傻子、神经就不兴奋。那样的时代、那样的年龄，与写作那些反叛、讽刺、充满挑衅的作品是匹配的。

诗人在他的不同年岁，会有不同的眼光、思考和趣味。作品一直不变化的诗人，我认为只有两种：一种是总的创作时间短的人，还有一种就是思想单纯或者懒于思考的人。

羊城晚报：《河西走廊抒情》是从哪年开始写的？为了这组诗您专门

去河西走廊实地走了大半个月？

李亚伟：《河西走廊抒情》在 2005 年写了开篇 4 首，后来因为别的事情耽误，这一耽误就到了 2011 年春。我不甘心又变成断章残句——因为 1992 年我曾立下宏愿，要写 100 首关于辛亥革命到"文革"的"革命的诗"，反思东西文化大交融背景下中国人的生命状态，名字叫作《红色年代》。后来因为生计要去挣钱停了下来，只写出了 18 首，一直遗憾。所以，这次铆足了劲儿要完成。

2011 年春天开始再写，写到 15 首的时候越写越难，我突然明白：再写下去，就属于强迫写作，属于强奸诗意。我一直认为，创作应该是愉悦的、生动的，强扭的瓜不甜嘛，强迫写作是诗歌犯罪。

于是，当年秋天，我放开了书桌前正在夹紧的二郎腿，去兰州河西走廊上晃悠了一大圈，坐下来完成了后面的部分。待后来做完《河西走廊抒情》第二部分《签注》时，时间已是 2012 年。前后总共七年，但其实真坐下来闭门写作，也就两三个月而已。

羊城晚报：《河西走廊抒情》这组诗涵盖了太多东西，历史，生死，爱情，国家，政治等等，无论是语感，还是意象，跟您此前的诗歌都不太一样。

李亚伟：有些诗人，一生抒写的诗歌形式变化很小，甚至可以不变。但如果他是一个在不断进步的诗人，作品中的情绪和境界肯定有逐级的升华，这种升华就是变化。有些诗人写作范式不断变化，这有点像精神迁徙，为的是采摘和自我养育，为的是命中的呼唤，是为了寻找生命中的重大答案。我属于后一类，游牧民族式的。

肆

·读不懂的诗歌，读者暂时可视为差劲

· 如果连"懂"这个汉字都不尊重，诗歌也绝不会尊重他

· 计划今年找地方闭关完成一部"现实作品"

羊城晚报：您说一直希望诗歌能被尽可能多的人读懂，甚至像写论文似的在长诗后面附录了注释，当然，您把它称为"签"。可是，对于诗歌来说，读"懂"有那么重要吗？也许更多人只是享受"读"这个过程，但说不出所以然。

李亚伟：我一直希望诗歌能被尽可能多的人读懂——包括不爱读书看报、也不喜欢上网查阅资料的读者。所以在写作《河西走廊抒情》的过程中，我把思路所触及的一些材料、部分诗句出现时一些可有可无的景象甚至某种关联——罗列成条，呈现于后，以使我的创作思路和行文手段得以暴露，尽量将晦涩亮开，尽量将玄虚坐实。我不认为这是注释，我把它看成是我创作每一首诗时隐显其中或紧跟其后的无形的书签。所以我不把它叫注释，而叫签。

诗歌只有好诗和差诗两种，没有别的诗歌。我可以帮读者说出他喜欢某首诗歌的所以然来：被打动了，或者被这首诗的智慧征服了，这就是好诗，这就叫基本读懂了。除此之外的诗歌，包括读不懂的诗歌，读者暂时可以把它视为差劲的（当然，读者的水平会影响其判断），以免浪费时间或者被欺骗。

诗歌和音乐一样，不喜欢的作品，不管作者和舆论怎么吹嘘，千万不能强迫自己喜欢，否则自己相当不爽，容易变成装逼犯。一个诗人，它如果连"懂"这个汉字都不尊重，诗歌也绝不会尊重他。我相信，晦涩的诗歌多半是发生在诗人的幼稚期或老年期。诗歌的工具是什么？是文字，文字的基本用途是什么？是表意。足矣。一个年富力强、脑子没进水的诗人他在写作中一定有自己多方面的探索和追求，但刻意追求让人读不懂，肯定有欺哄下诈、装神弄鬼的嫌疑。

羊城晚报：现在有新的写作计划吗？比如类似《河西走廊抒情》这样的？

李亚伟：有啊，我正在写宋词和唐诗的细读文章，也就是我个人怎么逐字逐句阅读、欣赏和思考唐诗宋词的。写完之后可出两本书，因为很细，所以很慢。诗歌方面也有一个计划，从我见识的中国当代经济、政治、生活的个人角度出发，写一个作品，计划今年找地方闭关完成。如果说《河西走廊抒情》是历史的，这个就是现实的，当然，肯定也是关乎历史的。

伍

·好时代是悄悄来临的，是在普遍看空时来到的

·口语化促发诗歌语言生命感，并克服了它不能精致表达思想的限制

·由朦胧诗肇始、在80年代成型的口语诗歌是宋词之后又一个汉语诗歌生长的巨大平台

羊城晚报：我留意到，第二届"中国桂冠诗人奖"给您的颁奖词是："他差不多独自一人完成了现代汉诗全部蜕变的艰巨任务：彻底摆脱了新诗发展过程中的各种羁绊和牵扯，如翻译语体的痕迹或古典诗思的残留；在口语化促发诗歌语言生命感的同时，克服它不能精致表达思想的限制，使现代汉诗终臻完境。"您认可这个评价吗？

李亚伟：上述说法是批评家郭吟提出的，这是批评家对我大方的褒扬，真做到很难，但这又何尝不是新诗探索百年来中国文化又一次逐步探明的目标之一呢？

闻一多先生认为唐诗是经过汉魏六朝数百年不断积累的历史结果，台湾的蒋勋先生也说，唐诗是怎么诞生的？是汉魏六朝的文学实验以及与世

界文化的充分交流，中国文化在多方面做足了准备才出现的，当时，与西域、印度、罗马等在物质、音乐、宗教等文化上的交流积累做足了，才使得唐诗的诞生自然而然。

"五四"迄今，中国对西方文化、物质的引进和学习的范围、深度不逊于盛唐的状态，可以说，是中国历史上的第二次，这两个时间节点很相似。胡适、徐志摩、戴望舒、闻一多、郭沫若、"九叶派"和"今天派"等代表新诗经历了左、中、右的多渠道探索和准备。到现在，上述问题浮出水面，这是我们这一代人共同的艰巨任务。

羊城晚报：对当代诗歌的态度一直很两极分化，有人认为新诗前途堪忧，但我认为当代诗歌还是有相当多的好作品，您怎么看？

李亚伟：元明清三朝以及西方浪漫主义时期，文化界没有对诗歌前途担忧的局面，相反，中国初唐有，西方现代主义兴起时有。所以，我认为好时代是悄悄来临的，是在普遍看空时来到的。

《云南艺术》专访

胡正刚 VS 李亚伟

李亚伟访谈

胡正刚：你是"莽汉"诗派的创始人之一，可以介绍一下它的背景和初衷吗？创建后，你们开展了哪些活动？

李亚伟："莽汉"诗派成立于 1984 年 1 月，胡冬最先在成都提出要写"混蛋诗""阿 Q 诗""妈妈的诗""好汉诗"等，万夏将其综合为"莽汉诗"。2 月，万夏与李亚伟在南充师范学院见面，对当时还处于激情初涌的中国诗歌进行了非常有激情的交流，并对"莽汉"诗歌的风格进行了讨论，到 1986 年"莽汉"诗歌解散时，主要成员万夏、胡冬、马松、二毛、梁乐、蔡利华和我这些人的创作基本上没有超出这次讨论范围。当时，这些人中，一半大学刚毕业，一半还在上大四，那会儿，我们认为主流诗歌现场（作协的诗人、常在文学刊物发表诗歌的所谓著名诗人等）是不会写诗的，旧的诗歌已死，新的诗歌正面临被我们创作出来。

胡正刚：1986 年，"莽汉"诗派解散，解散的原因是什么？你说过它的创建，带着很强的针对性，是"文学造反的任务"。造反是为了新的创造，当时，你们的诗歌创作有了新的指向吗？

李亚伟："莽汉诗派"在成立两年后的 1986 年解散。外部原因是 1986

年徐敬亚、吕贵品、姜诗元等人在诗歌报和深圳特区报联合举办的全国地下诗社的诗歌大展，"八六"大展出现后，我们认为文学造反的任务已告一段落，因为这次大展使得当时几乎所有在民间流传的地下诗歌社团均已浮出水面，被主流文学刊物屏蔽的诗人们的名字均已出现在各地报刊上；内部原因则是我们每个诗人的写作已经开始往个性化方向发展，很多作品已经很独特，所谓的流派已不能涵盖诗人们的个人气质。虽然我们当时都只有二十三四岁，但每个人都很勇猛不羁，已经不可能拉帮结伙写一个模样的诗歌，我们每个人都清楚，独特才是诗歌创作最可靠的路径。

胡正刚：80 年代，你写"男人的诗"系列时，传达出强烈的雄性气息和生命力，这从标题、内容都能很直观地读到，你最怀念那个年代的什么特质？一些评论家、学者称 80 年代是新诗的黄金年代，你如何看？

李亚伟：80 年代，我和我的朋友们怀疑自己写出了全新的诗歌，一开始将信将疑，不久就深信不疑，大概不到半年，出现了很多特受周围朋友们喜爱的作品，我所说的朋友，是指各地的朋友以及各地朋友的朋友，所以，那会儿虽然没有发表渠道，但影响其实也挺广的。那个时代，我们仅凭油印和邮寄方式就达到了诗歌的传播，所以印象最深的，应该是诗人、艺术家、作家及其他行业有理想的人与人之间天真、热情的交往，还有这些人对知识和创新的渴望，那是一个普通人都有理想的真诚的年代，对世界充满了爱，现在不是。

胡正刚：到了你最近的《河西走廊抒情》，我仍然感觉它带着一种硬朗、雄健、开阔的雄性气息，这是否可以看作某种个人风格的延续？写诗至今，你对诗歌的理解、态度、语言模式，哪些是一直坚守的？哪些又是处在变迁、升华中的？

李亚伟：有朋友这样问过我："在《河西走廊抒情》这组诗中，读者不仅能读到一贯的李亚伟式的诗句，还能读到很多新的李亚伟式的诗句。在你的新诗句中还突然出现了一些哲学或生命的思考，当然，你用'玩'

的姿态把他们写出来的，不过，看得出来，你准备很充分，比如关于哲学的、关于生命的，你都用的是直笔，虽然用了比喻——仍然是直接说出来的，这在诗歌写作中是很冒险的，但你干成了，我想知道在写作过程中，这些情况是意象的自然深入还是刻意的方向转换？而且，你在诗中直接提东西方哲学，还冒着出现败笔的风险抒写大的、高的东西。"我想，这可以回答你关于"气息"和"风格"的问题，那就是个人风格仍然在延续。其实，每个诗人各有其风格，但均来自于他的个性和自信，个性会不自觉地延续风格，自信才会使他能够坚守，当然，最重要的，如你所说，还要在变迁中注意自己的升华。

胡正刚：直到今天，在我看来"男人的诗"系列中的《中文系》《苏东坡和他的朋友们》等诗歌仍然是优秀的诗歌文本，你如何看待当年的写作和这些作品？

李亚伟：其实，我写出这类作品时，还很年轻，那时，胡冬已写出了《我要乘一艘慢船去巴黎》、于坚也写出了《罗家生》《尚义街六号》等，我相信，我们当时都认为自己找到了一套新的诗歌方式，找到了非常新奇的诗歌语言，现在看来，那时的感觉和实验是成立的，但它不能代表我们后来，尤其是现在的创作水平。当年我们二十来岁，肯定不会炉火纯青。但今天谈到这些作品，我仍然有赞同这些诗歌的无数理由。比如我自己的《中文系》，它是写大学中文系学生们生活的，几乎可以说它不留余地地讽刺和批判了我国的大学教育。并且以一个较为完整的文本形式大大地挑战了当时人们对诗歌形式的陈旧认识。80年代，很多诗人都具有文本上的开创意义，这里不一一列举。

胡正刚：我很喜欢你一些带有叙事性质的诗，如《汽车修理厂纪事》《航海志》《天山叙事曲》。诗歌创作中，你在叙事与抒情方面都涉猎，在你那里，它们两者是如何区分，或者统一在一首诗歌里的？

叙事性是一种手法而已，而且可以说是诗歌最古老的法则，在最原初的诗歌里，叙事性，甚至戏剧性是诗歌的主要结构，至今，我们在阅读诗歌时，好的诗歌仍有这些元素隐匿其中。我一直希望叙事、抒情、描绘能在诗歌中将诗意自然生成，像我们的生活、像历史、像命运，是天成的。每首诗我都在专心致志对付它们的关系，因此，我的写作比较慢，对我自己来说，一直难度很大。

胡正刚：你将"五四"迄今以来的汉语诗歌与唐诗做过对比，认为它们的时间节点很相似，它们的相似性主要体现在哪些方面？

李亚伟：魏晋时期诗歌主要还是《诗经》式的四言，偶尔可见《离骚》式的天人神语，但随后的南北朝将传统中原文化打开了，五言、六言、七言、长短句等貌似形式的变化背后，是波斯、罗马、阿拉伯、印度等各种西方文化经由西域、河西走廊大面积、源源不断进入中国的大背景，从公元 4 世纪末鲜卑人建立北魏政权始，至隋唐，其间各种政治、文化、习俗在中原得到了充分的交流和积淀，三百余年的酝酿准备，才得以出现丰富驳杂的盛唐诗歌；而低头看现在，情形极为相似，鸦片战争以来，尤其是五四新文化运动以来，西方各种文学、宗教、技术、机器在"民主""科学"两条观念"神臂"的推动下，进入了中国的每一个社会和文化层面，强龙压住了地头蛇，和隋唐时期胡乐、艺术、胡语、佛教等强力涌入中原相比，完全有过之而无不及。这次是从海上来的，交通、资讯等已不可同日而语，其间也花了百多年时间。"五四"胡适、郭沫若等人在废除古文之后倡写新诗并非主动求变，完全是顺时也。但我们不难看出，唐诗和现在的新诗都有外来文化强力介入、交融、杂交的文化大背景，这在中国历史上是罕见的。西方有十字军东征导致东西方文化整合引发的意大利文艺复兴和航海时代导致发现新世界引发的近现代资本主义文化，这种情形在西方也仅有两次。

胡正刚：唐诗是汉语诗歌的一个巅峰，你觉得古典诗歌与现代诗歌之间是什么关系？你曾谈到在很多前辈诗人对现代汉语诗歌的探索和准备后，"我们这一代人共同的艰巨任务"，这个任务具体是什么？

李亚伟：唐诗是世界上最伟大的诗歌，是人类文明中最动人、最深沉的那部分，但唐诗不是天上掉下来的，他是人类文化活动在某种特殊时期酝酿的结晶。首先，中国诗歌秉承《诗经》和《离骚》两个伟大源头往下融合发展的，从南北朝开始得到了和外来文化的深入融合，这种交融在盛唐为盛，唐诗得以真正出世。"五四"后的现代诗歌仍然是中国的诗歌，原因和唐诗一样，只不过它秉承的是唐诗宋词汉语诗歌和西方诗歌这两个更大的文化源头。我曾经读过不少民国时期的关于诗歌传统的文章和翻译作品，单从闻一多先生一人身上，即可看出，前辈们对汉语诗歌的来龙去脉的深刻洞见和深邃期许。

胡正刚：雅安地震，你没有写"地震诗"，而是直接往灾区运物资。在你看来，一位诗人介入现实社会的方式是什么？

李亚伟：这个问题应该是仁者见仁，智者见智。而且，每个诗人的性格不一样、修养不一样，因此方式会是多种多样的。

胡正刚：曾经，习诗是操汉语者重要的修行、陶冶方式之一，孔子甚至认为"不学诗，无以言"，当下，这种传统是否还在一定程度上有效？

李亚伟：当然继续有效，我们不能被这几年、短短的一二十年过渡性的出现的浮躁和虚假的社会模式所欺骗，否则，我们太浅薄了。汉字是方块字，是会意的，和西方文字不同，西方一直重视演讲、朗诵，这和选举、推销、传教（传播）的传统有关系，较务实；以汉字为载体的中国诗歌倾向于记录光阴、感受生命，很多人包括现在很多写诗的人对中国诗歌有误解，"诗言志"的"志"其实最早是记录、记载的意思，诗歌最早的功能也是用于记忆的，应该说，人类没有文字前，就有诗歌了，它是一种朗朗上口的话语，常用来记忆祖先、事件和情感，孔子的"不学诗，无以言"至今仍然有道理，人类文明最重要的一部分是用记忆和情感建立的。

胡正刚：你如何看待诗歌创作中的情动于中、有感而发这两个词？

李亚伟：就是不要无病呻吟嘛，就是不要为赋新诗强说愁。

胡正刚：你的两种身份：诗人和商人。在你身上，它们似乎并没有冲突，你是如何做到的？我身边一些爱好文学的各行业的朋友，有时会陷入一种纠结的困境。

李亚伟：其实，古今中外的诗人都各有自己的生活职业，而写诗只是普通人中部分人的爱好。把写诗当职业是我国共和国之后的一种特殊方式，职业诗人在体制内并不负责诗歌的创新和发展，因为是政府养的职员，其作用是宣传和传播政府意识形态之类的，这个，是从苏联传输过来的。很多文学爱好者的这种纠结其实是和体制在暗中纠缠，或者想得到社会的某种特殊待遇，那是公有制下或懒汉脑子里才有的思想，并没把自己真当成诗人，要做诗人，首先要做人，做一个正常人，承担各种义务，要有养活自己的职业。简单想一下就能明白的问题，有些诗人一辈子想不过来，比如，苏东坡有诗人、书法家、学者等一大堆身份，他的职业呢？是政府官员；孟浩然有诗人身份，他的职业？地主或者富二代；莎士比亚的职业呢，编剧、剧场股东；普希金和莱蒙托夫的职业呢？军人。等等。有什么好纠结的？

胡正刚：云南是你重要的栖息地之一，你最喜欢云南的什么？你在云南是季节性的还是其他方式？

李亚伟：云南是很干净的地方，大自然、食物、人民都很干净。阳光和彩云能迎面涤荡掉身后的污秽，让人安心生活，热爱今生也热爱来世。

胡正刚：可以谈谈云南的诗人和诗歌创作吗？

云南我有很多写诗和不写诗的朋友，诗人中间，雷平阳、李森、于坚、海男等都是一流优秀的诗人，这种情况如果以地域论，在全国是极其少见的。他们的诗歌一经遇见我必专心拜读，这对我个人来说，也是不多的。云南还有叶永青、毛旭辉等不少相当优秀的艺术家，说云南钟灵毓秀是不够的，神奇二字还可以。

胡正刚：《河西走廊抒情》是你近年的力作，请你介绍一下它的写作初衷、过程。为写这组诗，你做了哪些准备？河西走廊最打动你的是什么？

李亚伟：我认为，当今主流社会一直有一种偏颇的认知方式，因为在实用主义那一块很好用，所以，主流的世界观会认为人类或宇宙中某种最高境界必须通过逻辑论证，在这个前提下，东方的世界观是不管用的，是应该被边沿化的。而我认为，世界上有多种智慧，西方和东方智慧是最主要的两种智慧，人类伟大的智慧不仅仅只有西方一种，人类的文明才几千年，没必要只可以信奉一种文明，甚至，只信奉以基督教、科学为主要基因的西方哲学和以佛、道为主要基因的东方哲学这两种文明，我相信，只在这两种文明中探讨生命，都是短视。因为这两种伟大的智慧可能最终都解决不了人类生命的终极意义等问题。这不是悲观主义，恰恰相反，诗人是理想主义者，诗歌是人类思想最前端的触须，诗人提出怀疑和疑问是他的本分。

河西走廊曾经是世界上众多民族、政权、文化融合演变的一个十字路口，但对中国文化来说它其实是一个丁字路口，我从河西走廊上出现的古老的宇宙观以及姓氏宗族、民族兴衰、政治民生等出发，去辨查人类的爱恨情仇、生死沉浮，在诗中，我写那些超越哲学、科学和神（科学和迷信）的东西，并与那些对于人类来说高高在上或毫无踪影的且一直吸引我们灵魂、压倒我们性命的东西触碰，是想更换我们理性中的思维尺寸，确实，我们已知的生命都在地球上，但它最初的、最终的来和去，肯定和宇宙有关，和未知的时空有关，诗人通过诗歌的形式，用宇宙中最大的尺寸或者用情感里面最小的尺寸思考生命都是合适的。

胡正刚：为了写作《河西走廊抒情》，你曾去兰州河西走廊游历体验了一段时间，这对你写作该诗提供了哪些帮助？

李亚伟：当初写出前六首后，技术上遇到了困难，感觉准备不足，再写下去会钻牛角尖，而一旦钻进牛角尖，根据我的经验，不但写起来艰难，快活也会变成了苦活，写成之后差不多就是一平庸作品。而我已经意识到这个作品可以是自己的一个里程碑，至少，是自己非常想去爬的一座高山，咱不能从较矮的山口、较低的海拔就穿过去了。因此就暂时放下，玩别的去了，当然，这期间我做了很充分的准备，细读了很多资料，再次去了河西走廊，去的时候是从兰州进去的，后来穿过祁连山从西宁出来的，真正案前写作只花了三个多月时间。

胡正刚：书斋与旷野，你更偏爱哪一个？

李亚伟：这两者我都喜欢，不喜欢大城市，已经非常不喜欢。

胡正刚：你形容自己的写作是"游牧民族式的"，概念怎么理解？

李亚伟：喜欢新的世界，我的写作和生活方式都是如此，对诗歌语言和内容也是，不断希望出现新的世界，打开新的篇章。

胡正刚：我在读《河西走廊抒情》时，有一种强烈的冲动，感觉相对于阅读，它更适合吟诵，或者以某种古典的曲调唱出来，你有过这种感受和尝试吗？在我看来，语感和气韵是一首优秀汉语诗歌最重要的品质之一，即使诗人创作时并没有刻意去要求，它们是隐藏在文字下面，散漫而指向内部的。新诗盛行之后，押韵和格律被击破，你如何看待新诗的语感和气韵？

李亚伟：在《河西走廊抒情》写作过程中，我一边写一边有新的写作发现，我发现我在写前面几首诗时，可以有意无意地为下一首或后面几首布局。因此这首诗暗中是有结构的，这结构或明或暗，一直在里面贯穿，比如，后面几首出现的场景或新来的诗句会对前一首或前面几首已完成的场景进行再描述、再创造，有时，两首诗之间产生了就近对话的效果，有时又像隔山呼喊，还有多首诗或前后章节互相回忆、照顾、推波助澜，仿佛可以可无限循环。里面的一些技巧有的是自然出现，有的是刻意为之，总之搞得人很爽又很累，像做爱。也有一些还很不满意的情况，但只能这样了，任何一个诗人面对语言都是有局限的。我想，这样的创作里面自然会有语感和气韵。因为，写成后我朗诵它们，效果很好。

有些作家或诗人在他一生的作品中有明的或暗的前后呼应，这是作者搞的游戏，当然，也是一种技巧，在玩这个的时候，作者自己也很愉快，对复杂的场景有勾搭效果，对意象、主题的推进也有投怀送抱的作用。

胡正刚：你曾说过，诗只有好诗和差诗两种，没有别的诗歌。在你看来，一首好诗的标准是什么？

李亚伟：现在很流行谈语言，我这里不想把它当成标准来谈，因为语言是诗人最基本的东西，也是区别好诗和差诗最基本的东西，语感都没有的诗人，技术意义上算不了诗人，语言的才华可以首先把大多数写诗的人划拉出去，打回原形——他们其实只是爱好者而已，并不具备创造好诗的能力，他们只是诗歌作者，并没有担负创作好诗的任务。那么，撇开这一块，在解决了语言问题之后，什么是好诗？简单一点说，从情感上能打动我们的就是好诗，从智慧上能激发我们的也是好诗，二者加起来就是很好的诗。如果从情感上没打动你，那就看看从智商上能不能有共鸣，也没有的话，那就不值一读。通常，一首诗读到五六行还没上述动静，你就应该否定它，进而可以否定掉这个诗人，等他下辈子写出好诗再读他，现在诗人太多，比唐朝宋朝加起来还多，一个读者应该拨开云雾，迅速地找到好诗人，没必要去浪费时间，我觉得这个方法简单实用。诗歌对人来说，不是基本需要，饿了，没吃的，食物差点也得吃，诗歌不读也不会觉得身体不适。诗歌也不是消费品，再穷的人，也可以欣赏优秀的诗歌，再富有的人也用不着读差诗消磨时光。

胡正刚：阅读《河西走廊抒情》附录，我的阅读快感并不亚于阅读《河西走廊抒情》，它可以和原诗一起读，也可以单独读。里面的古诗词、史志、记忆、宗教典籍、寓言故事、梦境、创作感受等都给人一种独特、新鲜的阅读体验。请问附录的写作是和诗歌写作同时进行的吗？这样写的初衷是什么？编入纸本诗集，你会如何编排？

李亚伟：我在写作《河西走廊抒情》的时候，因为这首诗布局和内容较复杂，养成了写作每首诗时随手记一下感觉的习惯，但都是片言只语。全诗完成才萌生了做一个"签"的想法，我真的不想给诗歌作注，但这首诗涉及的文化因素太多，写作过程也很复杂，其中还有对写作心得和写作思路的咀嚼，叫"注"觉得比较冤枉，或者过于严肃。我认为阅读或出诗集时都可把这东西拿掉，也可以不拿掉，而注释是不可以拿掉的。这个东西对我来说，应该是一个尝试，至少，它和这首诗的写作有一点点关系，和读者的阅读可以没有关系，和这首诗的写作目的有点旁敲侧击的意思。

胡正刚：你对口语诗歌有很精彩的注解："我们（'莽汉'诗人）相信好诗都诞生于生动的口语。我们认为，唐诗是用唐朝的口语写的，宋词，虽有更多的规则限定，但在字数、平仄、韵脚的限制之中，苏东坡、李清照们仍然写的是宋朝的口语。"在我看来，口语是方式，是通往"懂"的途径，对诗人而言，从口语到诗，经历了什么？在诗歌创作中，是否存在一块"点金石"？

李亚伟：用你生活的时代的人民说的话写诗，不要用书面语、翻译语、前朝话，不要用他人的语言写作，那是玩票。用书面语、翻译体语言写作，写得像艾略特、奥登、普拉斯、策兰、里尔克、托马斯·特朗斯特拉姆，甚至写得比他们的翻译版还好，这算什么呢？水货？山寨？写格律、押韵写得比古人还好，比王维、苏轼还好，这算什么呢？人家唐朝出唐三彩、宋朝出汝窑，相当牛；你今天去做唐三彩、做汝窑，那就是生产赝品嘛。用别人的语言写作，你也许是在玩票，玩玩嘛，可以的，爱好、喜欢，谁也管不着，但要以为自己真在搞艺术，在创新，还感觉自己成了大师，那就扯淡了，当然，你现在把蛋扯断也会有不少人粉你、夸你、尊你为大师。其实啊，这些仍然水货、山寨货。口语，其实就是正在使用的生活语言，当然，这只是大标准，它只是原创的一个标准之一，还要看你写什么、怎么写，写别人写的，像别人那样写，是什么？这些，也是标准，普普通通的标准，但都有大道在里面。

胡正刚：你这样形容你的写作："我的创作很缓慢，要整块的时间和清净的空间，真的像种庄稼一样，需要时间和气候。"我出身农家，深知种庄稼既要遵守时序，也需要耕作者的专注、耐性、勤奋、虔诚，放之写作也是同理，时间和气候是只能顺应的，而品格的塑造，在农闲时也在持续，功夫在诗外。你是如何界定"诗外"与创作的？诗外的时间，你会做些什么？

李亚伟：根据我个人写作经验，或者说个人写作风格，我相信一首好诗要有和内容匹配的气质，这气质从何而来？从生活中来，文字资料只能提供线索和场域，只凭阅读写作，很难获得生动的景象，也很难把诗句唤醒。我去河西走廊，也并未像文艺理论书上所说的搞深入调查、访贫问苦之类，和现在的游客差不多，也去瞄了瞄景点，照照相，骑骆驼，白天看戈壁，进沙漠，晚上去夜市喝夜酒。不同的是，我的心里是装着很多资料去的，带着很多文化的触碰点去的，心里装着斑驳的历史场域，里面有很多感觉需要得到呼应：从大兴安岭到巴格达，从匈奴、鲜卑、柔然、蒙古、中原到高车、突厥、波斯、阿拉伯、拜占庭，这个大走廊，既是空间上的血缘融合、民族整理的地理带，也是时间上的人类文化传播、演变的黑匣子，当然，我不是去考古的，也不是去解密的，我是诗人，我是去触碰某种文化密码的，是去寻找某种生命记忆的，我相信，种族、文化的基因还在当地的生活中留存，还在敦煌或者张掖那些早晨、正午、深夜的时间交替中隐现。

胡正刚：你的创作总是会让读者有新鲜的阅读体验和期待，目前，你有新的写作计划吗？

李亚伟：有的，除了手里正在写作的《人间宋词》和《天下唐诗》外，打算写一个关于当代的诗歌，写当代人的经济、政治生活。

彪悍的酒客 温柔的莽汉

——记第四届华语文学奖"年度诗人"李亚伟

《天府财富品质》钟龄瑶

　　2011年深冬，自成都公和社区发展基金会成立已一年有余。基金会秉持"天下为公，人生惟和"的运作宗旨颇有些天下大同的济世情怀，虽自谦所做皆为点滴之举，辛勤耕耘一年的"成都好人"项目，却实实在在地让这座打造"最具幸福感"的城市有了些许血肉的根基。

　　犹忆公和基金全国第一次理事会议，现场豪杰林立，众人为了基金会运作得更加实效讨论得热火朝天，当时李亚伟正端坐于笔者前方与众侃侃而谈，只觉其人虽谦和委婉，但却气度不凡，在笔者狭隘的现代华语诗歌视野中，还没有充分意识到此人曾对整个20世纪80年代诗坛带来何种抖擞气象。

结缘公和源于对生活的参与感

　　进入李亚伟的"香积厨"餐馆，香气扑鼻，热气蒸腾，一扫屋外的夜色与寒气。杯里满上自酿的包谷酒，糯香而回甘。主人李亚伟乐乐呵呵地招呼着在座吃好喝好，一杯下肚，便当作了寒暄。

　　谈及李亚伟加入公和基金的机缘时，他进行了极具画面感的描述：在理事长陈建位于北京亚运村的办公室中，二人面向窗外不远处气势恢宏的鸟巢，陈建向李亚伟娓娓道出心中思绪良久的一个构想（即组建公和），并叫来助手开始了若干细节的记录，而此时，另一位理事赵野，正行进在滚滚车流中赶来共商大计。

在公和基金的理事中，李亚伟们代表着一个重要的特点，即以当代重量级诗人、作家、艺术家以及媒体人士构成的文化群体，正是这部分人群强烈的思辨精神以及独特的社会责任为公和清晰了打造百年基业中除资本以外的精神始端。"体察社会发展、致力于各种有益于民生的项目是公和的重要属性。"在谈及文化群体的特殊作用时，李亚伟谈道："诗人、作家、艺术家等，无一例外都有着热爱当下、关注未来的共同特点，他们对民生和社会更是有着比较独特的视角和影响作用，他们在 GDP、社会生产力发展等问题之外更多地注视着文化与社区、城市乃至社会的发展关系，这一点恰好是目前公和所看重的。"

当谈及其个人想要通过公和实现的想法时，李亚伟并没有将此托高，而是非常贴地地表述了作为一个艺术创作者对生活的参与感，"我们的生活从来都不只是包括个人和家庭，它始终包含着更多的家庭，以及由这些派生的各种社会结构，我觉得它（公和）可以实现对社会生活的多渠道参与。我一直认为，诗人们、艺术家们从来都不是在干着他一个人的事业，他干的是和整个人类社会息息相关的事业。如果做实业的、做资本的只知道赚钱，就和诗人、艺术家只知道埋头创作、闭门造车是一回事，在我眼里不具备什么意义，这叫自娱自乐。这样干一点都不丰富，很没劲。"事实上，有着浑不吝气质的李亚伟也从来与曲高和寡的艺术工作者不沾边，作为一个长期在火线与生活贴身肉搏的精力过盛者，其浓烈的才气一直在社会与现实的紧密联系与充分化合中更显格局。

做天上的人　酒里的鬼

李亚伟好酒，世人皆知，为了几坛偶遇的惊艳老窖，可以坚持在一个馆子反复吃喝直到酒尽坛空，或者酒跟岁月一样，是一种精神以太，将其日臻浑厚的诗情酿成佳品。

对这个在酒中找到了出路的诗人，说起"莽汉"还是"莽汉"，作为自朦胧诗后第三代诗歌的一个重要流派，一个追随李亚伟人生的漫长标签，他虽为开面貌之先河的旗手人物，实只写了两年莽汉诗，众莽汉们便分崩离析，但此中激荡出的无法无天的想象力与酣畅淋漓的意境却在其作品中日益璀璨。虽年少成名，但惜羽如金的李亚伟一直用一种独立、清醒、赤诚的态度来面对诗歌，他从不利用文字，也从不违背自己的魂灵和生命，直到 2005 年，在李亚伟已成名 20 多年后，第一部个人诗集《豪猪的诗篇》才结集出版，那些旋即而来的沸扬、惊呼、解读、膜拜以及"华语文学奖得主"的桂冠反而不表也罢。

> 雪中的吟唱才是真正的牡丹 / 它可以伴你，在纸上摇曳，到鲜红的程度 / 又在你经过时低头站在路边 / 雪中的吟唱才是真正的天籁 / 走出官殿 / 把握命以外的事物

李亚伟的诗歌魅力是秒杀型的，无须斟酌迂回，其描述的意向便大踏步扑面而来，一把将你席卷而入，而那种创作瞬间将积攒的情感暴力在一个时间空间高度凝练的节点爆破性释放的强大力量更让人激动到战栗，这种狂热的探寻让所有软绵绵温暾暾的生命黯淡如灰。

李亚伟曾说过"写诗对我最大的吸引力，就是在里面我能挽留生命的东西，来思考生和死的问题"。深为之动容的，正是这位性情中人在热爱背后莽汉式的细腻温柔。

时移势迁，当代诗歌虽然远离了朦胧诗等特殊年代那种热闹得过分的非常态局面，但对于当代诗歌的发展阶段，李亚伟一直保持着审慎乐观的看法，虽然社会价值观有单一的趋向，但诗歌的创造力却并不匮乏，其实

应该说常常是"被匮乏"的状态,"最先进的文化需要一段小小的时间与生活磨合才能被生活认同并引领生活,最前卫的诗歌、艺术也需要一段小小的时间与社会审美挑衅才能被审美。所以我相信,我们今天这个时代诗歌离普通读者较远的情形是正常的,它现在的作者圈子和阅读圈子之间的大小也是匹配的。"

开门即是盛世 闭门即是深山

诗人以外的李亚伟被自己描述为一个"赶时髦"的人,怀揣 3 万块下海进了图书出版业,成了小有名气的文化商人,各路英雄的大食堂"香积厨"搬进宽窄巷子后生意稳定,开旅店,开文化公司,多种身份倒腾得颇有成果,本想与他分享点左右互搏的经验,李亚伟将角度调转为诗人在精神和物质之间的平衡性问题,诗人与商人更像上下课的关系,物质作为保障并不影响诗歌作为世上最纯粹之物,人类精神上最长久过瘾之物的属性,当然,在更多深层次的平衡性把握中,人生就有了够到一定高度的可能。

才华、传奇、财富、口碑,不知这样一个好处占尽的人会否让人心生妒忌,事实上,他不过是古往今来那些率性到无法忤逆自我、热爱生活到只有拼命折腾的鲜活生命中的一员,如果反击了什么,开创了什么,收获了什么,或许真不是故意为之。

酒喝得见了底,入夜的喧哗渐渐变得沉静,酒友们乘兴而来又三两尽兴而去,大家仿佛

将多年的龙门阵都摆完了又像什么都还没说,在这个舒坦的饭桌上,有酒就喝,有话就讲,无论见识长短,阅历高低,只需说真话,露真情。

"我觉得你是个非常明白的人,这种对人生和事物的洞察力来自哪里?"最后我整了个比较书面化的问题,对于此,李亚伟一番朴实之言也完全比整篇文章的费力描述更能体现他的风格,记叙如下:

"每个人都有各自对生活的认识和理解，并通过他对生活的表达或反击表现出来，不管他朴素或奢华，只要他是出自天然，他就真强大，如果他还能找到他的精神对立面，并与之和谐，他就是一个认真明白过来的人，说实话，我希望我在八十岁那会儿能偷偷地同意自己很明白了。"

至此，再毋庸多言，亚伟其人，如题所示。

四

李亚伟／代表作选

莽汉诗选

毕业分配

所有的东西都在夏天
被毕业分配了
哥们儿都把女朋友留在低年级
留在宽大的教室里读死书，读她们自个儿的死信

但是我会主动和你联系，会在信中
向你谈及我的新生活、新环境及有趣的邻居
准时向你报告我的毛病已有所好转的喜讯
逢年过节
我还会给你寄上一颗狗牙齿做的假钻石
寄出山羊皮、涪陵榨菜或什么别的土特产

如果你想我得厉害
就在上古汉语的时候写封痛苦的情书
但鉴于我不爱回信的习惯
你就干脆抽空把你自己寄来
我会把你当一个凯旋的将军来迎接

我要请摄影记者来车站追拍我们历史性的会晤

我绝对不会躲着不见你

不会借故值班溜之大吉

不会向上级要求去很远的下属单位出差什么的

我要把你紧紧搂在怀里

粗声大气地痛哭，掉下大滴的眼泪在你脸上

直到你呼吸发生困难

并且逢人就大声宣布：

"瞧，我的未婚妻！这是我的老婆咧！"

你不要看到我的衣着打扮就大为吃惊

不要过久地打量我粗黑的面容和身着的狐皮背心

要尊重我帽子上的野鸡毛

不要看到我就去联想生物实验楼上的那些标本

不要闻不惯我身上的荷尔蒙味

至少不要表露出来使我大为伤感

走进我的毡房

不要撇嘴，不要捂着你那翘鼻子

不要扯下壁上的貂皮换上世界名画什么的

如果你质问我为什么不回信

我会骄傲地回答：写字那玩意

此地一点也不时兴！

你不必为我的处境搞些喟然长叹、潸然泪下之类的仪式

见了骑毛驴的酋长、族长或别的什么蛮夷

更不能怒气冲冲上前质问

不要认为是他们在迫害我

把我变成了猩猩、野猪或其他野生动物
他们是最正直的人
是我的好兄弟！

如果你感兴趣
我会教你骑马、摔跤，在绝壁上攀缘
教你如何把有夹的猎枪刺在树上射击
教你喝生水吃生肉
再教你跳摆手舞或唱哈达什么的

你和我结婚
我会高兴得死去活来
我们会迅速生下一大打小狗子、小柱子
这些威武的小家伙、小蛮夷
一下地就能穿上马靴和貂皮裤衩
成天骑着马东游西荡
他们的足迹会遍布塞外遍布世界各地
待最后一个小混蛋长大成人
我就亲自挂帅远征
并封你为压寨夫人
我们将骑着膘肥体壮的害群之马
去很远很远的地方戍边

1984 年 7 月

硬汉们

我们仍在看着太阳
我们仍在看着月亮
兴奋于这对冒号！
我们仍在痛打白天袭击黑夜
我们这些不安的瓶装烧酒
这群狂奔的高脚杯！
我们本来就是
腰间挂着诗篇的豪猪！

我们曾九死一生地
走出了大江东去西江月
走出中文系，用头
用牙齿走进了生活的天井，用头
用气功撞开了爱情的大门

我们曾用屈原用骈文、散文
用玫瑰、十四行诗向女人劈头盖脸打去
用不明飞行物向她们进攻
朝她们头上砸下一两个校长、教授
砸下威胁砸下山盟海誓
强迫她们掏出藏得死死的爱情

我们终于骄傲地自动退学
把爸爸妈妈朝该死的课本上砸去
用悲愤消灭悲愤

用厮混超脱厮混
在白天骄傲地做人之后
便走进电影院
让银幕反过来看我们
在生活中是什么角色什么角色

我们都是教师
我们可能把语文教成数学
我们都是猎人
而被狼围猎，因此
朝自己开枪
成为一条悲壮的狼

我们都是男人
我们知道生活不过就是绿棋和红棋的冲杀
生活就是太阳和月亮
就是黑人、白人和黄种人
就是矛和盾
就是女人和男人
历史就是一块抹桌布
要擦掉棋盘上的输赢
就是花猫和白猫
到了晚上都是黑猫
爱情就是骗局是麻烦是陷阱

我们知道我们比书本聪明，可我们
是那么容易

被我们自己的名字亵渎、被女人遗忘在梦中

我们仅仅是生活的雇佣兵

是爱情的贫农

我们常常成为自己的情敌

我们不可靠不深沉

我们危险

我们黑质而白章，触草木尽死

我们是不明飞行物

是一封来历不明的情书

一首自己写的打油诗

我们每时每刻都把自己

想象成漂亮女人的丈夫

自认为是她们的初恋情人

是自己所在单位的领导

我们尤其相信自己就是最大的诗人

相信女朋友是被飞碟抓去的

而不是别的原因离开了我

相信原子弹掉在头上可能打起一个大包

事情就是如此

让我们走吧，伙计们！

1984 年 7 月

中文系

中文系是一条撒满钩饵的大河
浅滩边，一个教授和一群讲师正在撒网
网住的鱼儿
上岸就当助教，然后
当屈原的秘书，当李白的随从
当儿童们的故事大王，然后，再去撒网
有时，一个树桩船的老太婆
来到河埠头——鲁迅的洗手处
搅起些早已沉滞的肥皂泡
让孩子们吃下。一个老头
在讲桌上爆炒野草的时候
放些失效的味精
这些要吃透《野草》的人
把鲁迅存进银行，吃他的利息

在河的上游，孔子仍在垂钓
一些教授用成缕的胡须当钓线
以孔子的名义放排钩钓无数的人
当钟声敲响教室的阶梯
阶梯和窗格荡起夕阳的水波
一尾戴眼镜的小鱼还在独自咬钩

当一个大诗人率领一伙小诗人在古代写诗
写王维写过的那些石头
一些蠢鲫鱼或一条傻白鲢

就可能在期末渔汛的尾声
挨一记考试的耳光飞跌出门外

老师说过要做伟人
就得吃伟人的剩饭背诵伟人的咳嗽
亚伟想做伟人
想和古代的伟人一起干
他每天咳着各种各样的声音从图书馆
回到寝室

一年级的学生，那些
小金鱼小鲫鱼还不太到图书馆
及茶馆酒楼去吃细菌，常停泊在教室或
老乡的身边，有时在黑桃 Q 的桌下
快活地穿梭

诗人胡玉是个老油子
就是溜冰不太在行，于是
常常踏着自己的长发溜进
女生密集的场所用鳃
唱一首关于晚风吹了澎湖湾的歌
更多的时间是和亚伟
在酒馆的石缝里吐各种气泡

二十四岁的敖歌已经
二十四年都没写诗了
可他本身就是一首诗

常在五公尺外爱一个姑娘

节假日发半价电报

由于没记住韩愈是中国人还是苏联人

敖歌悲壮地降下了一年级，他想外逃

但他害怕爬上香港的海滩会立即

被警察抓去考古汉语

万夏每天起床后的问题是

继续吃饭还是永远不再吃了

和女朋友卖完旧衣服后

脑袋常吱吱地发出喝酒的信号

他的水龙头身材里拍击着

黄河愤怒的波涛，拐弯处挂着

寻人启事和他的画夹

大伙的拜把兄弟小绵阳

花一个月读完半页书后去食堂

打饭也打炊哥

最后他却被蒋学模主编的那枚深水炸弹 [1]

击出浅水区

现已不知饿死在哪个遥远的车站

中文系就是这么的

学生们白天朝拜古人和王力和黑板 [2]

晚上就朝拜银幕或很容易地

---

[1] 蒋学模，大学教材《政治经济学》的编者。

[2] 王力，大学教材《古代汉语》作者。

就到街上去凤求凰兮

这显示了中文系自食其力的能力

亚伟在露水上爱过的那医专

的桃金娘被历史系的瘦猴赊去了很久

最后也还回来了亚伟

是进攻医专的元勋他拒绝谈判

医专的姑娘就有被全歼的可能医专

就有光荣地成为中文系的夫人学校的可能

诗人杨洋老是打算

和刚认识的姑娘结婚，老是

以鲨鱼的面孔游上赌饭票的牌桌

这根恶棍认识四个食堂的炊哥

却连写作课的老师至今还不认得

他曾精辟地认为纺织厂

就是电影院就是美味的火锅

火锅就是医专就是知识

知识就是书本就是女人

女人就是考试

每个男人可要及格啦

中文系就这样流着

教授们在讲义上喃喃游动

学生们找到了关键的字

就在外面画上旋涡

画上教授们可能设置的陷阱

把教授们嘀嘀咕咕吐出的气泡

在林荫道上吹到期末

教授们也骑上自己的气泡

朝下漂像手执丈八蛇矛的

辫子将军在河上巡逻

河那边他说"之"河这边说"乎"

遇着情况教授警惕地问口令："者"

学生在暗处答道："也"

根据校规领导命令

学生思想自由命令学生

在大小集会上不得胡说八道

校规规定教授要鼓励学生创新

成果可在酒馆里对女服务员汇报

不得污染期终卷面

中文系也学外国文学

重点学鲍狄埃学高尔基，有晚上

厕所里奔出一神色慌张的讲师

他大声喊：同学们

快撤，里面有现代派

中文系在古战场上流过

在怀抱贞洁的教授和意境深远的月亮

下边流过，河岸上奔跑着烈女

那些石洞里坐满了忠于杜甫的寡妇

和三姨太，坐满了秀才进士们的小妾

中文系从马致远的古道旁流过

以后置宾语的身份

被把字句提到生活的前面[1]
中文系如今是流上茅盾巴金们的讲台了
中文系有时在梦中流过，缓缓地

像亚伟撒在干土上的小便像可怜的流浪着的
小绵阳身后那消逝而又起伏的脚印，它的波浪
正随毕业时的被盖卷一叠叠地远去

1984 年 11 月

---

[1] 把字句，大学中文系现代汉语语法术语，上一句的"后置宾语"亦是。

杂诗选

风中的美人

活在世上，你身轻如燕
要闭着眼睛去飞一座大山
而又不飞出自己的内心

迫使遥远的海上
一头大鱼撞不破水面

你张开黑发飞来飞去，一个危险的想法
正把你想到另一个地方
你太轻啦，飞到岛上
轻得无法肯定下来

有另一个轻浮的人，在梦中一心想死
这就是我，从山上飘下平原
轻得拿不定主意

1986 年初夏

美女和宝马

你是天上的人
用才气把自己牢牢拴在人间
一如用青丝勒住好马
把它放在尘世

这就是你自己的野马，白天牵在身后
去天边吃彩虹
夜间踏过一片大海
就回到了人民的中间

而那些姣好的女子正在红尘中食着糟糠
在天边垂着长颈
你要骑着她们去打仗
骑着她们去吟诗

但你是天上的人
你要去更远的地方
听云中的声音
你要骑着最美的女人去死

1986 年初夏

天空的阶梯

空中的阶梯放下了月亮的侍者
俯身酒色的人物昂头骑上诗中的红色飞马
今生的酒宴使人脆弱！沉湎于来世和往昔
我温习了我的本质，我的要素是疯狂和梦想
怀着淘空的内心要飞过如烟的大水

在世间，一个人的视野不会过分宽远
如同一双可爱的眼睛无法照亮我的整整一生！
我骑马跑到命外，在皇帝面前被砍下首级
她明白这种简单的生死只需要爱和恨两种方式来摆平
她看见了道理！在生和死的两头都不劝酒
不管哪路美女来加入我内心的流水筵席
她的马蹄只在我皮肤上跑过
在朝代外发出阅读人间的声音

她也这样在我命外疾驰，穿过一段段历史
在豪饮者的海量中跑马量地
而我却在畅饮中看到了时间已漫出国家
她的去和来何曾与我我有关！
天空的阶梯降到海的另一面
我就去那儿洗心革面，对着天空重新叫酒！

1987 年秋

秋天的红颜

可爱的人，她的期限是水
在下游徐徐打开了我的一生

这大地是山中的老虎和秋天的云
我的死是羽毛的努力，要在风中落下来
我是不好的男人，内心很轻
这天空是一片云的叹气，蓝得姓李
风被年龄拖延成了我的姓名
一个女人在蓝马车中不爱我
可爱的人，这个世界通过你伤害了我
大海在波浪中打碎了水

这个世界的多余部分就是我
在海中又被浪费成水
她却在秋末的梳妆中将一生敷衍而过

可爱的人，她也是不好的女子
她的性别吹动着云，拖延了我的内心

1987 年深秋

酒中的窗户

正当酒与瞌睡连成一大片
又下起了雨，夹杂着不好的风声
朝代又变，一个好汉从山外打完架回来
久久敲着我的窗户

在林中生起柴火
等等酒友踏雪而来
四时如晦，兰梅交替
年年如斯

山外的酒杯已经变小
我看到大雁裁剪了天空
酒与瞌睡又连成一片
上面有人行驶着白帆

1987 年初冬

青春与光头

如果一个女子要从容貌里升起，长大后梦想飞到天上
那么，她肯定不知道个体就是死，要在妙龄时留下照片和回忆
如果我过早地看穿了自己，老是自由地进出皮肤
那么，在我最茫然的视觉里就有无数细小的孔，透过时光
在成年时能看到恍若隔世的风景，在往事的下面
透过星星明亮的小洞我只需冷冷地一瞥
也能哼出：那就是岁月！

我曾经用光头唤醒了一代人的青春

驾着火车穿过针眼开过了无数后悔的车站

我曾经无言地在香气里运输着节奏，在花朵里鸣响着汽笛

所有的乘客都是我青春的泪滴，在座号上滴向远方

现在，我看见，超过鸽子速度的鸽子，它就成了花鸽子

而穿过书页看见前面的海水太蓝，那海边的少年

就将变成一个心黑的水手

如果海水慢慢起飞，升上了天空

那少年再次放弃自己就变成了海军

如同我左手也放弃左手而紧紧握住了魂魄

如果天空被视野注视得折叠起来

新月被风吹弯，装订着平行的海浪

鱼也冷酷地放弃自己，形成了海洋的核

如果鱼也只好放弃鳃，地球就如同巨大的鲸鱼

停泊在我最浪漫的梦境旁边

1987 年初冬

我们

我们的骆驼变形，队伍变假

数来数去，我们还是打架的人

穿过沙漠和溪水，去学文化

我们被蜃景反映到海边

长相一般、易于忘记和抚爱

我们被感情淹没，如今从矛盾中解决出来

幸福，关心着目的，结成伙伴

坐着马车追求

我们是年龄的花，纠结成团

彼此学习和混乱

顺着藤子延伸，被多次领导

成为群众和过来人

我们在沙漠上消逝、又在海边折射出来

三年前，我们调皮和订婚

乘船而来，问津生死，探讨哲学，势若破竹

我们掌握了要点，穿过雪山和恒河

到了别人的家园

我们从海上来，一定要解决房事

我们从沙漠来，一定要解决吃穿

我们从两个方面来，入境问禁，叩门请教

穿过了内心和伤口

理解、并深得要领

我们从劳动和收获两个方向来

我们从花和果实的两个方面来

通过自学，成为人民

我们的骆驼被反射到岛上

我们的舟楫被幻映到书中

我们成为现象，影影绰绰

我们互相替代，互相想象出来

一直往前走，形成逻辑

我们总结探索，向另一个方向发展

蹚过小河、泥沼，上了大道

我们胸有成竹，我们离题万里

我们从吃和穿的两个方向来到城市

我们从好和坏的两个方面来到街上

生动、清瘦，见面就喊喝酒

我们相见恨晚，我们被婚姻纠集成团

又被科技分开

三年来，我们温故而知新，投身爱情

在新处消逝，又在旧中恳求

三年后，我们西出阳关，走在知识的前面

使街道拥挤、定义发生变化

想来想去，我们多了起来，我们少不下去

我们从一和二的两个方面来，带着诗集和匕首

我们一见面就被爱情减掉一个

穿过塔城，被幻影到海边

永远没有回来

我们就又从一和二两个方面来

在学习中用功，在年少时吐血

勤奋、自强而又才气绰绰

频频探讨学问和生育，我们以卵击石

我们从种子和果实两个方面来到农村

交换心得，互相认可

我们从卖和买两个方向来到集镇

在交换中消逝，成为珍珠

成为女朋友的花手帕，又大步流星走在她丈夫的前面

被她初恋和回忆

车水马龙。克制。我们以貌取人

我们从表面上来

在经和纬的两种方式上遭到了突然的编织

我们投身织造，形成花纹，抬头便有爱情

穿着花哨的衣服投身革命，又遇到了领袖

我们流通，越过边境，又赚回来一个

我们即使走在街上

也是被梦做出来的，没有虚实

数来数去，我们都是想象中的人物

在外面行走，又刚好符合内心

1988 年盛夏

岛

今夜。雪山朝一双马蹄靠拢。牛朝羊靠拢。

今夜。草原停泊在小镇前面。海停在鱼前面。诗人停在酒中。

今夜。马遇到了雪山。

酒遇到了我们

今夜和你。闪电和鬼。风和肩膀。让房门大开！

面对一场远方的邂逅。我们不在乎看见的是谁。草原正在向过去出发。风把草原吹过去。地主从盆地跑过来。时间跑过去。人跑过来。一声碰撞就爆发了土地革命。

拖拉机朝前开。一路上发动人民。云朝下看。岛朝外游。风缩短身材。天

越长越高。

人越矮越快活。

问题越想越过瘾！

今夜和你。马背和星光。街上走过一个翻身的青年。一个懂我的人在比你更远的地方入睡。我的嘴唇正为他奔袭去年的故事。

去年的故事属于去年的语言。花属于速度。

有人在裙子里紧紧地做女人。花在鸟的背上。鸟在云的左边。云在海的上空飘过。

去年的意图乃秋收后对粮食的误解。吃是活下去的借口。演员是观众的皮肤。草跑来跑去地吸收水分。

去年。我从书中滚出来去找职业和爱人。

去年。我的脸在笑容的左边。牧民在马上。孩子在乳齿中。手在事物里。朋友在岛上。

从岛到草原。从贝壳到毡房。

秋天瞧着云。云瞧着枫树。枫树瞧着红色。

那些红色从一棵树飞向另一棵树。从一种事物飞向另一种事物。从你飞向我。从个人飞向集体。今夜

我和你。两个人物。从去年到今年。

火车摸索着所有情节。终致一团乱麻。破坏了所有终点。

脸退进表情。飞翔退进羽毛。

今年的故事是你经验之外的东西。花就是花。

从字到人。从鱼到鸟。我为此做尽了手脚。

你也活在我经验之外，大做其他事物的手脚。

活得像另一个人。另一个字。另一朵花，陌生而又美丽。另一条鱼。一座

新发现的岛。

今年的秋天是对往事的收割。路子简单。动作熟。手脚快。拖拉机在大树下。胡豆在麦子的侧边。牛在羊的侧边。老二在老大的后面。人民翻身做了主人。

从小镇到雪山，从狗到马。两次机会，一种味觉：玉米和酒；男人和女人；风和马和牛。

从出门到回家，从观众到演员，从头到脚。两个方向，一种混法。

从去年到今年。从脸到表情。

秋季对着天空。小屋对着月亮。月亮对着人。

睡觉只是过场；醉酒已不能说明问题；流浪也不再过瘾。

一个人物是一次念头；一个字是一次与外界的遭遇；一个月亮是一柄收割童年的镰刀。飘过去的云是继母。

今夜和你。星星的马蹄践踏天空而去。

今夜和你。黑发和云和歌飘飘忽忽。

瞄不准的吻，回家而又瞄不准门！

一个男人咬着烟斗，看今夜怎么才能破晓。

今夜。雪山的下面，草原的上面。风的背上。那家。那人。那面孔。

树朝木材发展。钟表朝静夜滚去。那小屋。那人。那手。

一场黑头发的爱情，曾爱红过我们的眼。

一首诗。一个女人。一次机会。

一杯酒。一座小镇。一次男人。

声音把句子从书里面取出来，

语言把内容从心头拖过，

往事把颜色从布里面抽出来。

不崇高，

不冷峻，

也不幽默。

今夜。酒杯和木桌。眼一点不眨。

今夜。神仙和云。山一点不高。

水也不深。

人似曾相识。

今夜。一次机会，两种感觉：

贝壳和毡房，

鱼和花。

今夜。一次机会，两种可能：

我和你，

岛和草原。

1988 年

红色岁月（选七首）1992. 春

第一首

这片陆地是人类远行的巨大的鳍
上面是桅杆、旌幡和不可动摇的原则
望远镜在距离中看到了领袖和哲学带来的问题
它倒向内心，察看疾苦和新生事物的来意
我的美德和心病也被火星上的桃花眼所窥破

火星是一只注视和被注视的眼睛
它站得高，看得远，也被更远的蓍草所看见[1]
犹如远航归来的船，水手和人群中的一双眼睛互相发现
我唯一看不清楚的是死，是革命前的文字

罗盘已集体赠给了鲸鱼，如同把国家赠给了海军
我说的不是一个岛国，在大战中向游牧民族发射可乐、服装和避孕药
我说的是雷达向基地发射回来的是怨恨和回忆

---

[1] 蓍草：《周易》用以卜占吉凶祸福，春秋以上为太史所掌。因历来为官方独用而失传，幸赖左氏内外传所记十余事，义法粗具，后世之高人方得略窥其真意。

我不说一段历史，因为那段历史有错误

因为罗盘被冲上海滩的鲸鱼捎给了欧洲，供一个内陆国制造钟表

因为一头大鱼带头把它的鳃又赠给了路过的航天飞机

因为历史只是时间而已，是政变和发财

我说的是殖民需要空间和哲学，需要科技和情人的信息

所以我说的是无线电、载波和卫星

它向基地发射回来的是偈语和谶纬

上升到哲学，就足以占领一代人的头脑

第二首

这样，天边就可能出现红色，出现那日复一日的黎明

红色和才华过早到来，形成一些人的早慧

引起了一个国家的动荡，我们早熟、早恋又经常碰到处女

如此现象惊醒了一个诗人的布局

它以抒情的笔调开头，以恶习煞尾[1]

我一边劳动一边装处[2]，因为劳动是水果的一部分

另一部分是水分，因为鱼的一部分也是水

另一部分是打群架和处罚，因为我的知识也只是一部分

另一部分是无用的东西，因为我也属于无用的一部分

那一部分也无用——我指的是相邻的集体和个人

---

[1] 恶习：与天真、纯洁相对立，常用来评价有社会负面习气的青少年，是很多教师、家长、警察训诫恶少们的口头禅。

[2] 装处：装处女，比"装嫩"的程度更深。监狱里的犯人头殴打新犯，若新犯因惊恐而发出叫声，亦被称为"装处"。流氓之间常用此语，可理解为假装天真、无知。

他们分开是追求进步，聚在一起又要打一场群架
而群架也是战争的一部分，战争推动了群众的进步
群众是边缘，其核心是生殖器

但还是有与众不同的人，恶习深藏不露
那是大地上调皮的晚稻，在夏天顽固，到了深秋才答应做人民的粮食
它是集体的另一面，最终仍然属于集体
英雄也是人民的另一面，最终属于人民
因为人民只是战争的边缘，战争的核心部分属于平静
脱离了群众，因为那是政治

第三首

燕子在天边来回射箭

能够穿越春天而来的是瞳孔中的鸟儿，还有异乡的眺望
能够穿越游戏而到达学校的是童年
能够终生在纺织中穿梭的只有初恋的颜色！

一封长信打不开一个人的回忆，满山的水果打不开甜味
退役的士兵打不开贞洁，奏折和钟声也打不开领袖的心！
如今纺织打不开最深的颜色，因为那是死恋
属于长头发、大眼睛和想不开的心！

但是贝壳打开了海，送别中驶出的帆船
曾经有回头的浪子，用来信打开了岁月
初恋中最浅的颜色，每年被小路修改一次

因为那是身高，属于故乡和年龄

树枝也打开了天空，燕尾美丽的剪刀正来回修剪

第五首

我心比天高，文章比表妹漂亮

骑马站在赴试的文途上，一边眺望革命

一边又看见一颗心被人民包围后成为理想

我看见一种理想率领人民的全部生活夺取天下

却无法统治，种子不能统治花，皇帝不能统治云

我还看见古典诗人占据文字，形成偏安，又骑马治天下

使人民由清一色的服饰到全体戎装，由欠收到饮食单一

那年，爱比恨后发芽，比枣树先结果且红透了脸和决心书

如同强烈要求自杀的身子用她的内心看到了领袖——

那秋天的远境中蓄着分头进京的男人，使她甘心被占领

使她甘心用一颗最黑的心来消灭旧社会

而我已从对人类社会的崇拜发展成为眺望

且骑着马朝奴隶社会上游而去

第六首

我对情人的占有曾经属于武装割据

多年后我彻底地洗心和革面，转向和平

但生命的结果仍然是老问题的复辟或种子对种子的重演

我飞身下马强奸一个名词或在书中搂住一副细腰
纵马踏过生生死死的字词一路上还是拱手让出大好的河山

历史倒流带来更多的场合改变了我的品德
因此我的品德也是社会的回音
一夜豪赌我模仿了别人的输赢，挥霍尽皮肤和牙齿
仍然只能拖着刚到手的国家窜到北方去寻找马蹄来耕种
并且用膏药阅读士兵从伤口中寄来的书信
这一切的关键仍然是所有制问题[1]
我飞身上马逃离内心，进入更加广阔的天地———
世界不是我的，也不是你的
但伟大的爱仍然是暴力，客气地表达了杀头和监禁
因为，生与死，来自历史上游的原始分配
万物均摊，而由各自的内心来承受

第七首

鹰在天空劈着粗野的马刀

洞箫吹出寒风，使兵书中的师兄更加缥缈
他萧杀的身世是连接现在和过去的轻轻一瞥
鹰滑翔，在水与云之间带出一条光阴的线索
仿佛把死与生分配给了秋天，使其平均，一样的美丽和冷酷

如同把弯曲分配给河流，把红色分配给内心

---

[1]所有制：无产阶级经济学的关键性术语，如"集体所有制""全民所有制"等等。

把平原分配给视野，把风分配给倾斜的箭
但是，是我看见箫声中的敌人
以及其中为收割生命而准备的足够的红色，因此鹰上升
如同塔楼中升起的风筝线靠近天边的初恋和故乡

但是，我还是看见了贝壳的咖啡馆中被海风吹拂的师弟
他们一直互为生死而又不能见面，因为他们本为一人
是故国的历史中游荡的最后一个强盗
他们已在学校里失踪，每年开学都不回来，因此鹰俯冲

一个叫文，一个叫武，他们只在诗和书中偶尔睁开双眼

第十首

我只有从种子中进入广阔的天地
我请求节气和风水，请求胡豆和草药把我介绍到农村
我请求一年中最好的太阳把我晒成农民的老大
我请求电话、火车、拖拉机把我送到公社
让最好的豌豆和萝卜给我引路
让最瘦最黑的二贵、铁锁、小狗子或别的小兄弟[1]
把我领到队长的家里，接受他的再教育[2]

我在南山上裸体种树，又在北山上披着棉袄牧羊
在二月里，我紧锁双眉注视解冻的河流流向城镇

---

[1] 二贵、铁锁、小狗子：曾经是农村小孩的常用名。
[2] 队长：新中国成立后直到改革开放前，农村的最基层单位，头儿叫队长。

流向探讨学问的人群和我的朋友们

我站在峭岸注视着春耕的实质和宽胸膛的原野

在播种的季节，我目空一切

没有文化也没有王法

只有满天的飞花、蝗虫和麦芒越过一生中最宽阔的地平线

河西走廊抒情（选十二首）

第一首

河西走廊那些巨大的家族坐落在往昔中，
世界很旧，仍有长工在历史的背面劳动。
王家三兄弟，仍活在自己的命里，他家的耙
还在月亮上翻晒着祖先的财产。

贵族们轮流在血液里值班，
他们那些庞大的朝代已被政治吃进蟋蟀的账号里，
奏折的钟声还一波一波掠过江山消逝在天外。

我只活在自己部分命里，我最不明白的是生，最不明白的是死！
我有时活到了命的外面，与国家利益活在一起。

第二首

一个男人应该当官、从军，再穷也娶小老婆，
像唐朝人一样生活，在坐牢时写唐诗，
在死后，在被历史埋葬之后，才专心在泥土里写博客。

在唐朝，一个人将万卷书读破，将万里路走完，
带着素娥、翠仙和小蛮来到了塞外。
他在诗歌中出现、在爱情中出现，比在历史上出现更有种。

但是，在去和来之间、在爱和不爱之间那个神秘的原点，
仍然有令人心痛的里和外之分、幸福和不幸之分，
如果历史不能把它打开，科学对它就更加茫然。

那么，这个世界，上帝的就归不了上帝，恺撒的绝对归不了恺撒。
只有后悔的人知道其中的秘密，只有往事和梦中人重新聚在一起，
才能指出其中十万八千里的距离。

第六首

雪花从水星上缓缓飘向欧亚大陆交界处，
西伯利亚打开了世界最宽大的后院。
王大和王三在命里往北疾走，一直往北，
就能走进祖先的队列里，就能修改时间，就能回到邂逅之前。

历史正等着我，我沉浸在人生的酒劲中，
我有时就是王大，要骑马去甘州城里做可汗。

风儿急促，风儿往南，吹往中原，
敦煌索氏、狄道幸氏，还有陇西李家都已越过淮河，看不见背影。
我知道，古人们还常常在姓氏的基因里开会，
一些不想死的人物，在家族的血管里顺流而下，

部分人来到了今天，只是我已说不出，
我到底是这些亲戚中的哪一个。

第七首

我还没有在历史中看见我，那是因为历史走在了我前面。
回头眺望身后的世界，祁连山上下起了古代的大雪。
祁连山的雪啊，遮掩着古代祖先们在人间的信息，
季节可以遮蔽一些伟大朝代的生命迹象，时间也会屏蔽幸福！

但在史书的折页处，我们仍能打开一些庞大的梦境，
梦境中会出现命运清晰的景象，甚至还能看见我前妻的身影。
就是在今天，我还能指认：她活在世外，却也出现在别人的命中，
是塞上或江南某座桥边静静开放的那朵芍药！

当年啊，她抹着胭脂，为着做妻还是做妾去姑臧城里抓阄，
天下一会儿乱一会儿治，但她出类拔萃，成了宋词里的蝶恋花。

第八首

嘉峪关以西，春雨永远不来，燕子就永远在宋词里飞。
而如果燕子想要飞出宋朝，飞到今生今世，
它就会飞越居延海，飞进古代最远的那粒黑点。

在中国，在南方，春雨会从天上淅淅沥沥降落人间，
雨中，我想看见是何许人，把我雨滴一样降入尘世？

我怎么才能知道，现在，我是那些雨水中的哪一滴？

祖先常在一个亲戚的血管里往外弹烟灰，
祖先的妻妾们，也曾向人间的下游发送出过期的信号，
她们偶尔也会在我所爱的女人的身体里盘桓，
在她们的皮肤里搔首弄姿，往外折腾，想要出来。

第十一首

当政治犯收敛在暗号里，双手在世上挣着大钱，
当干部坐在碉堡里，胡乱地想着爱和青春，
当狐狸精轻轻走在神秘的公和母的分水岭上，
我可以看清世界，却看不出我和王氏兄弟有何差别！

在唐朝以前，隐士们仍然住在国家的边沿，
河西走廊一片灯下黑。
在灯下，王氏兄弟曾研究过社会的基本结构——
自己、人民和政府，这三者，谁是玩具，哪一件最好玩？
政权、金钱和爱情，这三者，谁是宝贝，哪一样最烫手？

如今，政权的摩天大楼仍然在一张失传的古地图上开盘，
我们可以让行政和司法分开，让苍天之眼居中低垂，
但是，我却仍然分不清今天的社会和古代的社会究竟有何差别。

所以，我的祖国，从宪法意义上讲，
我只不过是你地盘上的一个古人。

第十二首

焉支山顶的星星打开远方的小门，
门缝后，一双眼睛正瞧着王二进入凉州。
王二在时间的余光中也瞧见了唐朝的一角。

但如果他要去唐朝找到自己，要在那片时光里拜访故人，
并且，想在故人的手心重写密码，
月亮就会重新高挂在凉州城头。

月亮就会照见一个孤独的人物在往昔的命运里穿行。
月亮在天上，王二在地上，灯笼在书中，
却照不见他王二到底是谁、后来去了何方？

如同今夜，月亮再次升上天空，在武威城上空巡逻，
月亮照亮了街道、夜市和游客，还照见了酒醒的我，
却照不见那些曾经与我同醉的男女。

那一年，王二到了凉州，出现在谢家女子的生活里，
如同单于的灵魂偶尔经过了一句唐诗。

如同在星空之下，
李白去了杜甫的梦中。

第十三首

燕子飞过丝绸之路，

燕子看不见自己是谁，也看不见王家和谢家的屋檐。

如果燕子和春天曾被祖先的眼睛在甘州看见，那么
我在河西走廊踟蹰，在生者与死者之间不停刺探，
是否也会被一双更远的眼睛所发现？

有时我很想回头，去看清我身后的那双眸子：
它们是不是时间与空间一起玩耍的那个同心圆？
是不是来者与逝者在远方共用的那个黑点？

但谢家的寡妇在今儿晌午托来春梦，叫我打湿了内裤，
所以我想确认，如果那细眼睛的燕子飞越我的醉梦，
并在我酒醒的那一刻回头，它是否就能看见熟悉的风景
并认出写诗的我来？

第十四首

醉生梦死之中，我的青春已经换马远行。

在春梦和黄沙之后，在理想和白发之间，在黑水河的上游，
我登高望雪，我望得见东方和西方的哲学曲线，
却望不见生和死之间巨大落差的支撑点。

唉，水是用来流的，光阴也是用来虚度的，
东方和西方的世界观，同样也是用来抛弃的。
王二死于去凉州的路上，我们不知他为何而死，
当然，就是他在京城，我们也不知他为什么活着。

在嘉峪关，我看见了卫星也不能发现的超级景色：
逝者们用过的时间大门，没有留下任何科学痕迹，
从河西走廊到唐朝，其间是一扇理性和无知共用的大门，
文化和迷信一起被关在了门外。

在嘉峪关上，我看了一眼历史：
在遥远的人间，幸福相当短暂——
伟大也很平常，但我仍然侧身站立，
等着为伟大的人物让路。

第十五首

如果地球能将前世转向未来，我仅仅只想从门缝后看清
曾经在唐朝和宋朝之间匆匆而过的那匹小小的白马。

今天，我也许很在乎祖先留给我的那些多情的密码，
也许更在乎他们那些逝去的生活，那些红颜黑发：
美臀的赵、丰乳的钱、细腰的孙和黑眼的李——
虽然她们仍然长着那些相貌，那些不死的记号，但我要问：
在河西走廊，谁能指出她们是游客中走过来的哪一人？

唉，花是用来开的，青春是用来浪费的，
在嘉峪关上，我朝下看了一眼生活：
伟大从来都很扯淡——幸福也相当荒唐，
但我也只能侧身站立，
等着为性生活比我幸福的人让路。

第十七首

所有人的童年都曾在父母的家门前匆匆跑过，
我却看不见那个童年的我，
如今去了何处？
他会不会已装扮成别的生物，藏在月亮后面鸣叫？
他是不是比现在的我还快活？我想知道，今儿，
他会在哪一本日记里装病、在哪一拨儿童里眺望？
又会在哪一位少女的视野中消失？

如今，我跋涉在武威和张掖之间的戈壁上，行走在时间的中途，
我骑在骆驼上，眺望祖先们用过的世界——
这个世界，仍然是一片漠然之下的巨大漠然。

姑臧城外，蚯蚓在路边生锈，
短须蟋蟀将头探出城墙，正在给古代的儿童拨手机。

今儿啊，又有哪个小孩，正在从他父母的门缝前跑过？
他还是骑着那匹小小的白马，比兔子和乌龟加在一起跑得还快！

第二十一首

在我丢失的那本日记里，密码正在修改自己，
但我仍然相信会有神奇的一刻，能让岁月
重新洗牌，能让一段历史停下，
让某些人物进去，重温自己已经忘掉的某一刻。

烈日下，甘肃省越来越清晰，

我看见拓跋家已经换了主人，王三还在机密中打瞌睡，

官员们正在红头文件中查看自己被砍掉的首级。

敦煌城里，独孤家的老爷还在做人，既做贪官又做能吏，

今夜，他从密码中走出来看见了互联网。

但是，就在今夜，仙女座在远空对着游客的帐篷幽幽微笑，

鸣沙山上，大眼睛的蝙蝠在月下梳妆，

宋词里，寂寞的女人在大声叹息。

版权所有　不得翻印

图书在版编目（CIP）数据

诗歌与先锋 / 李亚伟著 . —— 海口：海南出版社，
2017.11

ISBN 978-7-5443-7579-5

Ⅰ.①诗… Ⅱ.①李… Ⅲ.①中国文学 – 当代文学 –
文学评论 – 文集②诗集 – 中国 – 当代 Ⅳ.① I217.2

中国版本图书馆 CIP 数据核字 (2017) 第 260245 号

诗歌与先锋

作　　者：李亚伟
监　　制：冉子健
丛书策划：冉子健
责任编辑：孙　芳
执行编辑：晏一群
责任印制：杨　程
印刷装订：三河市祥达印刷包装有限公司
读者服务：蔡爱霞　郄亚楠
出版发行：海南出版社
总社地址：海口市金盘开发区建设三横路 2 号　邮编：570216
北京地址：北京市朝阳区红军营南路 15 号瑞普大厦 C 座 1802 室
电话：0898-66830929　010-64828814-602
E-mail：hnbook@263.net
经销：全国新华书店经销
出版日期：2017 年 11 月第 1 版 2017 年 11 月第 1 次印刷
开　　本：880mm×1230mm　1/32
印　　张：10.75
字　　数：280 千
书　　号：ISBN 978-7-5443-7579-5
定　　价：69.00 元